KB248126

"여기가 지부예요."
지부 빌딩은 3층짜리 건물로,
왕도의 본부와 비교하면 세로로도 가로로도 작았다.
뭐, 그건 어쩔 수 없는 일이겠지.
그래도 뭔가 좀 황량한 것 같기도 하고……
좌천 연금술사의 변방 생활
전 엘리트는 두 번째 인생도 실패했으니 변방에서 느긋하게 다시 시작하기로 했습니다

"하아……
자기소개를 할까요?
후회하실 텐데요."
"스승, 이 정도면 됐을까~?"
연금술사 협회 본부 안내 직원
아델레
리트 지부의 밝은 마녀 아가씨
레오놀라

좌천당한 천재 연금술사
지크
"이 나라에 날 뛰어넘는 연금술사는 없어."
"대신 시간이 좀 걸려요."
정화력 MAX 성녀 속성
에리카

지크의 사역마이자
성격 개선 회의 진행자

헬렌

지크 님,
환영회를 거절하는 건 안 돼요.
무조건 참석해야죠.

어째서?

가여운 괴물……
앞으로 함께 일하기 위한 친목 자리라고요.
안 나가는 사람이 오히려 드물어요.

난 아무 개인기가 없는데?

개인기는 안 해도 돼요.
지크 님의 개인기는
분명 재미없을 테니까요.

그렇다 해도 강요하는 게 상사라는 작자야.
내가 웃음거리가 되는 걸 보고 비웃을 게 뻔해.

지크 님, 가죠.
적당히 마시다가 1차에서 빠지면 돼요.

좌천 연금술사의 변방 생활

전 엘리트는 두 번째 인생도 실패했으니 변방에서 느긋하게 다시 시작하기로 했습니다

이즈모 다이키치

ill. 미키사이

Contents

프롤로그   아델레가 본 천재

　슬프게도 사람은 타인을 보며 우열을 가리고는 한다. 그것은 외모, 학력, 권력 등 범위도 다양하다. 만약 상대를 아래라고 판단하면 무시하거나 얕잡아 본다. 반대로 상대방을 위라고 판단하면 존경하기도 하고 때로는 질투하기도 한다. 혹은 상대방이 위라는 것을 인정하지 못하고 변명하는 이들도 있을 것이다. 그것은 잘못된 것이 아니다. 노력하고 애써온 이들이 느끼는 당연한 감정이다. 하지만 세상에는 그런 우열을 초월하는 존재도 있다.

　"아델레, 들었어?"

　옆 반 친구인 마르타가 목적어도 붙이지 않고 다짜고짜 그렇게 물어온다.

　"뭘 들어?"

　"지크 군 말야, 국가 연금술사 5급에 합격했대."

　5급…… 동급생 중에도 10급 시험을 보는 사람은 있었지만 그 누구도 합격하지 못했다. 그런데 5급에 붙었다니.

　우리는 이 나라에서 제일로 꼽히는 베스테 마법학교에 다니는 학생이다. 학생들은 대부분 국가 연금술사를 목표로 하는 자와 국가 마술사를 목표로 하는 자로 나뉜다. 그러나 역대 최고로 우수한 학생들이 모였다는 '눈부신 50기'에 드는 우리들 중에서도 초급인 10급 국가 자격증을 딴 이는 아무도 없었다. 그것은 국가 연금술사도 국가 마술사도 마찬가지다. 아까 말한 지크 발트 알렉산더를 제외하고는…….

그토록 어려운 것이 바로 국가 시험인데, 지크는 2학년 때 처음 국가 시험에 응시한 뒤 단 한 번도 떨어지지 않고 5급까지 쭉 합격했다. 심지어 연금술사 지망인 그와는 상관없는 국가 마술사 시험도 치렀는데, 이 역시 단 한 번도 떨어지지 않고 7급까지 붙었다.

"천재네. 아니 괴물이야."

"역시 그 사람은 우리랑은 달라."

마르타가 교실 구석 자리에 앉아 있는 지크를 바라보았다. 그는 책상 위에 몸을 웅크린 자신의 검은 고양이 사역마를 쓰다듬으며 창밖을 내다보고 있었다.

"이 정도로 차이가 나니까 질투심도 안 들어."

그는 그 정도로 다른 이들을 압도하고 있었다. 오늘이 졸업식인데, 유구한 베스테 마법학교의 역사 속에서도 3년간 쭉 수석 자리를 유지한 것은 지크뿐이라고 했다.

"졸업 작품으로 하늘을 나는 수수께끼의 모형을 만들었다는 게 사실이야?"

연금술사가 되려는 사람은 졸업할 때 무언가를 연성해야 한다. 대부분의 학생들은 학교에서 배운 포션 같은 것을 만들어 제출하는데, 지크는 선생님들도 본 적이 없는 '원격 조종 헬기'라는 수수께끼의 작은 비행 물체를 만들어 선생님들을 놀라게 했다.

“응. 비행정이라고 하기에도 애매한, 하늘을 나는 수수께끼의 작은 물체야. 선생님들은 보자마자 학회에서 연구 발표를 하라고 권유했대.”

“지크 군은 뭐라고 했는데?”

“관심 없다는 한마디로 거절했다나 봐.”

그 사람은 언제나 그런 식이다.

“정말 지크 군답네.”

“우리, 그 사람이랑 같은 곳에 취직하는 거지?”

“응. 우리도 지크 군과 같은 연금술사 협회 본부에 취직이니까. 처음부터 비교당하겠네.”

힘들겠다…….

“기껏 나라 제일의 엘리트가 모인 곳에 취직 성공했는데 말이지.”

“그래도 뭐, 생각하기 나름이야. 저 수준이라면 경험 많은 선배들도 금방 제치고 올라갈걸. 아니, 지금도 이미 넘어선 거 아닐까? 5급은 이 나라에 500명도 안 되잖아.”

“그러게…….”

우리 수준이 낮은 것이 아니다. 지크가 비정상인 것이다.

“오, 소문의 남자가 돌아가려나 봐.”

지크는 사역마인 검은 고양이를 안고 몸을 일으키더니 교실을 빠져나갔다.

“미안해, 마르타. 이따 보자.”

친구에게 사과하고 일어났다.

“응, 파티에서 봐.”

“미안.”

다시 한번 마르타에게 사과하고 지크를 쫓았다.

“지크 씨.”

복도를 걸어가는 지크에게 말을 걸었다. 그러자 지크는 아무 대답도 하지 않고 뒤를 돌아보았다. 지크의 눈은 싸늘했고, 이쪽을 보고는 있지만 나를 전혀 인식하지 못하는 것 같았다. 다만 지크의 어깨에 앉은 검은 고양이는 무척 귀여웠다.

“뭐지?”

눈빛도 싸늘하고 목소리도 싸늘하다. 이쪽 일에 조금도 관심이 없다는 뜻이었다.

“이 뒤에 있을 파티는 어떻게 하실 건가요?”

조금 전까지 졸업식이 있었다. 그 후에는 졸업생들이 모여서 파티를 하는 것이 이 학교의 관례였다. 선생님들도 참석하기 때문에 감사를 전하거나 헤어지는 친구와 마지막 인사를 나누는 자리이기도 했다.

“안 가.”

지크는 단답으로 답했다.

“안 가실 건가요?”

어깨에 있던 검은 고양이가 지크에게 그렇게 묻자, 지크의 표정이 단번에 부드러워졌다.

“갈 의미도 없잖아. 시간 낭비다.”

표정은 부드럽지만 말은 가차없었다. 이것이 바로 지크다. 말도 안 되게 우수하지만 협조성은 없다. 3년간 같은 반이었던 나조차 제대로 이야기를 나눠본 적이 없을 정도다.

"시간 낭비라는 말은 좀 아니지 않나요? 3년 동안 다닌 학교의 마지막이잖아요. 선생님들이나 학우분들께 마지막 인사도 안 하실 건가요?"

고양아, 말 잘했어.

"이 학교에 별다른 애착도 없으니 인사는 필요 없어. 시간은 유한하니까. 내일이면 스승의 집을 떠나야 하니 청소나 정리도 해야 해."

"아, 그게 있었죠, 참."

고양이가 납득하자 지크는 이쪽에는 시선 한번 주지 않고 떠나버렸다. 이것이 이 학교에서 나와 지크가 나눈 마지막 대화였다. 하지만 우리는 같은 연금술사 협회 본부에 취직한다. 과연 저런 사람이 동료들과 잘 지낼 수 있을까?

제1장　　좌천

"젠장!"

나는 내 방에서 책상을 내리치고는 술을 한 번에 들이켰다. 직접 만든 간접 조명만 켜진 어두컴컴한 방 안, 벽 창문에는 초췌한 자신의 모습이 비치고 있었다.

"지크 님, 과음하시는 거 아닌가요? 그러다 몸 상해요."

방에 있던 검은 고양이가 그렇게 말하며 의자에 앉아 있는 내 무릎에 폴짝 올라왔다.

"헬렌, 내가 무슨 짓을 했다고 그러는 거지? 왜 늘 원망만 받아야 하는 거야?"

나는 평범하게 일을 했을 뿐이다. 그런데도 군의 비행정 제작팀에서 제외되었다. 그것은 실질적으로 출세 가도에서 밀려났다는 것을 의미했다.

"지크 님은 아무 잘못 없어요. 아마 아우구스토가 손을 쓴 거겠죠."

아우구스토…… 군의 비행정 제작팀 자리를 놓고 다투던 대귀족의 차남이었다. 가문은 최고였지만 연금술사로서의 실력은 내가 훨씬 위였다. 자격만 놓고 봐도 나는 이 나라에서 100명도 안 되는 3급 국가 연금술사였고, 그 녀석은 5급에서 멈춰 있었다. 그러니 애초에 출세 다툼을 벌일 수준조차 안 된다. 당연히 내가 뽑혀야 했다. 그런데도…….

“내게 앙심을 품고 압력을 넣은 건가…… 젠장!”

빈 잔에 술을 따르고 또다시 단숨에 들이켰다.

“지크 님…… 이제 그만 마시세요.”

헬렌이 내 몸으로 기어올라와 어깨에 앉았다. 나는 그런 헬렌을 쓰다듬었다.

“전생에도 그랬어……. 전생에도 원한을 사서 살해당했어.”

나에게는 전생의 기억이 있다. 일본이라는 나라에서 태어나고 자랐다. 머리가 좋았던 나는 일본에서 최고의 대학을 졸업하고 대기업에 취직하여 출세 가도를 달렸다. 하지만 그때도 지금과 마찬가지로 출세 경쟁에서 밀려난 상대가 원한을 품고 칼로 찔러 날 죽였다. 심지어 회사 안에서. 지금도 그때의 일이 꿈에 나온다. 그 번뜩이던 칼날과 동료의 죽어버린 눈빛을 잊을 수 없었다.

“그건 알고 있어요. 적반하장으로 원망하는 상대가 잘못한 거죠.”

그렇다……. 그건 당연하다. 하지만 전생의 실패를 반복하고 싶지 않아 연금술과는 별도로 마법까지 배워 만일의 사태에 대비했다. 그런데 이번에는 귀족이라는 권력 앞에서 무너졌다. 빌어먹을!

“매번 실력과는 다른 무언가가 날 방해해! 무능한 자식들!”

전생 때도 유복한 집안의 아이가 아니었다. 그래서 남들보다 배로 더 노력했고, 그 노력과 재능으로 계속 승리를 쟁취해 나갔다. 이번 생 역시 고아였고, 지독할 정도로 가난한 생활을 해

왔다. 그럼에도 계속 승리해 왔다. 그런데 또, 태생이 다르다는 이유로 무능한 귀족에게 무너지다니…….

"헬렌, 내가 뭘 잘못한 거지? 어디서 실패한 걸까?"

"지크 님은 아무 잘못도 없고 실패하지도 않았어요. 상대가 잘못한 거예요."

응…… 내 사역마는 귀엽고 영리한 아이이긴 하지만, 칭찬밖에 하지 못한다.

"솔직히 말해 줘. 이번 실패를 기회 삼아서 한 단계 더 위로 나아가고 싶어."

불평만 늘어놓는 건 무능한 자라도 할 수 있다. 이것을 성장의 거름으로 삼는 것이 무엇보다 중요하다.

"하, 하지만……."

"말해 줘."

"……지크 님은 머리도 좋으시고, 연금술사로서도 전생의 지식까지 더해져서 누가 봐도 이 나라 최고 수준이라고 생각해요. 마력도 높고 마법 실력도 뛰어나고요. 22살이라는 젊은 나이에 3급 국가 연금술사와 5급 국가 마술사 자격증을 딴 건 이 나라의 긴 역사를 뒤져봐도 지크 님뿐일 거예요."

그건 당연한 일이다.

"나는 흔하게 널린 얼간이들이랑은 다르니까. 재능이 있고, 마땅히 위에 올라서야 할 인간이다."

이 나라 제일의 베스테 마법학교도 수석으로 졸업했고, 사상 최연소로 국가 연금술사 시험에 합격했다. 확실한 엘리트이자 미래가 보장된 남자였다.

"바로 그거예요……. 지크 님은 자연스럽게 타인을 얕잡아 보고 협동심도 없어요. 자신에게도 엄격하지만 다른 사람에게도 엄격하죠. 원한을 사는 것도 당연하고 출세 경쟁에서 지는 것도 당연해요. 저는 평범한 고양이니까 신경 쓰지 않지만, 아무리 그래도 다른 사람에게 좀 더 부드럽게 대해야 한다고 생각해요."

……단도직입적으로 말하네.

"그동안 그렇게 생각하고 있었구나……."

아무 대꾸도 할 수 없었다.

"그치만 그렇잖아요……. 좀 더 주위 사람들에게 상냥하게 대해 주세요. 언제나 절 쓰다듬어주는 것처럼요."

"너는 귀여우니까."

어린 시절 계약한 사역마. 딱히 뭔가 해 주는 것은 아니지만, 그저 그곳에 있어주는 것만으로도 마음의 위안을 받았다.

"다른 사람도 귀여워요."

"귀엽지 않아. 인간은 추해. 껍질을 한 꺼풀만 벗겨도 욕망으로 가득 차 있고, 타인을 끌어내릴 생각밖에 하지 않는 악마다."

"……."

헬렌이 말없이 거울처럼 변한 창문을 바라보았다. 거기에는 출세욕에 사로잡힌 악마—— 내가 비치고 있었다.

"큭! 알고 있어! 알고 있다고……. 진짜 악마는 나겠지. 추하고, 머릿속에는 출세 생각밖에 없어. 원한을 사는 것도 당연해."

절대로 친구가 되고 싶지 않은 인간이다. 하물며 이런 인간이 동료라면 더더욱 최악이다. 다들 그렇게 생각하고 있을 것이다.

"지크 님, 이번에 비행정 제작팀에서는 제외됐지만, 그렇다고 해서 출세 가도에서 완전히 밀려난 건 아니에요. 다른 길도 있어요. 제대로 반성하고 앞으로는 다른 사람을 배려해 보세요. 이러다간 평생 독신으로 살다 죽을 거예요."

딱히 독신이라도 상관없지만, 지금 이대로는 좋지 않다는 것은 이해했다. 역시 두 번이나 실패하면 싫어도 깨달을 수밖에 없다.

"남을 배려한다…… 그건 어떻게 하는 거지?"

"인간과 친해지고 싶은 가여운 괴물인가요……."

나는, 모른다…… 배려가 무엇인지, 모른다.

"모르는 건 어쩔 수 없잖아. 내 두 번의 인생에서는 아무 짝에 쓸모도 없는 거였다고."

"그럼 제가 도와드릴게요. 사랑받는 것에 특화되어 있고, 사람의 마음을 완전히 이해한 이 고양이가 알려드리죠."

고양이 쪽이 인간의 마음을 더 잘 안다니…… 슬픈 일이군.

다음 날, 숙취로 머리가 아팠지만 직접 만든 숙취약을 먹고 해결한 뒤 직장인 연금술사 협회 본부로 출근했다. 본부 건물에 들어가 3층에 있는 자신의 아틀리에로 가기 위해 계단으로 향했다.

"지크발트 씨, 잠깐 괜찮으실까요?"

걸어가고 있는데, 정면에 있는 안내 데스크의 붉은 머리 여성이 말을 걸어왔다.

“뭐지?”

“지크 님, 첫 번째 레슨이에요. 정중한 말씨가 중요해요. 그것이 좋은 사람이 되기 위한 첫걸음이에요.”

어깨에 앉은 헬렌이 속삭여왔다.

“아, 알고 있어.”

나는 마음을 가다듬고 안내 데스크 쪽으로 향했다.

“인사도 중요해요.”

그래그래.

“좋은 아침입니다. 무슨 일이시죠?”

헬렌이 시키는 대로 인사를 건네고 정중한 말투를 사용했다.

“네? 아, 네. 본부장님이 부르셔서…… 근데 무슨 일 있으세요?”

안내 데스크 여성이 놀라서 물었다.

“무슨 일이라니?”

“아뇨, 지금까지는 저한테 인사하신 적이 한 번도 없었잖아요.”

음? 그랬었나? 여기서 3년은 일했는데…….

“어제 우리 집 고양이한테 ‘재수없다’는 소릴 들었거든. 근데 그 정도까지는 아니지?”

그렇게 묻자, 안내 데스크 여성이 미소를 지우고 입을 다물었다.

“지크 님, 이 표정을 보고도 모른다고 하시진 않겠죠?”

응. 엄청나게 미움받고 있네…….

“……뭐가 문제인 거지?”

헬렌에게 작은 소리로 물었다.

“인사를 무시하고, 남을 얕잡아 보고, 그리고 무엇보다, 당신은 아직 제 이름조차 모르잖아요?”

헬렌에게 물었는데, 안내 데스크 여성이 대답했다.

“…….”

하지만 안내 직원의 이름 같은 건 기억할 필요가 없으니까……아니, 알고 있다. 이런 부분이 문제라는 거겠지.

“하아…… 본부장님께서 부르십니다. 서둘러 본부장실까지 가 주세요.”

안내 데스크 여성이 계단을 가리키는 것을 보고 그곳으로 터덜터덜 걸어갔다.

“이미 너무 늦은 거 아닌가?”

상상 이상으로 미움을 받고 있었다.

“괜찮아요. 지크 님께는 제가 있으니까요!”

음? 나보다 네가 더 빨리 포기한 것 같은데?

계단을 올라가 5층 본부장실 앞에서 문을 두드렸다.

“지크발트 알렉산더입니다.”

“들어와.”

안에서 들려온 여성의 목소리에 문을 열고 안으로 들어갔다. 그 안에는 책상에 팔꿈치를 괴고 있는 검은 머리의 여성이 있었다.

“안녕하십니까, 본부장님.”

“그래, 어서 와.”

“안내 데스크에서 여기로 오라는 말을 듣고 왔는데, 무슨 일입니까?”

“무슨 일이냐니…… 군의 비행정 제작팀에서 제외된 다음 날인데도 태연해 보이는구나.”

태연하지 않다. 지금도 엄청나게 상처받고 있다.

“제 능력이 부족했던 거겠죠.”

“그렇지. 너는 무능해.”

푹.

“기대에 미치지 못해 죄송합니다.”

상처를 입었지만 고개를 숙였다. 나를 추천해 준 것은 본부장이었기 때문이다.

“하아…… 아우구스토가 손을 썼다는 건?”

“짐작은 하고 있습니다. 그 남자는 자존심만은 일류니까요.”

“그렇지…… 뭐, 이런 일도 있을 수 있다고 생각해서 다른 곳을 알아봐주려고 했는데.”

음?

“무슨 일이시죠?”

“아우구스토 녀석이 널 어지간히도 미워하는 모양이야. 소속이 사라진 널 다른 팀에 넣으려고 타진했는데, 모든 제안이 거절당했어.”

뭐?

“전부 다, 말입니까?”

본부의 팀은 결코 적은 숫자가 아니다. 백은 거뜬히 넘을 것이다.

“그래. 아우구스토가 압력을 넣었더군.”

“그렇군요…….”

그 녀석, 그렇게까지 하는 건가…….

“하지만 말이지 지크. 물론 그 녀석의 가문은 강하고, 압력도 넣으려면 넣을 수 있어. 하지만 그런 건 막아내려 하면 얼마든지 막아낼 수 있지. 이곳은 국가 연금술사의 총본산이니까.”

알고 있다…… 그것도 알고 있다.

“그 막아내는 수고를 들일 자격이 제게 없었다는 거겠죠.”

“똑똑하네. 정말 똑똑해. 그러니까 확실하게 말해 주마. 정답이야.”

알고 있다.

“모든 것은 제 능력이 부족했던 탓입니다. 폐를 끼쳐서 정말 죄송합니다.”

“내 말이. 난 널 높이 평가했어. 어릴 때부터 우수했고, 남들이 생각하지 못하는 것을 떠올리고 실현해냈지. 탐욕에 가깝다고도 할 수 있는 그 향상심은 훌륭해. 수많은 내 제자 중에서도 널 뛰어넘는 녀석은 없어.”

고아였던 나는 어린 시절 본부장의 눈에 들어 그녀에게 가르침을 받았다. 고아이자 평민 출신이었던 내가 왕도의 베스테 마법학교에 다닐 수 있었던 것도, 여기서 일할 수 있었던 것도 모두 그 덕분이었다. 모든 것이 본부장님의 추천이 있기에 가능했던 일이었다.

“과분한 평가입니다.”

“잘 말했어. 3급 국가 자격증을 가진 인간이 100개가 넘는 팀에서 문전박대 당하다니 반대로 감탄스러워. 잘도 이만큼이나 내 얼굴에 먹칠을 해 줬구나.”

“죄송합니다.”

아무런 반박도 할 수 없었다. 본부장님은 연금술과 마법을 가르쳐주고 추천까지 해 줬다. 그리고 장학금 등의 보증인까지 되어준 후견인이자 은사였다.

“하아…… 마법이나 연금술보다 인간으로서의 도리를 먼저 가르쳤어야 하는데. 이제 와서 후회해 봤자 소용없지만.”

아, 역시 이미 늦은 모양이다.

“정말 죄송합니다.”

“이제 됐어, 바보야. 받아, 네 다음 직장이다.”

본부장이 종이를 꺼내 책상에 내려놓았다. 한 걸음 앞으로 나가 종이를 집어들었다. 그리고 그곳에 적힌 내용을 읽어나갔다.

그렇군…… 리트 지역으로 이동인가.

“지크 님, 리트가 어딘가요?”

함께 임명장을 보던 헬렌이 물었다.

“남쪽 지역이야.”

나는 이 나라 지역의 이름은 전부 기억하고 있다. 그래서 이 임명장이 의미하는 바를 알 수 있었다.

“좋은 동네야. 평화롭고, 바다도 가깝고…… 뭐, 여기서는 꽤 멀지만.”

본부장이 담배를 꺼내 불을 붙이며 그렇게 말했다.

“왜 여기로 가야 하는 거죠?”

“연금술사 수가 부족하대.”

“그렇군요…….”

“교통비는 대줄 테니까 비행정을 쓰도록 해.”

그건 감사한 일이다. 거리가 먼 만큼 이사 비용도 만만치 않을 테니까.

“기간은요?”

“적혀 있나?”

“아니요…….”

공란이다. 기간은 미정. 즉 평생일 가능성도 있다는 뜻이었다. 다시 말해 좌천이라는 건가…… 출세의 길은 결국 끊기고 말았군.

“그럼, 그런 거니까. 처음부터 다시 시작해라, 멍청한 제자 녀석아.”

본부장이 휙휙 손을 내저었다.

“실례하겠습니다.”

고개를 숙이고 방을 나온 나는 계단을 내려가 내 아틀리에로 향했다.

지크가 방을 나가고, 천장으로 퍼지는 새하얀 연기를 올려다보고 있는데 문득 노크 소리가 들려왔다.

"누구?"

그렇게 말하자, 천천히 문이 열리며 금발의 사내가 방으로 들어왔다.

"본부장님. 실례합니다."

"크리스인가."

방에 들어온 사람은 크리스토프라는 이름의 제자였다. 지크의 동문 선배에 해당하며 이 녀석도 3급 국가 연금술사였다.

"네. 지크가 리트 지역으로 전근을 간다고 들었습니다."

정보가 빠르네. 지크한테 들었나? 아니, 지크가 남에게 말했을 리가 없나.

"그 바보, 여기저기 시비를 너무 많이 걸고 다녔어."

"원래 그런 녀석 아닙니까. 저도 오랜 시간 알고 지냈지만, 한 대 때리고 싶었던 적이 한두 번이 아닙니다."

"나도 마찬가지야."

지크는 어릴 때부터 우수한 것을 넘어서 그야말로 천재였다. 하지만 동문이자 선배인 크리스도 아래로 보기 일쑤였고, 때로는 스승인 나에게조차 코웃음을 칠 때가 있었을 정도다.

"아우구스토 때문입니까?"

"그렇지."

"무시하면 되지 않습니까. 지크를 잃는 것은 손실이 너무 큽니다. 그 녀석은 비록 성격이 그 모양이긴 하지만 실력은 확실합니다. 누가 뭐래도 눈부신 50기의 수석이고요."

눈부신 50기…… 왕도의 베스테 마법학교 50기생은 마법사

명문이나 명가, 나아가 실력자의 제자들이 동시기에 입학한 최고의 기수라 불리고 있었다. 그 정점에 있던 것이 바로 장학생 지크다. 그는 재학 중에 국가 연금술사 자격을 5급까지 따내며 다른 사람들을 완전히 압도했다. 그리고 당연하게도 그런 성격 탓에 동기들에게조차 미움을 샀다고 들었다.

"아우구스토 한 명의 문제라면 그나마 낫지. 그 녀석, 부모까지 써서 압력을 행사했어."

"아우구스토의 부모? 분명 마술사 협회의 본부장이었죠?"

"맞아. 그래서 지크를 마술사 협회로 보내라고 말하더군."

지크는 바보에게 무시당하고 싶지 않다는 이유만으로 5급 국가 마술사 자격증도 따버렸다. 그 말을 들었을 때는 이 자식이야말로 바보 아닌가 생각했었다.

"속이 뻔히 들여다보이는군요. 북부의 최전선으로 보낼 작정이겠죠."

이 나라는 북쪽에 있는 나라와 전쟁 상태다.

"그렇겠지. 그래서 당연히 거절했어."

지크는 마법 실력도 있긴 하지만 실전 경험은 전무했다. 사무직밖에 해 본 적 없는 그가 싸울 수 있을 리가 만무했다. 싸우기는 커녕 북부에 가서도 원한을 사서 적보다도 아군에게 먼저 살해당할 것 같았다.

"지크를 지키기 위한 좌천인가요?"

"아니, 어떤 팀에서도 지크가 필요 없다고 했으니까, 어디로든 전근을 보낼 예정이었던 건 맞아."

정말이지 미움받는 것도 재주라면 재주다. 나라 안에서 정상급인 본부에서도 명실상부 최고의 연금술사인데도 말이다.

"그래서 리트입니까? 적어도 좀 더 나은 곳은 없었습니까? 리트는 완전 변방의 시골 아닙니까."

"그 정도가 그 녀석에게는 딱 좋아. 위만 보느라 자기 발밑을 보지 못하는 바보가 정신 차리기에는 딱 좋은 곳이지. 시골에서 처음부터 다시 시작하면 돼."

"그 녀석이 변할 수 있을까요? 아마 진심으로 자기 이외에는 다 무능하다고 생각하고 있을 텐데요."

평민 출신에 고아인데도 귀족들에게조차 그런 생각을 갖고 있었고, 심지어 그 태도를 숨기려 하지도 않았다.

"그렇게 해도 바뀌지 않는다면, 그 녀석은 더 이상 답이 없는 거지."

구제 불가다.

본부장실에서 나온 나는 계단을 내려가 내 아틀리에로 향했다. 그리고 정리를 시작했다.

"저, 저기, 지크 님? 방금 전 나온 임명장은……?"

헬렌이 조심스럽게 물어왔다.

"시골로 발령받았어. 좌천이야, 좌천."

"네……?"

“좋게 바꿔 말하자면, 여기에 내가 있을 곳은 없으니 아무도 나를 모르는 곳에서 처음부터 다시 시작하라는 소리지. 스승의 마지막 배려다.”

사실상 해고 선언이나 다름없었지만.

“지크 님…….”

“하아…… 두 번째 인생도 망했어.”

두 번의 실패로 간신히 알았다……. 나는 성격이 더럽다. 본 부장은 향상심이라는 말로 좋게 포장했지만, 다시 말해 남을 끌어내리는 것밖에 생각하지 않는 악마. 아우구스토랑 다를 바가 없었다.

“아직 완전히 망한 건 아니에요! 지크 님은 젊으시니까 다시 시작할 수 있어요!”

스승은 그렇게 말하고 싶었던 거겠지.

“알고 있어. 사람은 실패를 통해 배우는 법이니까……. 그래도, 왠지 좀 피곤하군.”

출세길은 막혔다. 이제 무엇을 위해 살아야 하는 것일까? 아니, 지금 생각해 보면 애초에 출세했다면, 그 뒤에는 뭐가 있었을까? 돈? 여자? 질 좋은 음식? 돈은 살아갈 만큼만 있으면 되고 여자도 필요 없다. 제대로 된 성장 과정을 거치지 못했던 나에게 음식은 뭐든 다 맛있었다. 나에게 정말 필요한 건…… 뭐지?

“지크 님?”

“이제…… 됐어.”

“지크 니임?! 안 돼요! 정신 차리세요!”

헬렌이 얼굴에 달라붙었다. 앞이 안 보인다.

"아니, 안 죽어. 죽는 건 무섭고 괴로우니까."

경험자인 만큼 누구보다 잘 알았다. 몸이 급속히 식어가는 그 감각은 그저 공포였다.

"아, 그래요?"

진정을 찾은 헬렌이 책상으로 뛰어내렸지만, 여전히 걱정이 담긴 눈빛으로 나를 올려다보았다. 그런 헬렌을 쓰다듬어주었다. 헬렌과는 어릴 때부터 함께였다. 친구도 없고 가족도 없었다. 일만 해 오느라 제대로 된 취미도 없고 여자친구도 없다. 그런 나에게도 소중한 것은 있었다. 바로 헬렌이다.

"인생에서 가장 소중한 것이라……."

전생도 이번 생도 처음에는 살기 위해 배우고 노력해 왔다. 하지만 이미 나는 살아가는데 문제없을 만큼의 돈을 벌 수 있는 위치에 있다. 이 이상은……?

"지크 님?"

내 중얼거림에 헬렌이 귀엽게 고개를 갸웃거렸다.

"첫 번째 인생도 두 번째 인생도 출세에 실패했어. 이제 출세는 세 번째에 기대 볼 수밖에 없는 건가……."

"세 번째가 있을까요?"

"글쎄. 어느 쪽이든 더는 왕도에서 출세하는 건 무리다. 리트에서 다시 시작할 수밖에 없겠지."

"리트에서도 출세는 할 수 있고 행복한 삶도 살 수 있어요!"

그렇지…… 그 말이 맞다. 나에게는 헬렌이 있다.

“헬렌, 리트에서는 실패하지 않고 싶어.”

“맡겨주세요! 사역마로서는 아무 능력도 없지만, 조언 정도는 할 수 있어요!”

나에게는 아까울 정도로 좋은 사역마다.

“좋아, 여기 있어봤자 비참하기만 하니까 서둘러 정리하자.”

“도와드릴게요!”

우리는 개인 물품을 모아 공간 마법으로 하나하나 수납했다. 그리고 청소를 끝내고, 마지막으로 안내 데스크에 가서 신세를 진 것과 폐를 끼친 것에 대한 인사를 전하고 집으로 돌아왔다. 집에 돌아온 뒤에도 짐을 정리하고, 집주인에게 집 계약을 해지한다는 뜻을 전했다. 도시를 나갈 준비는 순조롭게 진행되었고, 이때에 와서야 ‘아, 인사할 사람조차 없구나’라는 생각이 들어 조금 서글퍼졌다.

모든 준비를 마치고 공간 마법에 짐을 수납한 뒤 헬렌과 함께 공항으로 가 티켓을 구매했다. 그리고 탑승 시간까지 벤치에 앉아 기다렸다.

“지크 씨.”

내 이름을 부르는 소리가 들려 뒤를 돌아보니, 그곳에는 연금술사 협회 본부의 안내 데스크 여성이 서 있었다. 순간 누군지 알아보지 못했지만, 마지막 출근 날 있었던 일 덕분에 떠올릴 수 있었다.

“너였나……. 오늘은 쉬는 날인가?”

뭘 하러 온 거지?

“맞아요. 가신다고 하셔서 배웅하러 왔어요.”

음? 나를?

“어째서?”

“동료를 배웅하는 데 이유가 필요한가요?”

나라면 필요하다. 물론 누군가를 배웅한 적은 없지만…….

“고맙군.”

“지크 씨, 리트에 도착한 후 지낼 곳은 생각해 두셨나요?”

“아니, 거기 도착하고 나서 찾아봐야지. 그 전까지는 호텔에서 생활할 거고.”

아니면 직장 아틀리에에서 잘 수도 있었다. 변방의 땅이라고는 해도 개인 아틀리에 정도는 있겠지.

“그렇군요. 그럼 이걸 받으세요.”

안내 데스크 여성이 이상한 티켓을 내밀어오기에 봤더니 처음 보는 호텔 이름이 적혀 있었다.

“이게 뭐지?”

“리트에 있는 호텔 우대이용권이에요. 작년에 친구를 만나러 가느라 묵었을 때 받은 거고요. 드릴게요.”

“고마워, 그…….”

결국 이름을 듣지 못했다…….

“하아…… 자기소개를 할까요? 후회하실 텐데요.”

“아니…… 미안하지만, 이름이.”

나중에 감사 편지를 보내야 하니 말이다.

“아델레입니다. 아델레 폰 요들이요.”

“…….”

망했다. 완전히 들어본 이름이다. 내 문제점을 잘 알고 있었던 이유가 있었구나.

“도, 동급생이었군…… 어떻게 사과해야 할지…….”

게다가 귀족 영애였다. 심각한 무례였다.

“네, 베스테 마법학교에서 3년 동안 같은 반에서 배웠던 아델레입니다. 제가 당신을 싫어하는 이유를 이제 아셨을까요?”

완전히 알았다. 쭉 같은 배움터에서 수업을 들은 동급생과 직장에서 재회했는데, 얼굴도 이름도 기억하지 못하는 것은 어불성설이다. 게다가 인사까지 무시하고…….

“정말, 미안하다.”

“그 반성하는 마음을 잊지 마시길. 그리고 당신은 저희 기수의 수석이자 대표라는 것도 잊지 마시고요. 그럼 친구로서 리트에서의 활약을 기대하겠습니다. 조심히 가세요.”

아델레가 우아하게 떠나갔다.

“조심히…….”

“엄청 좋은 분이었잖아요. 대체 뭘 하신 거예요…….”

일부러 배웅까지 와서 이별 선물까지 주고 갔으니 말이다.

“저쪽에 도착하면 감사와 사과 편지를 써야겠어.”

“그게 좋을 것 같아요.”

떠나가는 아델레의 뒷모습을 보고 있는 사이 시간이 다 되어 비행정에 올랐다. 그리고 비행정이 날아오르고, 환생한 뒤부터 22년간을 보냈던 왕도를 떠났다.

비행정을 타고 가만히 생각에 잠겨 있는데, 띵 하는 소리가 났다.

『이제 곧 리트에 도착합니다. 내리시는 손님은 준비해 주시기 바랍니다.』

스피커에서 들려오는 안내 방송에 창밖을 바라보자 바다와 숲, 그리고 드넓게 펼쳐진 밭이 보였다.

"자연이 풍요롭네."

"좋지 않나요? 저는 이런 풍경도 좋아해요."

그러고 보니 전생에 어떤 동료가 시골 생활에 대한 로망이 있다는 식으로 말했던 일이 떠올랐다.

그때는 '시골은 좌천되는 곳일 뿐 좋은 이미지 따위는 없다'라고 대답했었다.

지금 생각하면 시골 사람들을 모조리 무시하고 타인의 낭만을 부정하는 발언을 한 셈이다. 미움받을 요소밖에 없었다. 심지어 그렇게 말했던 내가 이렇게 좌천당했으니 조금도 웃을 수 없었다.

"시골에서는 뭘 하면 되지?"

"반대로 물을게요, 도시에서는 뭘 하셨나요?"

……글쎄?

"하긴. 취미도 없고 친구도 없는 나와는 관련이 없는 이야기였군."

어디든 마찬가지다.

"앞으로 열심히 해 보죠. 우선은 직장 동료들과 원만한 관계를 맺는 것부터 시작해요."

"알고 있어. 아우구스토 건도 그렇지만, 그것보다도 아델레 같은 일은 더 이상 없어야지."

아델레가 배웅하러 오지 않았다면 아마도 평생, 매일 얼굴을 마주하는 안내 직원이 동급생이라는 것도 눈치채지 못했을 것이다. 동창회 같은 곳에 나갈 마음은 없지만 엄청난 뒷담화 파티가 열리지 않았을까.

"그리고 말이죠, 지크 님은 좀 더 여유로운 마음을 가질 필요가 있어요."

"여유로운 마음이라니?"

"지크 님은 성실하신 분이시지만 살짝 워커홀릭 기질이 있으니까요. 개인적인 시간을 좀 만들어 보세요. 이러다가는 결혼도 못하고 고독사할 거라고요."

결혼이라…….

"안 해도 상관없는데. 나에겐 네가 있잖아."

아니, 오히려 너만 있으면 충분하다.

"지크 님…… 기쁘긴 하지만 그런 슬픈 말은 하지 마세요."

"알았다, 알았어. 개인적인 시간을 만들어보라는 거지? 딱히 여자로 한정할 일도 아니잖아. 바다 같은 곳에 가서 물고기라도 낚지, 뭐."

그런 마도구를 만들어 주마.

"와! 그거 좋네요!"

헬렌이 기쁜 얼굴로 올려다보았다.

정말이지 귀여운 아이다. 전생에 고양이를 키우면 결혼이 멀어진다는 이야기를 들은 적이 있는데, 바로 이런 걸 말하는 거겠지. 이 녀석만 있으면 더는 필요한 것이 없었다.

헬렌을 쓰다듬는 사이 착륙 태세에 들어간 비행정이 서서히 하강을 시작했다. 완전히 멈춘 것을 확인하고 자리에서 일어나 비행정에서 나왔다. 착륙한 비행정에서 뻗어나온 다리를 걸어 게이트를 빠져나가자, 도시의 풍경이 드러났다.

"생각보다 번화한 곳이네."

변방 지역이라고 들어서 좀 더 시골 느낌을 가진 도시일 줄 알았는데, 생각보다 번화했다. 왕도 같은 화려함은 없지만 차분한 맛이 있어 나쁘지 않았다. 길도 석조로 잘 포장되어 있고, 건물도 낡긴 했지만 빌딩이 늘어서 있어 현대적인 느낌을 주었다.

이 세계는 현대 일본처럼 발전하지는 않았다. 하지만 상당히 근대에 가까웠고, 비행정이나 열차, 전화 등도 있었다. 그러나 그것을 해낸 것은 모두 과학이 아니라 마법이다. 더 말하자면, 그것들을 발전시켜 온 것은 바로 연금술이었다.

"완전히 그냥 도시네요."

"그렇군. 좋아. 난 이 땅에서 다시 시작하겠어. 우선 가장 먼저 해야 할 건 동료들에게 미움받지 않는 것."

그것이 가장 중요하다.

"좋은 생각이에요."

"부탁한다, 헬렌."

너만 믿는다.

“맡겨주세요.”

“좋아. 그럼 인사부터 하러 갈까?”

출근은 내일부터였지만, 나는 새로 태어났다. 그러니 출근 전에 미리 인사를 하러 갈 것이다. 사실 헬렌이 시켜서 가는 거지만…….

“지부는 어디인가요?”

“주소는 알고 있지만…….”

지도가 없으니 알 방법이 없었다. 뭐, 어딘가에 안내도가 있겠지.

그렇게 생각하면서 걷고 있는데, 길 끝에 한 여자가 서 있는 것이 보였다. 평소 같으면 무시했을 텐데, 그 여자는 종이와 나를 번갈아 바라보며 누가 봐도 이쪽을 빤히 응시하고 있었다.

“아시는 분인가요?”

헬렌도 눈치챘는지 그렇게 물어온다.

“음…… 아는 사람은 없다만…….”

그렇지만 아델레 일도 있다. 그냥 잊어버린 것일지도 모른다. 이 지역에 온 적은 없지만, 베스테 마법학교 학생은 여러 지역에서 오니까 동급생일 가능성도 충분히 있었다.

그렇게 생각하고 그 여자를 유심히 바라보았다. 여자는 어깨 정도까지 오는 은색 머리에 꽃모양 머리핀을 달고 있었다. 키는 155cm 정도로 그렇게 크지 않았다. 몸매는 전체적으로 말랐지만 여성스러운 곡선을 그리고 있었다. 얼굴은 부드러운 분위기에 귀여운 외모였다.

“모르겠군.”

누구야, 저 녀석은? 혹시 공항 근처에서 호객이라도 하는 건가?

“정말 모르세요? 지크 님은 전과가 있잖아요~.”

알고 있다고. 하지만 이번에는 정말 모르겠다.

비행정을 타고 있을 때 베스테 마법학교 졸업 명부를 보며 얼굴을 떠올리는 작업을 마쳤으니 틀림없었다. 참고로 그때 떠오른 일인데, 아델레는 동급생인 걸 넘어서서 실습 때에도 같은 조였다. 나는 미움받은 것에 상처받았지만, 잊혀진 아델레는 그 이상으로 상처받았을 것이다.

“음…… 일단은 무시하자.”

“지크 님…….”

한심함이 담긴 헬렌의 목소리에 선택을 잘못했나 싶었을 때, 상대방 쪽에서 먼저 다가왔다. 여기까지 오면 무시할 수도 없었기에 얌전히 기다렸다.

“저, 지크발트 알렉산더 씨인가요?”

나를 알고 있어?

“누구야, 넌?”

꺼져.

“지크 니임?! 제 말을 어디로 들으신 거예요?! 정중하게 말하는 게 중요하다고 했잖아요?!”

꺼지라는 말은 입 밖에 안 냈는데…….

“미안. 한 번 더 해도 될까?”

“어? 아, 네.”

여자는 고개를 끄덕이더니 어째서인지 다시 멀어졌다. 그리고 몇 미터 떨어진 곳에서 이쪽을 돌아보더니 다가왔다.

"저, 지크발트 알렉산더 씨인가요?"

음? 거기서부터?

"……네. 제가 지크발트입니다. 실례지만 어디선가 뵌 적이 있습니까?"

어깨에 있는 헬렌이 만족스러운 얼굴로 고개를 끄덕였다.

"아니요, 저는 연금술사 협회 리트 지부에 소속된 에리카 린트너예요. 지크발트 씨를 마중나왔어요."

동료였다니…… 말을 바꾸길 잘했다…….

"그거 감사하군요. 하지만 제 출근은 내일입니다만?"

"지크발트 씨는 왕도 출신이라고 들었거든요. 이 지역에 대해서는 잘 모르실 것 같아서 안내해 드리려고 왔어요."

에리카가 생긋 웃었다. 그러자 에리카의 형상이 서서히 일그러지기 시작했다.

"오…… 헬렌, 시야가 왜곡되고 있어."

"지크 님?! 정신 차리세요! 정화되지 마세요!"

이것이 인간성의 차이라는 건가……. 나는 그런 것은 생각조차 해 본 적이 없는데…….

"왜, 왜 그러세요? 어디 안 좋으세요? 혹시 긴 여행 때문에 피곤하세요?"

"아, 아뇨, 아무것도 아닙니다. 죄송합니다만 지부로 안내해 주실 수 있을까요? 지부장님께 인사를 드리고 싶습니다."

"네. 이쪽이에요."

에리카가 웃는 얼굴로 고개를 끄덕이며 걷기 시작했고, 우리는 그 뒤를 따라갔다. 거리를 구경하며 걷고 있는데, 왕도만큼은 아니지만 사람도 많고 제법 활기찼다.

"에리카 씨는 연금술사입니까?"

"네. 작년에 10급에 합격했어요."

오…… 젊어 보이는데, 그 어렵다는 국가 자격 시험에 합격하다니 훌륭하군.

"에리카 씨는 우수하시군요."

"아뇨, 그렇지는 않아요……. 아, 그, 존댓말도 안 쓰셔도 되고, 이름도 편하게 부르셔도 괜찮아요."

음? 이름을 불러도 되는 건가?

"헬렌, 이럴 땐 어떻게 해야 하지?"

헬렌에게 확인해 보았다.

"네? 그냥 말한 대로 하면 되지 않을까요?"

그것도 그런가.

"헬렌, 이라고 하나요?"

에리카가 어깨에 있는 헬렌을 보며 물었다.

"그래. 내 사역마인 헬렌이다."

참고로 이름은 헬렌 켈러에서 따왔다. 사역마라는 것은 주인을 보좌하는 것이 본래의 역할이다. 그래서 교육과 복지에 공헌한 것으로 유명한 전생의 위인에게서 이름을 따온 것이다.

"와, 귀여워요!"

호오…… 역시 초고난도 국가 자격 시험에 합격한 실력답군. 보는 눈이 있다.

“받아.”

어깨에 있는 헬렌을 들어 에리카에게 건네주었다. 그러자 에리카가 두 팔로 안아들었다.

“헬렌이라고 해요. 잘 부탁드려요.”

헬렌이 자기소개를 하자 에리카가 더욱 환하게 미소 지었다.

“응, 잘 부탁해. 검은 고양이 사역마와 같이 다니시는 분이 지크발트 씨라고 들었거든요.”

아하. 그래서 종이와 나를 번갈아 보고 있었던 건가.

“지크발트는 길잖아? 그냥 지크라고 불러.”

다들 그렇게 부르니까.

“알겠습니다. 지크 씨는 연금술사인데 마술사이기도 하시네요.”

사역마를 가진 것은 마술사뿐이었다. 연금술사는 도구를 어지를 위험이 있는 사역마를 두지 않는다. 우리 애는 그런 짓을 하지 않지만.

“스승이 둘 다 가능해서 둘 다 배웠어.”

스승이란 물론 본부장을 말했다. 그녀도 독수리 사역마가 있었지만, 우리 애가 너무 무서워해서 협회에서 얼굴을 마주할 일은 없었다.

“굉장하시네요. 우수한 연금술사라고 들었는데, 거기서 그치지 않고 국가 마술사 시험까지 합격하시다니 존경스러워요.”

헬렌을 다시 돌려준 에리카가 미소를 유지한 채 칭찬을 건네왔다. 그 미소에는 조금의 비아냥도 없었다. 이 녀석, 엄청 좋은 애다.

"아니, 에리카도 국가 연금술사인 거지? 그 젊은 나이에 대단하잖아. 나이가 몇이야?"

"감사해요. 올해로 20살이에요."

역시 젊다…… 실력이 우수한 거겠지.

"왕도에 갈 마음은 없어? 그 정도로 우수하면 출세할 수 있을 텐데."

……나와는 달리 인간성도 완벽하고.

"아니요. 저는 여기서 태어나고 자랐으니까 이 지역에 공헌하고 싶어요. 왕도에 가고 싶은 마음이 없는 건 아니지만, 그래도 제 고향을 더 좋은 곳으로 만들고 싶은 마음이 더 커요."

흐음, 정말 훌륭한 인간이군.

"이봐, 헬렌, 이 녀석과 나는 같은 인간인가?"

누가 봐도 다르지 않나? 고향을 더 좋은 곳으로 만들겠다는 생각은 전생을 포함해서 단 한 번도 해 본 적이 없었다.

"지크 님, 에리카 님이 좋은 본보기예요. 이것이 바로 선. 영혼을 정화시켜 주세요."

결국 정화되는 건가.

"아, 맞다. 에리카, 시사이드 호텔이 어딘지 아나?"

"네, 동네 서쪽에 있는 호텔이에요. 오늘은 거기에 묵으시나요?"

"음, 아는 사람…… 아니, 친구에게 우대이용권을 받았거든."

아델레는 친구라고 했으니까 친구겠지. 인생 첫 친구다…….

잔인한 짓을 했지만.

"와, 좋은 친구분을 두셨네요."

맞는 말이다…….

"뭐, 그렇지."

그 후 에리카는 함께 걸어가면서 이 지역에 대해 설명해 주었다. 이곳은 변방이라고는 하지만 바다와 숲이 가까워 먹거리와 자원이 풍부하다고 했다. 사람들의 심성도 너그러운 편이라 살기에 무척 좋은 곳이라고.

그런 설명을 듣고 있는데, 에리카가 한 빌딩 앞에서 멈춰 섰다. 빌딩 간판에는 '연금술사 협회 리트 지부'라고 적혀 있었다.

"여기가 지부예요."

지부 빌딩은 3층짜리 건물로, 왕도의 본부와 비교하면 세로도 가로도 모두 작았다. 뭐, 그건 어쩔 수 없는 일이겠지. 하지만 뭔가 좀 황량한 것 같기도 하고…….

"안내해 줘서 고맙군. 지부장님은 계신가?"

"네. 지부장실에 계세요."

"인사를 하고 싶은데."

"알겠습니다. 안으로 들어오세요."

에리카의 말을 듣고 안으로 들어서자, 1층은 본부와 마찬가지로 로비 같은 공간으로 안내 데스크나 대기를 위한 소파 등이 놓여져 있었다. 하지만 사람이 한 명도 없었다.

혹시 오늘은 휴일인가? 왕도에서는 휴일이라도 안내 데스크에 누구 한 명쯤은 있는데. 하긴 여긴 시골이니까.

"지부장실은?"

"아, 저쪽이에요."

에리카가 안내 데스크 안쪽에 있는 문을 가리켰다.

"1층인가?"

본부에서는 최상층인 5층이었다. 높은 인간은 당연히 위쪽에 있는 법이라고 생각했는데.

"네. 2층이 아틀리에고, 3층은 소재 같은 걸 보관하는 창고로 쓰고 있어요."

"그렇군."

뭐, 각 지부마다 생각이나 방침이 다 다른 거겠지.

"그럼 이쪽으로 오세요."

에리카가 그렇게 말하며 안내 데스크 쪽으로 걸어갔기에 우리도 그 뒤를 따랐다. 문 앞에 다가간 에리카가 노크를 했다.

"지부장님, 지크발트 씨가 인사차 오셨어요."

"그래, 들어와."

방 안에서 남자의 목소리가 들려와 에리카가 문을 열고 안으로 들어갔다. 우리도 그 뒤를 따랐다. 방 안에는 40대 정도의 덩치 큰 남자가 책상에 앉아 있었다. 남자는 흰머리가 드문드문 섞인 검은 머리에 수염을 기르고 있었다. 솔직히 책상에 앉아 일하는 사람이라기보단 군인처럼 보였다.

"지부장님, 지크발트 알렉산더 씨예요."

내가 지부장에게 엄청난 위화감을 느끼고 있는데, 에리카가 나를 소개해 주었다.

“처음 뵙겠습니다. 지크발트 알렉산더입니다. 내일부터 여기서 일하게 되었습니다.”

인사를 하고 허리를 숙였다.

“그래, 반갑군! 난 베르너다. 일단 성까지 말해 두자면 베르너 폰 랑하임이다.”

귀족인가……. 연금술사 같지 않다고 생각했는데, 아마 낙하산이겠지. 전생에도 이번 생에도 자주 있는 일이지만, 나는 딱히 그것에 반대하는 것은 아니었다. 윗선이 알아서 할 일이고, 내 일만 방해하지 않으면 그만이다. 뭐, 가끔 미친듯이 방해해 대는 녀석도 있지만.

“지부장님, 지크 씨는 마술사이기도 하대요.”

에리카가 여전히 미소를 유지한 채 지부장에게 말했다.

“알고 있어. 이쪽에도 서류가 도착했으니까. 그건 그렇고 정말이지 엘리트더군.”

지부장이 뭔가가 적힌 서류를 바라보았다. 서류라고 해 봐야 내 경력서겠지.

“그런가요?”

“사상 최연소로 국가 연금술사에 합격했고, 또 최연소이자 단기간으로 3급이 됐어. 심지어는 국가 마술사 자격도 5급이다.”

“3급?! 게다가 국가 마술사도 5급이라니…….”

“그렇게 적혀 있군. 3급은 이 나라에 100명도 안 되는데 말이지.”

“와…… 구름 위의 존재네요. 더는 같은 연금술사로는 안 보여요.”

나도 에리카가 같은 인간으로는 안 보인다. 물론 빛과 어둠이라는 뜻에서. 내가 어둠…….

“다만 좌천이라…… 인간성은 좋지 못한 모양이군.”

“네? 그런가요? 상냥한 분처럼 보였는데요.”

고맙다, 에리카……. 눈물이 날 뻔했다. 그보다 지부장, 보통 본인을 앞에 두고 그런 말을 하나?

“아니, 그렇게 적혀 있어. 때려서라도 근성을 좀 고쳐달라고 말이지.”

분명 본부장이다…….

“포, 폭력은 안 돼요!”

“알고 있어. 그나저나 본부장이나 되는 양반이 이런 말을 써놓다니…….”

지부장이 황당하다는 얼굴로 말했다.

“본부장님은 제 스승이십니다. 게다가 후견인이기도 하고요. 저는 고아였거든요.”

“과연. 그거라면 이해가 가는군. 이건 스승이자 부모라서 나올 수 있는 말인 건가.”

지부장이 보고 있던 종이를 쓰레기통에 휙 던져버렸다.

“본부에서는 여러 의미로 실패했습니다.”

“그런가……. 뭐, 그런 일도 있을 수 있지. 어쨌든 내일부터 잘 부탁해.”

“알겠습니다.”

다시 한번 허리를 숙였다.

“에리카, 이곳에 대한 건 설명했나?”

지부장이 에리카를 바라보았다.

“아니요, 아직이에요. 지금부터 아틀리에를 안내해 드릴 생각이었어요.”

“그렇군……. 지크발트, 지부를 안내하기 전에 현재 지부의 상황을 먼저 설명해 주마.”

음?

“상황, 말입니까?”

“그래. 현재 이 지부에 소속된 인간은 4명이다.”

뭐?

“네 명? 그게 다라고요?”

아무리 그래도 말도 안 된다. 아무리 시골이라고는 해도 그 열배는 있어도 부족하지 않았다. 아니, 이 도시의 규모를 생각하면 더 있어도 괜찮을 정도다.

“그래. 지금 여기 있는 3명을 제외하면 한 명밖에 없어. 그 녀석은 현재 출장 중이다.”

나를 포함해서…… 그럼 어제까지는 3명이었다는 건가? 있을 수 없는 이야기였다.

“일단 확인 좀 하겠습니다. 저 이외의 3명은 연금술사죠?”

“내가 연금술사로 보이나? 전직 군인이고, 퇴역 후에 이곳 지부장 자리에 앉은 거야.”

역시 낙하산이었다.

“그렇다면 두 명?”

“그래, 거기 있는 에리카랑 출장 중인 레오놀라다. 둘 다 10급이지.”

10급…… 아니, 물론 국가 자격증을 갖고 있다는 것만으로도 대단하지만, 10급은 가장 아래다. 그런 사람들밖에 없는 지부라니…….

“저, 무슨 말씀이시죠? 솔직히 말씀드리면, 정상적이지 않습니다.”

“그렇지. 이 업계에 대해 무지한 나라도 그렇게 생각한다.”

“무슨 일이 있었던 겁니까?”

“뭐, 간단히 말하자면 이 지역은 공무원 연금술사보다 민간 연금술사가 더 강하다는 얘기지.”

연금술사라는 것은 민간에도 있었다. 약국이나 무기상 따위에도 있을 정도다. 물론 민간 자격증은 필요하다.

“민간 쪽이 더 강하다는 게 무슨 뜻입니까?”

바로는 이해하기 어려웠다. 민간은 많아 봐야 10명 정도가 운영하는 작은 아틀리에에 불과했다. 협회와는 규모 자체가 달랐다.

“나도 여기 온 뒤로 알게 된 거지만, 국가 연금술사가 될 만한 녀석들은 하나같이 유능하고 똑똑하지.”

“맞습니다.”

“지크 님.”

아, 이런. 무심코 속마음이…….

"아닙니다. 노력하면 누구라도 될 수 있습니다."

"그런 헛소리는 됐고. 10급인 에리카조차 재능이 있어."

"그건 그렇겠죠. 20살이라는 젊은 나이에 합격했다는 건 대단한 일이라고 생각합니다."

국가 연금술사 시험은 10급이라 해도 매우 어려웠다. 매년 만 명이 넘는 인간이 응시해도 90퍼센트 정도가 떨어질 정도로 난이도가 높은 시험이었다.

"재학 중인 16살에 시험에 합격한 네가 말하니까 비꼬는 걸로밖에 안 들리는데…….."

그럴 의도는 아니었는데…… 사실을 말한 것뿐인데…….

"아, 아무튼 재능이 필요하다는 건 알겠습니다. 하지만 그게 뭐 어떻다는 겁니까?"

"뭐, 당연한 말이지만 재능이 있는 녀석은 다들 왕도 같은 도시로 가버리거든. 심지어 9급, 8급만 돼도 이런 변방의 땅은 바로 떠나버려. 남아 있는 건 고향에 대한 애정이 강한 에리카 같은 녀석이나 가업을 이어야 하는 녀석들뿐이지."

그런 거였나……. 이 지역에 가업을 둔 사람이라면 민간 쪽으로 갈 것이다. 그래서 두 명이라고…….

"아니, 그렇다 해도 두 명은 너무 적지 않습니까?"

"작년에는 10명이 있었어."

10명이라…… 그것도 적긴 하지만 적어도 지금보다는 8명이나 많았다.

"그 8명은 어디로 갔죠?"

"북부에 있는 큰 도시의 지부로 스카우트됐다. 대규모 비행정 개발이 있다나 뭐라나. 그래서 희망자를 모집한 거지."

연금술사 협회는 각 지부가 어느 정도 독립적으로 운영되고 있기 때문에 그런 스카우트 경쟁이 치열했다.

"하지만 그래도 2명은 이상합니다. 지부가 유지될 수 있을 리가 없어요. 본부에 항의해야 할 일입니다."

"했다. 그 결과, 본부장이 널 보내줬고."

확실히 나라면 8명 정도는 커버할 수 있었다.

"그래도 3명은 너무 적습니다."

"그렇지…… . 그 부분은 내 능력 부족이기도 해. 미안하지만 나는 이 업계에 대해서 잘 모르거든."

군인이니까…… 크게 기대할 수는 없을 것 같다.

"힘들겠군요."

"그래, 그렇기 때문에 너에게 기대하고 싶어."

과로사할 미래가 보이기 시작했다…….

"최선은 다하겠지만 어려울 것 같습니다."

"알고 있다. 하지만 내게는 인맥이 없어. 인사도 전부 네게 맡길 테니 괜찮은 사람이 있으면 데려와줘."

아마 당신 이상으로 도움이 안 될 겁니다. 인망도…….

"하아…… 알겠습니다. 아무튼 해 보죠. 이야기는 그 후에 하겠습니다."

"부탁한다. 힘은 얼마든지 보태주마. 무슨 문제가 생기면 말해. 해결해 줄 테니까."

역시 귀족 나리. 연금술과 관련해서는 의지가 되지 않지만 든든한 뒷배는 되어준다는 뜻이었다.

"감사합니다."

"음. 에리카, 마저 안내해 줘."

지부장은 고개를 끄덕이고 에리카를 바라보았다.

"네. 지크 씨, 아틀리에를 안내해 드릴게요."

에리카가 그렇게 말했고, 우리는 지부장실을 빠져나와 다시 로비를 둘러보았다.

"사람이 없어서 휴일인가 했더니 겨우 두 명뿐이었다니."

안내 데스크, 있는 의미가 있나.

"네. 다들 가버렸어요. 마음 같아서는 말리고 싶었는데, 급료가 두 배라는 소릴 들으니까⋯⋯."

두 배는 무시하기 어렵지.

"에리카는 왜 떠날 생각을 안 한 거지?"

"당시의 저는 아직 풋내기였고 자신도 없었어요. 게다가 역시 전 고향이 좋으니까요."

아까도 그렇게 말했었지.

"그렇군⋯⋯. 남은 한 명인 레오놀라라는 사람은?"

"레오놀라 씨는 자유롭게 일하고 싶다고 하셨어요. 이 지부는 지부장님이 거의 간섭을 안 하시거든요."

뭐, 군인이니까. 완전 허수아비나 다름없었다.

"레오놀라는 언제 돌아와?"

"일주일 뒤쯤일 거예요."

일주일…… 꽤 오래 자릴 비우네. 뭐, 없는 건 어쩔 수 없나.

"알았어. 아틀리에로 안내해 줘."

"네. 이쪽이에요."

에리카가 계단을 올라가는 것을 보고 나도 뒤를 따랐다. 그리고 계단을 다 올라갔을 때, 조금 놀랐다. 왜냐하면 당연히 계단을 올라가면 복도가 있고 아틀리에인 방이 죽 늘어서 있을 거라 생각했기 때문이다. 하지만 눈앞에는 복도도 문도 없었다. 그저 넓은 공간에, 두 줄로 늘어선 책상과 작업 기계 등이 마주보는 형태로 놓여 있을 뿐이었다. 전생의 회사 플로어나 사무실을 떠올리게 하는 모습이었다.

"음? 1인실은 없나?"

"없어요. 여기서 다 같이 일하고 있어요. 물론 요즘에는 저 한 명뿐이지만……."

그건 좀 쓸쓸하네. 안 그래도 혼자인데 공간에 이렇게나 넓으면 더욱 고독감이 클 것이다. 나도 전생에 젊었을 때 혼자서 밤을 새워가며 잔업하던 일이 떠올라서 영 내키지 않았다.

"뭐, 딱히 상관은 없지만…… 일하는 곳에 헬렌을 데려와도 될까?"

아무리 사역마라고 해도 장난기가 많다는 이미지가 있었기에 고양이를 싫어하는 사람은 많았다. 개인 아틀리에가 있다면 문제가 없었지만, 공동으로 이용하는 층이라면 미리 확인해 둬야 했다.

"헬렌이 와준다면 기쁘죠. 얌전한 아이인 데다 보기만 해도 위로가 되니까요."

잘 아네, 이 녀석. 역시 유능하다.

"내 자리는 어디지?"

"아무데나 앉으셔도 괜찮아요. 저기 안쪽에 있는 책상이 저와 레오놀라 씨 자리예요."

에리카는 그렇게 말하더니 층 가장 안쪽에 있는 마주 보는 책상을 번갈아 가리켰다.

"잠시만…… 헬렌, 어떻게 생각해?"

에리카에게 잠시 기다려 달라고 말한 뒤 헬렌에게 상담했다.

"네? 어떻게 생각하냐니요?"

"내 자리 말야. 지금까지의 나였다면 저 둘과 가장 먼 앞쪽 책상을 골랐겠지."

"네? 왜요?"

"일에 집중하기 위해서."

뻔하지 않은가. 잡담 따위는 필요 없으니까.

"셋은 고사하고 두 명밖에 없는데 떨어져 앉겠다고요? 이제부터 서로 협력해서 일하고 지부를 살려보려고 하는 상황에서? 그럼 안 되죠."

안 되는 건가…….

"에리카, 옆에 앉아도 될까?"

"네! 물론이죠!"

굉장히 밝은 미소…….

"지크 님, 이게 선이에요. 지크 님은 같은 질문을 받았을 때

‘왜?’라고 되물었을 거잖아요. 어느 쪽이 더 호감이 가나요?”

정말이다……. 만약 에리카가 ‘왜요?’라고 되물었다면 엄청 큰 충격을 받았을지도 모른다. 이러니 미움을 산 거겠지.

“저, 아까부터 왜 헬렌에게 이것저것 물어보시는 건가요?”

역시나 보고 있던 에리카도 신경이 쓰였던 모양이다.

“인간성을 기르는 훈련 중이거든. 신경 쓰지 마. 그보다 짐을 놔도 될까?”

“아, 그런 거군요. 편하게 놓으세요.”

에리카와 함께 층 안쪽으로 이동한 뒤 가장 안쪽에 있는 에리카의 자리 바로 옆 책상에 공간 마법에서 꺼낸 짐을 차례차례 내려두었다.

“오, 공간 마법이네요! 역시 5급 마술사시네요!”

“뭐, 그렇지. 학교의 모든 사람들은 마법 가방을 썼지만, 난 그걸 살 돈이 없어서 직접 배웠어.”

“대단하시네요.”

뭐, 재미는 있었으니 힘들지는 않았다. 마법이니까. 전생에는 동화에나 나오는 일이었다.

“에리카 맞은편이 레오놀라 자리인가?”

“네. 이제 정면과 옆이 찼네요. 다행이에요.”

내 앞과 오른쪽 옆은 비어 있었다. 딱히 필요는 없지만…… 아, 아니, 인원을 늘려야 했지, 참.

그 후 가져온 개인 도구들을 책상 서랍에 모두 넣고 잠시 의자에 앉아 한숨을 돌렸다. 바로 옆에는 에리카도 앉아 있다. 생글

거리는 미소를 지은 채 내 쪽을 보고 있었다.

"그렇게 기쁜가?"

"내일도 쉬어볼까요? 그러면 제 마음을 이해하실 거예요."

뭐, 이런 넓은 층에서 혼자 있는 건 싫겠지. 차라리 집에서 일하는 것이 낫다.

"내일도, 라니…… 오늘 휴일이었나?"

"네."

쉬는 날에 동료를 안내해 주다니…… 굉장하군.

"미안하네."

"아뇨, 아뇨. 지크 씨는 앞으로 어떻게 하실 건가요? 이왕 왔으니까 일을 할까요?"

쉬는 날인데?

"아니, 난 살 집을 찾아야 해. 오늘은 친구에게 받은 우대이용권으로 호텔에서 잘 거지만, 내일부터 지낼 곳이 없거든."

아틀리에가 예상 외로 공용 공간이었기에, 이대로라면 호텔 생활을 할 수밖에 없었다. 모아놓은 돈이 금세 바닥날 것이다.

"그럼 제가 안내해 드릴까요? 부동산 중개인도 알고 있어요."

과연 현지인.

"괜찮겠어? 쉬는 날이잖아?"

"그 정도는 어려운 일도 아닌데요, 뭐. 어차피 한가하고요."

이 아이, 후광이 비치는 것 같은데?

"그럼 미안하지만 부탁하지."

"네. 원하는 조건은 있으신가요?"

"무리한 요구를 하려는 건 아니지만, 적어도 아틀리에는 갖고 싶어. 방이 두 개 있으면 더욱 좋고. 하지만 집세는 낮았으면 좋겠어."

사실 이번 좌천으로 내 월급은 절반 정도로 깎이고 말았다.

"그렇군요…… 그러면 숙소에 사시는 건 어때요?"

숙소?

"숙소가 있어?"

"네. 뭐, 숙소라고 해도 지부가 소유한 아파트라서 공동생활은 아니지만요."

사택 같은 건가.

"집세는?"

"5만 에르인데, 지부 사람은 절반 가격으로 이용이 가능해요."

2만 5천 에르인가. 싸네……. 내가 왕도에서 살던 저렴한 아파트가 7만 에르였는데.

"내부를 직접 볼 수 있을까?"

"제 집이라면 보여드릴 수 있어요."

"잠깐…… 가도 되는 건가? 실례 아닌가?"

또다시 에리카에게 양해를 구하고 헬렌에게 상담했다.

"에리카 씨가 괜찮다고 하니까 잠깐 구경하는 정도는 괜찮을 거라 생각해요. 하지만 오래 있으면 안 돼요. 여자가 사는 집이니까요."

그렇군.

"에리카, 그럼 잠깐만 볼 수 있을까?"

"네~. 그럼 갈까요?"

자리에서 일어난 우리는 계단을 내려가 지부를 나왔다. 그리고 숙소라는 곳을 안내받았는데, 에리카는 지부 옆의 좁은 길을 지나 지부 바로 뒤편으로 오더니 걸음을 멈췄다. 그곳에는 2층짜리 아파트 두 동이 마주보듯 서 있었다.

"여기예요. 상황이 상황이라 살고 있는 사람은 저랑 레오놀라 씨뿐이지만요. 제가 저 앞쪽 집이고, 그 위가 레오놀라 씨 집이에요."

에리카가 왼쪽 아파트 앞 문을 가리켰다.

"지부 바로 뒤편이었나."

"맞아요. 그래서 아침에 푹 잘 수 있어요. 통근 시간이 30초거든요."

그건 감사하다.

"참고로 지부장님은?"

"지부장님은 다른 곳을 빌려서 살고 계세요."

아마 좋은 곳이겠지. 귀족이니까.

"그렇군. 에리카와 레오놀라뿐이라면 집은 거의 비어 있겠네."

"네. 그럼 들어오세요."

에리카는 그렇게 말하고는 집 앞으로 가 열쇠를 꺼내 문을 열었다. 나와 헬렌은 에리카와 함께 집 안으로 들어갔다. 그러자 주방이 있는 거실이 나왔다.

"깔끔하네."

거실 벽지도 깔끔해서 언뜻 보기엔 연식이 느껴지지 않았다.

"여기는 거실이에요. 이 외에 방이 두 개 더 있어요. 물론 욕실과 화장실도 포함이고요. 민망해서 침실은 못 보여드리지만, 아틀리에로 쓰고 있는 방이라면 보여드릴 수 있어요."

그렇게 말한 에리카가 거실에 나 있는 문을 열었다. 방 안은 4평 정도의 공간으로, 책장과 여러 물건들이 놓여 있었다. 책상도 있고 무슨 작업을 한 흔적도 보였다.

"개인 아틀리에로 쓰기엔 충분한 넓이네."

"연금술사 협회 지부 숙소니까요. 방음도 잘 되어 있어요."

하긴. 연성을 하다 보면 큰 소리가 나기도 하니까.

"안 보여줘도 상관없지만, 침실로 쓰는 또 다른 방의 넓이는?"

"여기와 똑같아요."

"굉장하군……. 할인되지 않은 5만 에르라 해도 저렴해. 왕도라면 두 배는 나갔을 텐데."

내가 살던 아파트보다 더 좋은 집이었다.

"아, 왕도는 집세나 음식값도 비싸다는 말을 들은 적이 있어요."

그런가……. 아니, 전생의 일본에서도 도쿄와 지방은 물가가 전혀 달랐겠지. 원래 그런 것이니까.

"헬렌, 어때?"

함께 살게 될 헬렌에게도 의견을 물어보았다.

"저는 좋아요. 넓고 저렴하잖아요. 무엇보다 직장과 가까운 게 마음에 들어요. 지크 님은 아침이 약하시니까요."

졸린 건 어쩔 수 없잖아.

"에리카, 나도 여기 살고 싶군."

“지크 님, 표현을 바꾸세요.”

음? 아, 확실히 오해를 살 수 있는 발언이었나.

“이 숙소를 빌리고 싶은데 어떻게 하면 되지?”

“지부장님께 신청서를 제출하기만 하면 돼요. 그럼 월급에서 자동으로 집세가 차감돼요. 뭐, 내일 해도 되지 않을까요? 아마 지부장님은 이미 돌아가셨을 테니까요.”

아직 낮인데 벌써 퇴근이라니……. 아니, 낙하산 지부장이라는 게 원래 그렇지, 뭐.

“그럴까. 오늘은 쉬는 날인데 일부러 도와줘서 고마워. 덕분에 큰 도움이 됐어.”

“아뇨, 당연한 일인 걸요.”

당연, 이라. 난 그 당연한 것을 하지 못하고 있었다는 뜻이다.

“내일부터 잘 부탁한다.”

“네.”

에리카의 눈부신 미소를 바라본 후, 시사이드 호텔의 위치를 전해 듣고 집을 나섰다. 그리고 알려준 호텔을 향해 걸어갔다.

“에리카를 만나서 다행이야.”

나도 모르게 그런 말이 나왔다.

“갑자기 무슨 일이죠? 반하셨나요?”

“아니. 지금까지 내가 했던 말이나 행동을 되돌아볼 수 있는 좋은 기회였어.”

“어떤 식으로요?”

“에리카는 처음부터 끝까지 상냥하고 좋은 아이였잖아. 나는 그 녀석의 말을 들으면서 나였다면 어떻게 말하고 어떻게 받아쳤을지를 생각했어. 그리고 그 말을 들은 내가 어떻게 느낄지에 대해서도."

즉 상대의 입장에서 생각해 본 것이다.

"어땠어요?"

"나는 사사건건 기분이 나쁠 것 같은 말밖에 하지 않았어. 그런 나와 3년…… 아니, 6년을 같은 곳에 있었으면서도 날 배웅하러 와준 아델레는 천사가 아니었을까 생각될 정도야."

"실제로 그렇지 않을까요?"

실제로 그렇겠지.

"모든 곳에 압력을 넣었다는 아우구스토도…… 그런 일을 하면 본인의 평판도 같이 떨어질 게 뻔한데도 그런 짓을 했어. 그 정도로 내가 증오스러웠던 거겠지. 지금이라면 이해가 가."

"지크 님……."

"그래서 결론을 내렸어. 나는 아예 말을 하지 않는 편이 좋을 것 같아."

그렇게 하면 아무도 상처받지 않는다. 과묵하게 그저 일만 해나가는 것이다.

"지크 님, 아니에요……. 그건 무시라고 하는 거예요. 아델레 씨가 지크 님을 싫어했던 이유를 떠올려 보세요."

인사를 무시하고, 남을 아래로 보고, 자신을 잊었다…… 아, 이런. 무시하는 것이 이미 들어 있었다.

"조금씩 고쳐나가 볼까……."

"그게 좋을 것 같아요. 위험하다 싶으면 저도 바로바로 지적할게요."

"부탁해."

의지가 되는 사역마라고 생각하며 걷다 보니 시사이드 호텔이라는 글자가 적힌 5층짜리 호텔이 눈에 들어왔다.

"뭔가 좀 비싸 보이는데?"

아무리 봐도 평범한 호텔이 아니다. 고급 호텔이다.

"지금 생각해 보니 아델레 씨는 귀족이었죠?"

그렇다. 친구를 만나러 가기 위해 묵었다고 했지만, 귀족이 저렴한 호텔에 묵었을 리가 없다.

"어떻게 할까요?"

비싸 보이는데…….

"아델레가 우대이용권까지 줬는데 안 갈 수는 없지. 조금 비싸보여도 1박뿐이고, 나도 고액 연봉자였으니 돈은 있어. 새 터전에서 보내는 첫날 정도는 사치를 부려볼까."

"좋은 생각이에요. 가죠."

"좋아!"

기합을 넣고 호텔로 다가갔다. 그러자 호텔 입구 앞에 있는 연미복을 입은 노신사가 나를 알아보고 고개를 숙였다.

"지크발트 알렉산더 님이십니까?"

어? 어떻게 이름을 알고 있지?

"아, 예."

"실례지만 우대이용권을 갖고 계시지 않으십니까?"

"이거 말입니까?"

아델레에게 받은 우대이용권을 건네자 노신사가 그것을 유심히 살폈다.

"확인했습니다……. 잘 오셨습니다. 요들가(家)의 아델레 님께 '친구가 그곳으로 갈 예정이니 잘 부탁한다'라는 전화를 받았습니다."

아델레…… 우대이용권뿐만 아니라 연락까지 넣어준 건가.

"그렇군요……. 아마 제가 맞을 겁니다."

"어서 오시지요. 이쪽으로 모시겠습니다."

노신사가 호텔 안쪽으로 안내해 주었다. 유리창이 많은 호텔 입구는 햇빛이 가득 들어와 화사한 분위기였다. 게다가 인테리어도 아름다웠다. 분명 엄청 비싸겠지. 우리는 그대로 프런트까지 안내받았다.

"아델레 님의 소개로 오신 손님이십니다."

노신사가 프런트에 있는 여자에게 말을 걸고 우대이용권을 보여주었다.

"확인했습니다……. 알렉산더님, 잘 오셨습니다. 방을 바로 안내해 드리겠습니다."

여자가 그렇게 말하더니 비즈니스 스마일을 지으며 일어났다.

"네? 요금은?"

계산 먼저 하는 것 아닌가.

"아니요, 돈은 내지 않으셔도 됩니다."

우대이용권이 아니라 무료이용권이라고? 아니면 아델레의 힘인가…….

"그렇군요. 그럼 부탁합니다."

"네. 이쪽으로 오세요."

우리는 프런트 여성의 안내를 받아 계단을 올라갔다. 그리고 최상층인 5층에 도착한 뒤 가장 안쪽에 있는 방으로 안내받았다.

"와! 굉장해요!"

헬렌이 감탄을 터뜨렸다. 그럴 만도 한 것이 방이 무척 넓고 호화로웠다. 거실 옆에는 침실이 있었고, 침대도 킹 사이즈. 꿈에 그리던 스위트룸이다. 심지어 창문을 통해 도시와 바다가 보여 전망도 최고였다.

"이 근처는 관광지인가요?"

안내해 준 프런트 여성에게 물어보았다.

"네. 바다나 숲도 있고 자연이 풍부하니까요. 많이들 방문하십니다."

귀족들이 휴양하러 오는 객실인 건가…….

"그렇군요……."

"저녁 식사는 어떻게 하시겠습니까? 저희 호텔은 1층에 레스토랑이 있고, 옥상에서도 식사가 가능합니다."

"여기선 먹을 수 없습니까?"

"아뇨, 물론 가져다드릴 수 있습니다."

그럼 여기서 먹으면 되겠다. 옥상 전망도 좋겠지만 여기면 충분하다.

"부탁합니다."

“알겠습니다. 편히 쉬세요.”

프런트 여성은 미소를 짓고 인사한 뒤 방에서 나갔다.

“냐앙!”

나와 헬렌만 남게 되자 헬렌이 침대로 펄쩍 뛰더니 데굴데굴 굴렀다. 너무 귀엽다.

“이런 곳에서 여자와 함께 보내는 게 남자의 꿈일지도 모르지만, 나에게는 네가 있으니 이미 충분해.”

그렇게 말하며 침대에 앉아 헬렌을 쓰다듬었다.

“어? 제가 방해꾼이었던 건가요? 엘리트이자 고액 연봉자인 지크 님께 여친이 없는 가장 큰 이유가 나?”

“그렇지 않아. 그냥 네가 귀엽다는 거야.”

출세길이 막힌 나에게 남은 길은 이 아이와 함께 지내는 것뿐이다.

“완전 내가 원인이었어……. 아, 지크 님, 아델레 씨에게 편지를 적죠.”

“그러게. 이렇게까지 해 줬으니까. 서둘러 사과와 감사의 편지를 적어야겠어.”

몸을 일으켜 비치된 테이블로 걸어가 종이와 펜을 꺼내들었다.

“일단은 사과 먼저.”

“변명하지 말고 정성을 다해 사과하는 거예요.”

“알고 있어. 상대는 귀족이니까.”

여기서 더 미움받으면 후환이 두렵다.

“그런 계산도 하지 말고요. 한 명의 동급생에게 제대로 사과

한다는 마음으로요."

"알았어."

헬렌의 지시에 따라 사과문을 적어 내려갔다. 다만 사과문 같은 것을 써본 적이 없어서 꽤 헤맸다.

"다음은 감사 인사네요. 뭐, 이건 문제없겠죠?"

"뭐, 그렇지."

호텔의 훌륭함에 대해 적고, 전근 온 첫날부터 호사를 누릴 수 있어 좋았다는 말을 덧붙였다.

"다음은 앞으로의 일을 적을까요?"

"앞으로, 라니?"

"왕도에 들를 일이 있으면 식사라도 하자, 같은 거요."

왜?

"사과의 뜻으로?"

"아뇨, 친구잖아요?"

아…….

"과연. 인사치레라는 건가."

실제로 만날 일은 없지만 예의상 하는 권유. 인간관계를 원만하게 만드는 사회인의 스킬이다.

"가여운 괴물……."

"아니, 실제로 왕도로 돌아갈 일은 이제 없잖아."

안타깝지만.

"뭐, 상관없어요. 어쨌든 적어보죠."

헬렌이 시키는 대로 인사치레 멘트까지 적어 나갔다.

“이 정도면 됐겠지. 호텔 프런트에 부탁해서 보내달라고 해야
겠어.”

“그게 좋겠어요.”

방을 나와 계단을 내려가 프런트로 향했다. 그리고 편지를 부
치고 방으로 돌아온 뒤에는 헬렌과 느긋한 시간을 보냈다. 저녁
식사도 호화로웠고, 경치를 바라보며 기뻐하는 헬렌과 함께 먹
으니 더욱 맛있게 느껴졌다.

응, 역시 헬렌만 있으면 충분히 만족스럽다.

체텔 일문 소개

클라우디아 체텔

연금술사 협회 본부장이자
지크의 스승. 이 나라에 3명밖에
없는 1급 연급술사로 마녀라
불리고 있다. 연금술도 마술도
정치도 가능하지만 사람의
마음은 잘 모른다.

크리스토프 폰 프레히트

지크의 사형. 왕도 유력 귀족 가문의
막내이지만 의외로 소탈한 성격. 3급
연금술사로 본부장 자리를 노리고 있다.

제2장　　리트에서의 생활

"지크 님, 일어나세요~ 아침이에요~."

눈을 뜨자 이불에 고양이 펀치를 날리고 있는 헬렌이 보였다.

"자, 이리 온."

이불을 들어올려 유혹했다.

"냐앙! 따뜻해요……가 아니라! 첫 출근이라고요!"

신나서 이불 속으로 들어온 헬렌이 곧장 지적을 날려왔다.

"알아. 일어날게."

이불을 치우고 상반신을 일으켰다. 그러자 헬렌이 능숙하게 커튼을 열어주었다. 아침 햇살이 방 안으로 쏟아져들어왔다.

"상쾌한 아침이네요. 지크 님의 새로운 인생의 막을 열기에 딱 어울려요."

"그렇지. 힘들겠지만 우선 내가 할 수 있는 것부터 해 볼까."

그렇게 말하고 일어나 가볍게 샤워를 마치고 아침을 먹었다. 준비를 마치고 체크아웃을 한 뒤 지부를 향해 걸어갔다. 수십 분을 걸어 지부 현관 앞에 도착해 건물을 올려다보았다.

"어제 그런 얘길 듣고 보니 괜히 더 황량해 보이는군."

그렇게까지 낡은 것도 아닌데, 어쩐지 낡아 보였다.

"지크 님을 포함해도 4명이니까요."

"그렇지."

문을 열고 안으로 들어갔다. 물론 그곳에는 아무도 없었고 안내 데스크도 텅 비어 있었다.

"일단 저기에 아무도 없다는 게 말이 안 돼."

안내 데스크는 그 건물의 얼굴이기도 했다. 이대로 방치하면 정말 운영되는 것이 맞는지 의심을 받을 것이다.

"일단 호출 벨은 있는 것 같아요."

있네……. 오히려 그게 더 쓸쓸하게 느껴진다.

"뭐, 됐어. 아틀리에로 가자."

"우선은 인사부터예요."

"알았어."

고개를 끄덕이고는 계단을 올라 아틀리에로 갔다. 그리고 이미 출근한 에리카에게 다가갔다.

"좋은 아침."

자리에 앉으며 옆에 앉은 에리카에게 인사를 건넸다.

"좋은 아침이에요! 오늘은 날씨도 좋네요!"

에리카가 환한 미소를 지으며 맞이했다. 누군가가 있다는 사실이 그 정도로 기쁜 것일까.

"그러게. 첫 출근하기 딱 좋은 날이군. 오늘부터 잘 부탁해."

"네. 저야말로 잘 부탁드려요."

에리카가 고개를 숙였다.

"에리카, 그럼 바로 본론으로 들어가서, 앞으로의 일에 대해 애기해 보자."

"네. 우선 지금 작업 상황부터 설명드릴게요."

"부탁해."

“현재 들어온 의뢰는 3건이에요.”

3건…… 형편없군. 너무 적잖아.

“내용은?”

“군에서 포션 30개 납품, 관공서에서 모눈종이 100장, 벽돌 50개 납품이에요.”

하찮다. 그런 건 민간 연금술사에게 부탁하라고……. 아, 아니, 아니지. 이건 오히려 우릴 위해 만들어 준 의뢰다.

“민간 의뢰는?”

“제로예요. 요 몇 달간은 한 건도 없었어요.”

확정이군……. 연금술사 협회의 일은 80퍼센트가 공공기관 의뢰이지만, 민간에서도 적지는 않았다. 그것이 제로라는 건 이 지부가 아무런 기대나 신뢰를 받고 있지 않다는 뜻이겠지.

“알았어. 그 의뢰의 기한과 진척도는?”

“전부 이번 달 안까지라 이제 열흘 남았어요. 벽돌은 거의 다 만들었고, 현재는 포션을 제작 중이에요. 모눈종이는…… 해 본 적이 없어서.”

아직 들어온 지 1년밖에 되지 않았으니까. 게다가…….

플로어에 놓여 있는 기자재를 둘러보았다.

“대부분 오래된 기계밖에 없군. 요즘 세상에 모눈종이는 버튼 한 번이면 끝인데.”

재료를 넣고 스위치 한 번이면 몇 분만에 완성된다.

“그런 기계가 있다는 건 알고 있지만, 저희 쪽에는 없어요. 애초에 그런 최첨단 기계는 왕도 같은 대도시에만 들어오니까요.”

그렇다는 건 예전 방식으로 해야 한다는 뜻인가. 이런 건 학교 실습 이후 처음이었다.

"알았다. 모눈종이 쪽은 내가 어떻게든 하지. 에리카는 남은 포션을 부탁해."

"알겠습니다!"

일단 지금 들어온 의뢰는 어떻게든 맞출 수 있을 것 같았다.

"그럼 다음으로는 이 지부를 어떻게 꾸려나갈지 정하자. 에리카, 이번 의뢰가 시장님의 온정, 그러니까 구제 차원에서 들어온 의뢰라는 건 이해하고 있나?"

"어? 그런 건가요?"

눈치채지 못했나…… 하긴, 에리카 혼자서 의뢰를 처리하는 것만으로도 정신이 없었겠지.

"그래. 의뢰가 없으면 지부는 문을 닫아야 하니까. 그건 시장 입장에서도 협회 입장에서도 곤란해. 그래서 의뢰를 이쪽에도 적당히 분배해서 일종의 체면 유지를 시켜주고 있는 거야."

일반적으로는 연금술사가 두 명 남은 시점에서 끝이다. 하물며 둘 다 10급. 지부로서는 도저히 유지될 수 없는 상황이었다. 하지만 일전의 스카우트 사건이 있었으니 일시적으로 벌어진 일이라고 판단한 거겠지.

"그, 그런가요…… 어째서죠?"

"공적 기관인 지부가 문을 닫게 되면 곤란하니까. 만일 지부가 없어지면 이 도시는 민간 상인조합이 독점하게 될 거고, 그렇게 되면 가격이 급등할 가능성도 있어. 우리는 이윤을 두 번째로 생각하지만 민간은 다르니까. 그 녀석들은 장사꾼이야. 도시 사정보다는 이익을 우선시하지."

당연하다.

"그, 그렇군요……."

잘 이해한 건지 알 수 없는 표정이었다. 내가 설명을 잘 못했나? 원래 설명 같은 건 잘 못하지만.

"뭐, 이 부분은 우리가 고민할 문제는 아니야. 지부장……은 아니고, 시장님이나 본부가 할 일이지. 우리는 이 지부를 재건하는 일에 집중하자."

당장의 목표는 그것이다. 좌천이라고는 해도, 그 일을 하라고 나를 이곳으로 보낸 거기도 할 테니까.

"네! 구체적으로 뭘 하면 될까요?"

"뭐, 뻔한 얘기지만, 일단 인재가 부족해."

그것이 가장 큰 문제였다.

"그렇죠……. 레오놀라 씨가 돌아와도 3명이니까요."

"지부장님은 자유롭게 스카우트해도 된다고 했어. 혹시 아는 사람 중에 연금술사는 없나?"

"마법학교 동창은 있지만, 거의 고향을 나가서 도시 쪽에 취직했어요. 남아 있는 사람들도 어제 지부장님이 말씀하신 것처럼 가업을 이어야 하는 사람들뿐이고요. 스카우트는 어려울 거예요. 오히려 지크 씨는 어떤가요? 왕도에 계셨잖아요?"

음…….

"스카우트는 어려울 것 같군……."

“네?”

“차차 생각하자. 우선 눈앞의 의뢰부터. 모눈종이를 만들고 싶은데 목재는 있나?”

“아, 네. 위에 있어요.”

3층은 창고였지.

“잠깐 가져올게.”

그렇게 말하고 일어나 계단으로 향했다.

“다, 다녀오세요……. 뭔가 화나게 한 걸까?”

“아니요, 실은…….”

조용히 속닥이기 시작한 에리카와 헬렌을 뒤로 하고 나는 재료를 가지러 가기 위해 계단을 올라갔다. 3층 창고는 2층 플로어와 동일한 구조로 되어 있었고 넓이도 같았다. 하지만 입구 쪽에 놓인 포션과 벽돌, 나뭇가지가 들어 있는 세 개의 나무 상자를 제외하고는 아무것도 없었다. 뭐, 사람이 없으니 창고가 비어 있는 것도 이해는 가지만, 그렇다 해도 지나치게 쓸쓸했다. 혼자 있는 것에 특화된 나조차 이렇게 느껴질 정도인데 에리카는 얼마나 힘들었을까.

나뭇가지가 잔뜩 든 나무 상자를 공간 마법에 수납한 뒤 2층으로 내려왔다. 그리고 내 책상으로 돌아오니 커피가 놓여 있었다.

“에리카가 내려준 건가?”

“네. 드세요.”

“고마워.”

“천만에요!”

배려도 할 줄 아는 건가…….

"맛있군……."

솔직히 맛에 둔감한 나는 평소 마시는 커피와의 차이를 알 수 없었다. 하지만 에리카가 생글생글 웃는 얼굴로 빤히 보고 있어서 어쩐지 감상을 말해야 할 것 같다는 생각이 든 것이다.

"다행이네요! 저 커피 내리는 건 자신 있거든요!"

위험했다……. 그래도 이 아이는 알기 쉬워 좋았다. 원하는 대답이 분명해서 나 같은 인간관계 초보자에게는 난이도가 낮아 대하기 편했다.

"에리카. 계속 존댓말 쓸 필요 없어. 우리는 동료잖아. 그리고 애초에 여기서는 네가 선배니까."

나는 상하 관계를 엄격하게 따지는 편이 아니라 굳이 신경 쓰지 않는다. 게다가 이 세계는 의외로 그런 것에 느슨해서 나 역시 동급생이나 동료에게는 귀족이 상대라도 말을 놓고는 했었다.

"아니요. 지크 씨가 선배고 3급이시잖아요. 게다가 저는 원래 이런 성격이니까요."

뭐, 본인이 좋다면 상관없나.

"알았어. 그럼 이제 모눈종이를 만들어볼까?"

"저, 저기, 견학해도 될까요? 저는 해 본 적이 없어서 배우고 싶어요."

향상심도 있군……. 앞으로 더 성장하겠어.

"좋아."

"감사합니다!"

공간 마법에서 가지가 든 나무 상자를 꺼내 발밑에 내려놓았다. 그리고 가지 하나를 집어들고 책상에 놓았다.

"음, 종이를 만드는 설비는 없는 거지?"

"아마 전문 업체에만 있을 거예요."

그럼 그 전문업체에 부탁하라고 강력하게 외치고 싶은 의뢰였다. 하지만 이건 그런 목적이 아니다. 어디까지나 지부를 위한 의뢰.

"종이를 만드는 건 별로 어렵지 않아. 이렇게 하면 돼."

나뭇가지에 살짝 손을 대고 마력을 불어넣었다. 그러자 나뭇가지가 빛나며 눈 깜짝할 사이에 몇 장의 모눈종이로 변화했다.

"어? 끝인가요?"

"그래."

"너무 빠르지 않나요? 게다가 눈금까지 있고……."

"모눈종이니까 눈금이 있는 게 당연하잖아."

무슨 소릴 하는 거지?

"전 수업에서 연금술로 종이를 만든 다음, 거기서 또 한 번 연금술을 써서 눈금 같은 걸 그린다고 배웠는데요……."

나도 그렇게 배웠다. 비효율적이라고 생각하면서도 교사의 이야기는 빠짐없이 들었다. 물론 처음부터 응용을 알려줄 수 없다는 것도 알고 있다.

"처음에는 그거면 돼. 하지만 익숙해지면 한꺼번에 할 수 있게 돼."

나는 처음부터 됐지만.

"괴, 굉장하네요······. 역시 3급이세요."

계급 같은 건 상관없다. 되는 녀석은 처음부터 할 수 있고, 안 되는 녀석은 처음부터 할 수 없다.

"3년이나 했으니까. 에리카도 조만간 할 수 있게 될 거야. 그래도 지금은 한 가지 일을 차분히 해 나가면서 조금씩 익숙해지는 게 좋아."

"알겠습니다! 열심히 할게요!"

"음, 음."

고개를 끄덕이고 곧바로 헬렌을 바라보았다.

"훌륭해요. 그런 배려가 담긴 대화가 가장 중요한 거예요."

역시 이게 정답이었나. 떠올린 걸 그대로 내뱉지 않아서 다행이다.

"본부의 자존심만 센 놈들에 비하면, 에리카는 솔직하고 경쟁 상대조차 되지 않아서 좋네."

10급이니까.

"그런 식으로 말하면 안 돼요. 사실을 너무 곧이곧대로 말했다가 크게 실패하셨잖아요."

뭔가 실례되는 소리를 했나?

"에리카, 미안."

"네? 뭐가요?"

에리카가 웃는 얼굴로 고개를 갸웃했다.

"나도 모르겠지만 그래."

실언을 한 것 같아서 사과했는데 이유는 나도 잘 모르겠다.

“좋은 사람이라 다행이네요…….”

그건 나도 같은 생각이다.

“그런 것보다 한 번 더 보여주세요~.”

에리카가 내 팔을 잡으며 말했다.

“그래. 이번에는 순서대로 보여줄게.”

나뭇가지 하나를 더 집어 곧장 종이로 바꿨다. 그리고 만든 종이를 눈금이 찍힌 모눈종이로 바꿨다.

“굉장하네요. 정말 한순간이에요.”

아, 너무 빨라서 알기 힘든 거구나.

“미안. 조금 더 천천히 할게. 이렇게.”

이번에는 천천히 모눈종이를 만들어 나갔다.

“오…… 알기 쉬워요.”

알기 쉬운가…… 그러고 보니 어린 시절 본부장이 연성을 보여준 적이 있었다. 그때는 연성이 너무 느려서 코웃음을 쳤었는데. 지금 생각해 보니 이렇게 알기 쉽게 설명해 주려고 일부러 천천히 했던 거구나. 죄송합니다, 스승…….

“뭐, 이런 식으로 하면 돼. 원래는 속도가 가장 중요하지만, 지금은 의뢰가 그렇게 많은 건 아니니까 천천히 신중하게 하자.”

“네! 그럼 저도 포션을 만들어 볼게요.”

에리카가 자신의 담당인 포션을 만들기 시작했다. 나는 남아 있던 나뭇가지를 모눈종이로 바꿔 나가며 곁눈질로 연성을 살펴보았다.

느리네……. 게다가 연성의 정밀도도 좋지 않았다. 10급이라

어쩔 수 없을지도 모르지만, 가진 마력을 보자면 좀 더 할 수 있을 것 같았다. 지부의 재건에는 인재 확보가 급선무였지만, 지금 있는 인간의 성장도 필요했다.

어떻게 해야 하나 고민하며 연성을 이어가는 사이 점심 전에 모든 나뭇가지를 모눈종이로 바꿨고, 에리카도 점심 종이 울리는 것과 동시에 포션을 완성했다.

"의뢰는 이걸로 끝난 거지?"

"맞아요. 점심 이후에 검수하고 내일 납품하면 될 것 같아요."

다음 일도 주겠지? 당장 할 일이 없는데…….

"그래…… 그럼 밥이나 먹을까?"

"좋아요."

에리카가 고개를 끄덕이고는 가방에서 도시락을 꺼내 책상에 내려두었다. 나도 공간 마법에서 아침 식사 때 빼둔 빵과 물, 그리고 영양제를 꺼냈다. 그리고 영양제를 물과 함께 먹은 후 빵을 먹었다.

"저, 저기…… 식사는요?"

도시락통에서 꺼낸 샌드위치를 손에 든 에리카가 머뭇거리며 물어보았다.

"아, 그렇지…… 자, 헬렌."

공간 마법에서 헬렌의 식사를 꺼내 책상에 내려두었다.

"와……! 감사해요!"

헬렌은 책상에 뛰어오르더니 허겁지겁 먹기 시작했다.

"맛있어?"

“네. 너무 맛있어요.”

음, 그렇지. 헬렌의 식사는 내가 만든 특제 고양이 사료니까. 영양 밸런스도 좋고 맛도 좋다. 실제로 내가 먹어봤을 때도 맛있었다.

“아, 아뇨, 지크 씨 식사 말이에요. 빵밖에 없나요?”

“영양제를 먹었잖아?”

“여, 영양제가 뭔가요?”

아, 그랬지. 이 세계에는 아직 그런 개념이 없었다.

“인간은 여러 음식에서 영양소를 얻어. 자세한 건 어차피 이해하기 어려울 테니 생략하겠지만, 부모님께 골고루 먹으라는 말을 들은 적이 있겠지?”

“맞아요, 들었어요. 저는 어렸을 때 생선을 못 먹었거든요.”

생선을 안 먹는 건 좋지 않지만. 뭐, 어릴 적 얘기니까.

“내가 이런 말을 한 이유는, 편식이 건강을 해친다는 걸 경험을 통해 알고 있기 때문이야. 그래서 연구를 해서 인간의 활동에 필요한 영양소를 조사했지.”

이건 거짓말이다. 전생의 지식이었다. 전생 때부터 컵라면이나 주먹밥, 영양제밖에 먹지 않았기 때문에 빠삭한 것이었다.

“와…… 굉장하네요. 그런데 빵만 먹으면 좀 허전하지 않나요? 제 샌드위치 드실래요?”

에리카가 도시락을 내밀었다.

“아니, 그건 에리카 거잖아. 게다가 나는 이 빵이면 충분해.”

응, 맛있다.

“지크 님도 식사에 좀 더 흥미를 가지시면 좋을 텐데요.”

상관 마.

“지크 씨는 식사를 싫어하시나요?”

“아니, 그런 건 아냐. 다만 뭘 먹어도 맛있다는 감상밖에 나오지 않으니까 뭐든 상관없을 뿐이지.”

이것은 전생부터 똑같았다. 가리지 않고 뭐든 다 맛있게 먹을 수 있었다. 상사나 거래처 사람과 고급 음식점에 간 적도 있었지만, 어떤 때도 같은 감상밖에 나오지 않아 우스워진 것이다. 그도 그럴 게 초밥도 편의점 주먹밥도 내겐 다 똑같았으니까.

“그런가요? 음, 그래도 이것저것 먹어보는 편이 삶도 더 풍요로워질 것 같은데요.”

“저도 그렇게 생각해요.”

헬렌이 깊이 고개를 끄덕였지만 나는 그렇게 생각하지 않는다. 이상 대화 끝……. 아니, 어쩌면 이런 태도도 좋지 못한 걸까. 지금의 나로서는 딱히 목표로 하는 일도 없었다. 아직 인생은 기니까 여러 가지 것들을 경험하면서 목표를 얻는 것도 좋을지도 모른다.

“그럼 하나만 받을 수 있을까?”

“물론이죠. 제가 만든 거예요!”

그야 그렇겠지.

그렇게 생각했지만, 입 밖으로는 내지 않고 샌드위치를 하나 집어 먹어보았다.

“응, 맛있네……. 응, 맛있어.”

감상이 떠오르지 않는다. 미안해. 음식평은 내 분야가 아니다.

"다행이네요!"

"고마워. 대신 영양제를 줄까?"

비타민은 피부에 좋다고.

"아, 뭔가 무서우니까 괜찮아요."

다들 그렇게 말하더라……. 스승인 본부장조차 '독이지? 날 죽이려는 거지?'라고 했었고.

점심을 마치고 오후 업무를 시작했다. 에리카는 납품할 물건을 확인하기 위해 3층에 올라가 있었기에 나는 헬렌과 함께 멍하니 넓은 공간을 바라보고 있었다.

"한가한 직장이군."

"느긋하게 쉬면서 할 수 있으니 좋지 않나요? 지크 님은 그동안 너무 일만 했잖아요."

느긋해도 너무 느긋하다…… 이것이 바로 좌천인 건가…….

"이대로 늙어서 죽는 건가?"

"아직 이십대 초반인데 무슨 말씀을 하시는 거예요. 물론 급여는 줄었고 출세길도 막히긴 했지만, 과로할 일이 없으니 개인적인 시간을 쓸 수 있어요. 뭐든 생각하기 나름이에요."

그 개인적인 시간이 충실하지가 않은데? 뭘 하란 거야.

"보람이 없네……."

"하아…… 그럼 에리카 씨를 지도해 보는 건 어때요?"

지도라…… 에리카는 의욕도 있고 재능도 있으니 가르치면 분명 성장할 것이다. 오늘 본 바로는 마력은 애매하지만 재주도 있고 집중력도 있다. 기초가 되는 지식이나 기술도 충분해 보였다. 스무 살이라는 젊은 나이에 10급에 합격한 인재다웠다.

"내가 지도를 할 수 있을까? 동료나 안내 직원에게도 미움받은 남자인데."

"바꾸시면 되죠. 게다가 에리카 씨는 포용력도 있고 상냥한 분이시니 약간의 거친 말은 넘겨주실 거예요."

확실히 에리카는 시종일관 웃고 있었고, 내가 좀 심한 말을 해도 대수롭지 않게 넘겨버렸다.

"저 녀석은 빛의 인간인 걸까."

"신붓감으로는 어떤가요?"

"그건 저 녀석이 불쌍하지."

내 입으로 말하는 것도 그렇지만, 이런 남편은 절대 싫었다.

"그런 건 궁합이 중요하죠. 이런, 에리카 씨가 돌아왔어요."

헬렌 말대로 에리카가 계단에서 내려와 이쪽으로 다가오고 있었다.

"어때?"

에리카가 옆에 앉은 것을 보고 물어보았다.

"네. 지정된 수량도 제대로 맞고 품질도 괜찮은 것 같아요. 내일 오전 중에 납품하고 올게요."

"나도 같이 가자. 안내해 줘."

어차피 여기 있어봤자 할 것도 없고.

"알겠습니다. 부탁드려요."

“음…… 그래서? 다음 할 일은?”

“할 일은 없네요…….”

그렇지?

“책이라도 읽을까…….”

“아, 저는 공부할게요.”

에리카는 그렇게 말하며 가방에서 책과 노트를 꺼냈다.

“공부? 연금술인가?”

“네. 다음 달에 9급 시험을 치려고요.”

국가 연금술사 자격 시험은 1년에 총 4번 열린다. 시험 내용은 필기와 실기다.

“붙을 것 같나?”

“필기랑 실기 모두 간당간당해요…….”

흠…… 여기선 말을 아주 신중하게 골라야 할 타이밍이다. 참고로 지금까지의 나였다면 ‘그 정도쯤은 공부 안 해도 붙을 수 있잖아’라고 했을 것이다. 절대 하면 안 되는 말이라는 것을 지금의 난 알고 있었다.

“뭐, 떨어져도 또 기회는 있으니까. 마음 편히 보고 와.”

그렇게 격려하면서 힐끔 헬렌을 바라보았다.

“잘하셨어요. 내친김에 공부 좀 봐주는 게 어때요?”

“내가? 무리 아냐?”

“……변할 수 있는 기회예요.”

기회라…… 하지만 난 세상에서 가장 교사에 어울리지 않는 타입 아닐까? 내 입으로 말하기는 그렇지만, 의욕을 떨어뜨리는

소리밖에 하지 못한다. 옛날에 동문 여자 선배가 시험 공부를 봐준다고 했을 때도 금방 기를 죽여버렸고.

"상냥하게, 아이들을 가르친다는 마음으로 해 주세요."

"그 말은 에리카에게 실례 아닌가?"

스무 살짜리 어른에게 아이라니…….

"그 정도 마음이 딱 좋다고 생각해요. 지크 님은 '왜 이런 것도 모르지?'라고 생각하실 것 같으니까요."

이미 비슷한 생각을 하고 있었다…….

"에, 에리카, 내가 공부 좀 봐줄까?"

거절해라, 제발 거절해. 겨우 한 명뿐인 동료에게 미움받기도 싫고, 인간관계 초보 캐릭터인 에리카에게 미움받으면 아마 내 멘탈은 부서질지도 모른다.

"네? 정말요?"

에리카가 함박웃음을 지었다. 아무래도 내 기도는 통하지 않은 모양이다.

"응……."

"감사합니다!"

어쩔 수 없지…… 해 볼까.

"음…… 잘 모르는 부분이 있나?"

"이 연금 반응 부분이랑 촉매 부분이요……."

에리카가 책을 펼쳐서 보여주었다. 나는 옛날 수업 때 교사에게 들었던 내용과 스승에게 배웠을 때를 떠올리며 가르쳐 나갔다. 최대한 단어를 신중하게 고르면서, 에리카는 초등학생이라는 마음가짐으로 차분하고 꼼꼼하게 설명했다.

그러는 사이에 시간은 다섯 시를 훌쩍 넘기고 있었다. 그동안 무려 55번이나 '어떻게 이런 것도 모르지?'라고 생각했지만, 결코 입 밖으로 꺼내지는 않았다.

"──이봐…… 뭐 하는 거냐?"

목소리가 들려와 고개를 들자 지부장이 2층으로 올라오고 있었다.

"아, 지부장님. 지크 씨가 공부를 봐주고 계셨어요."

에리카가 대답했다.

"흐음…… 잘하고 있네. 그래도 이제 슬슬 끝내. 환영회에 갈 거니까."

음?

"환영회라니요?"

이쪽으로 다가온 지부장에게 물었다.

"네가 여기 부임한 첫날이잖아. 당연히 네 환영회지."

아…… 인생에서 한 번도 나가본 적 없는 그거다.

"그거, 꼭 가야 합니까?"

"뭐? 무슨 소릴 하는 거야?"

가기 싫다.

"지크 님, 환영회를 거절하는 건 안 돼요. 무조건 참석해야죠."

헬렌이 타일렀다.

"어째서?"

"가여운 괴물…… 앞으로 함께 일하기 위한 친목 자리라고요.

안 나가는 사람이 오히려 드물어요.”

그건 알고 있지만…….

“난 아무 개인기가 없는데?”

내가 환영회에 나가지 않으려는 것은 전생의 회사에서 있었던 관행 때문이었다. 신입 사원은 반드시 뭔가 보여줘야 한다는 이해할 수 없는 소릴 들어서 정중히 거절했다. 그 후로는 한 번도 나간 적이 없었고, 이번 생에도 본부의 환영회에는 가지 않았다.

“개인기는 안 해도 돼요. 지크 님의 개인기는 분명 재미없을 테니까요.”

“그렇다 해도 강요하는 게 상사라는 작자야. 내가 웃음거리가 되는 걸 보고 비웃을 게 뻔해. 특히 지부장을 좀 봐. 군인이잖아. 군인이라는 건 갑질, 성희롱과 한 세트라고.”

운동부와 비슷하니까.

“이 녀석, 고양이랑 무슨 대화를 하는 거야? 엄청난 중상 비방이 들리는데…….”

“쉿, 회의 중이에요. 지크 씨의 인간성을 높이는 훈련 중이래요.”

“그렇군…… 가여운 녀석이었군.”

또 가엾다는 말을 들었다…….

“지크 님, 가죠. 군인이라고는 해도 지부장님은 귀족이시잖아요.”

“하긴…….”

“적당히 마시다가 1차에서 빠지면 돼요. 다행히 에리카 씨도 있으니까 데려다준다는 핑계로 2차를 거절하면 되죠.”

그런 방법이.

"아니, 2차 같은 건 없어. 애초에 난 술은 안 마셔."

"저도 안 마셔요."

에리카는 그렇다 치고 지부장도 의외로 술에 약한 모양이었다.

"봐요, 이렇게 말씀하시잖아요."

"그래…… 그럼 가볼까?"

어쩔 수 없지.

"회의가 끝난 것 같아요."

"그런 것 같군. 매번 이 모양인가?"

"비슷해요."

"에리카, 따뜻한 눈으로 지켜봐줘."

지부장이 딱한 사람을 보는 듯한 눈빛으로 나를 바라보았다. 조금 못마땅한 마음을 안고 지부를 나와 근처 술집으로 향했다. 술집 앞에 와서 건물을 올려다보니 저렴해 보이는 평범한 가게였다.

"여깁니까?"

"여기 밥이 맛있거든. 오늘은 내가 쏠 테니까 먹고 싶은 거 다 시켜."

지부장이 그렇게 말하며 술집에 들어갔고 우리도 그 뒤를 따랐다. 술집 안은 제법 붐볐고, 사람들은 저마다 즐겁게 먹고 마시고 있었다. 우리는 그런 손님들을 지나쳐 맨 끝에 있는 빈 둥근 테이블에 자리를 잡았다.

"흐음……."

술집이라는 건 다 이런 느낌인가.

"이봐, 혹시나 해서 묻는 건데 술집에 한 번도 와본 적이 없는 건 아니지?"

지부장이 물었다.

"없습니다. 외식도 한 적 없고, 술은 집에서 헬렌과 마셨습니다."

"맙소사…… 그럼 내가 적당히 주문하지."

"부탁드립니다. 아, 위스키는 온더록으로."

"그래, 그래……."

지부장은 여직원을 부르더니 에리카와 함께 음식과 마실 것을 주문했다. 그러자 곧 음료와 안주가 나왔다.

"그럼 인사나 할까?"

지부장이 물었다.

"어제 하지 않았습니…… 아니, 잠시만요. 헬렌, 뭐가 또 있나?"

확인은 중요하다.

"여러분께 폐를 끼칠지도 모르지만 앞으로 잘 부탁드립니다, 라고 말하면 되지 않을까요?"

응, 네가 말했네.

"그런 겁니다. 잘 부탁드립니다."

가볍게 고개를 숙이며 말했다.

"저야말로 잘 부탁드려요"

"아아…… 고양이가 네 본체인가?"

에리카가 정중하게 고개 숙여 인사했고, 지부장이 황당하다는 얼굴로 물었다.

“인간의 마음을 공부 중입니다.”

“그래…… 그건 좋은 일이지. 건배나 하자.”

지부장이 잔을 들어올렸다.

“건배.”

“건배~.”

우리는 건배를 하고 각자의 음료를 마신 뒤 식사를 시작했다.

“지크, 전근 온 첫날인데 어때?”

지부장이 물었다.

“일이 적었습니다. 덕분에 오후에는 교사가 됐고요.”

“지크 씨가 무척 잘 알려주셨어요. 굉장히 알기 쉽더라고요.”

휴우…… 살짝 안심했다.

“그래…… 뭐, 일도 차차 늘어나겠지만, 잘 좀 부탁해. 네가 리더다.”

리더는 당신이잖아. 뭐, 아무것도 모르는 낙하산에게 이래라 저래라 명령받는 것보다는 낫지만.

“지부장님, 역시 인재 확보가 시급합니다. 본부로 연락을 넣어주실 수 있겠습니까?”

“알았어. 계속 신청은 하고 있어. 하지만 이건 당사자의 희망 문제도 있고, 자진해서 남부에 오려고 하는 연금술사는 적으니까 좀 어려워. 네가 특수한 경우다.”

나는 희망한 것이 아니었으니까. 하지만 스승인 본부장의 말에는 거역할 수 없다.

“다른 좋은 방법은 없을까요?”

에리카가 지부장에게 물었다.

"글쎄. 군이라면 징집이라는 방법이 있지만…… 지크, 이 중에서 이 업계에 가장 빠삭한 건 너다. 뭔가 아는 거 없나?"

내가 알 리가 없잖아…… 아, 아니, 잠깐만…… 징집이라.

"포섭 채용이라는 게 있습니다."

"그게 뭔데?"

"저도 들어본 적 없어요."

에리카도 없는 건가…….

"연금술사 협회는 국가 연금술사 시험에 합격한 사람만 들어올 수 있습니다. 하지만 실제로는 합격하지 않은 사람도 비정규직으로 존재하죠. 여기서 포섭을 하는 겁니다. 다시 말해 실력은 있지만 아직 합격하지 못한 사람들을 우선적으로 확보하는 거죠. 본래는 사제관계에서 주로 쓰는 방법입니다."

나도 스승인 본부장에 의해 포섭 채용된 케이스였다. 재학 중에 시험에 합격한 탓에 아무 의미는 없었지만.

"다른 곳에 빼앗기기 전에 확보하는 거라 포섭인 건가……."

"그래도 괜찮은 건가요?"

에리카가 물었다.

"정규 직원이 아니라 연수 아르바이트로 들어오는 거니까 괜찮아. 포섭된 쪽도 공부가 되니 서로 윈윈이지. 물론 너무 과하게 하면 쏠림 현상이나 파벌이 생길수도 있지만."

이것이 왕도 같은 대도시에 유능한 연금술사가 모여 있는 원인 중 하나일 것이다. 덕분에 리트 지부에는 연금술사가 10명밖에 없었고, 지금은 3명이다.

"그렇군. 무자격자인 사람들을 한발 앞서 아르바이트로 고용한다는 건가."

"네. 일손이 부족하니 저희도 가릴 처지는 아니니까요. 다시 말해 학도병 동원이죠."

"학도병 동원…… 군에서는 악수 중의 악수지만, 나쁘지 않군. 에리카, 혹시 괜찮은 녀석 없나?"

"음…… 마법학교 후배를 찾아가봐야 할까요? 시험에 합격하지 못한 아이들이 더 많을 테니까요."

나는 그렇게 느껴본 적이 없지만, 일반적으로 보기엔 어려운 시험이니까.

"여자인가?"

"네. 여자가 많아요."

"흐음, 여자들뿐이군. 작년에 그만둔 8명 중에서도 6명이 여자였고."

음? 모르는 건가?

"지부장님, 연금술사는 80퍼센트 정도가 여성입니다."

"그래?"

진짜로 모르고 있던 모양이다. 뭐, 군에 있던 사람이니까 어쩔 수 없나.

"네. 공공연하게 말하기는 어렵지만, 연금술사는 여성이 주로 고르는 직업이라고 알려져 있습니다."

나는 남자지만.

"어째서?"

"연금술사라는 건 넓은 의미에서는 마법사입니다. 즉 마력을 가진 자만이 될 수 있는 거죠. 하지만 마력을 지닌 남자는 거의 마술사 쪽을 선택합니다. 그쪽이 돈도 더 많이 벌 수 있고 멋있기도 하니까요. 하지만 그런 반면 군에 배속될 수도 있다는 위험이 따릅니다. 그래서 여성은 대부분 연금술사의 길을 선택합니다."

국가의 북쪽 지역에서는 이웃 나라와의 작은 다툼이 빈번히 벌어지고 있으니 그쪽에 배속될 가능성도 충분히 있었다. 그렇게 되면 특히나 부모가 마술사가 되는 것을 반대한다.

"아…… 그렇군. 확실히 그렇겠네. 그래서 여자뿐이었던 건가…… 너는?"

"같은 이유입니다. 어느 쪽이든 출세는 가능하지만 화살 한 방에 허무하게 죽는 건 사양이니까요."

전생에는 칼에 찔려 죽었으니까. 그런 경험은 두 번 다시 사양이다.

"흠…… 전 군인으로서 보기엔 한심한 남자로군. 하지만, 다른 의미로는 정답이다. 아마 너라면 상관이나 귀족들의 미움을 사서 최전방으로 보내졌을 테니까."

아우구스토의 일이 뇌리를 스치고 지나갔다.

"……에리카, 후배를 데려올 수 있을까?"

끔찍한 상상이 떠오른 탓에 이야기를 본론으로 되돌렸다.

"음…… 공부를 봐주실 수 있을까요?"

음?

"에리카 네 공부를?"

"아니요, 불러낼 친구에게요. 3급인 지크 씨가 봐준다고 하면 데려오기도 훨씬 쉬울 거예요. 다들 10급 합격을 목표로 하고 있을 테니까요."

확실히 3급이 가르쳐 준다는 건 큰 장점이 될 것이다. 문제는 그 3급이 나라는 거지만.

"헬렌, 괜찮을까?"

"에리카 씨에게 했던 것처럼 정중하게, 또 상대에게 상처주지 않도록 노력하면 괜찮을 거예요."

그럴 자신이 없다.

"뭐, 밑져야 본전인가……. 실수해서 상대가 도망가도 우리 쪽에 손해는 없으니까."

다른 사람을 찾으면 될 뿐.

"지크 님, 그렇게 생각하면 안 돼요."

"제 후배라고요~."

"정말 사람의 마음을 공부 중이었구나……."

잘못 생각한 모양이다. 미안하다.

그 후에도 한동안 먹고 마시다가, 시간이 늦어져서 헤어지기로 하고 가게를 나왔다.

"지크, 난 이쪽이니까 에리카를 데려다줘. 그리고 이게 네 집 열쇠다."

지부장이 열쇠를 건네주었다.

“알겠습니다.”

“잘 가라.”

지부장과 헤어진 뒤, 돌아가는 방향이 같은 에리카와 함께 어두워진 번화가를 걸어갔다.

“정말로 술을 마신 건 나뿐이었군.”

“저는 술을 잘 못 마시고, 지부장님은 옛날에 술 문제로 실수한 적이 있으시대요.”

호오, 실수를 돌아보고 반성할 줄 알다니 대단하군.

“에리카, 좀 이상한 질문이겠지만, 오늘의 난 어땠지? 이상하지 않았나? 이 녀석과는 같이 일을 못 해먹겠다는 생각이 들진 않았어?”

헬렌의 도움이 있었다고는 해도, 사람은 갑자기 변할 수 없다는 것도 알고 있는 만큼 걱정이 들었다.

“음…… 지크 씨가 그 부분에 대해 무척 신경 쓰고 있다는 건 잘 알겠어요. 하지만, 딱히 그렇게 신경 쓸 필요는 없지 않을까요?”

그런가?

“솔직히 말하자면, 나는 네 공부를 알려줄 때 ‘어떻게 이런 것도 모를 수 있지?’라고 생각했어.”

“지크 씨와 저는 두 살밖에 차이가 나지 않는데 저는 10급이고 지크 씨는 3급이니, 재능이나 능력의 차이는 누가 봐도 확실하죠. 그러니까 그렇게 생각하는 건 당연한 거고 실제로도 사실이에요. 하지만 지크 씨는 알기 쉽게 알려주셨고, 무엇보다 든든했어요. 저와 레오놀라 씨 두 명만으로는 역시 불안했으니까요.”

10급이 둘뿐이었으니 말이지…….

"레오놀라는 어린가?"

"지크 씨와 동갑이에요."

스물두 살이라…… 역시 젊네. 근데 그렇게 따지면 지난 한 해 동안에는 거의 신참에 가까운 둘이서 지부를 꾸려나갔다는 말인가.

"그건 힘들었겠군. 나 정도가 아니면 무리였을 거야."

"힘들었어요. 알려주는 사람도 없어서 실수도 정말 많이 했고요."

상상 이상으로 상황이 심각한 지부였구나.

우리는 대화를 나누면서 완전히 어두워진 길을 걸어 아파트 앞에 도착했다.

"에리카, 나는 인간관계에는 서툴지만, 이 지부를 재건하기 위해 같이 노력하고 싶어. 앞으로 잘 부탁한다."

역시 더는 실패할 수 없었다. 이 지부의 상황은 전도다난하다고 할 수밖에 없지만, 헬렌의 도움을 받으면서 최선을 다해 보자.

"네. 잘 부탁드려요."

"그럼 내일 보자."

"네. 안녕히 주무세요."

에리카는 정중히 고개 숙여 인사하고는 자신의 집으로 들어갔다. 나도 열쇠고리에 적혀 있는 동 호수를 확인했다.

"내 집은 여긴가?"

키홀더에는 [A102]라고 적혀 있었다. 에리카나 레오놀라와 같은 동이자 에리카의 집 바로 맞은편이었다.

문 앞으로 가서 열쇠를 열고 안으로 들어가자 주위가 어두워 전등을 켰다.

"당연하지만 아무것도 없네요. 좀 적적해요."

"어제 에리카의 집을 보고 왔으니까."

똑같은 집이었지만 에리카의 집은 여성이 사는 집답게 밝고 사랑스러웠다.

"오늘은 짐만 꺼내놓고 일찍 쉬죠."

"그래. 짐 정리는 내일부터 할까."

우리는 공간 마법으로 짐을 꺼내 침대만 놔두고 욕실로 향했다. 욕실에는 욕조도 있었기에 물을 받아 몸을 담그기로 했다. 헬렌도 뜨거운 물을 담은 통에 몸을 담그고 있었다. 헬렌은 고양이인데도 목욕을 무척 좋아했다.

"뭔가 힘들 것 같은 직장이네……."

천장을 멍하니 올려다보며 중얼거렸다.

"저는 좋은 직장이라고 생각해요. 에리카 씨도 그렇고, 이러니저러니해도 지부장님도 좋은 분이셨잖아요."

하긴, 귀찮게 달라붙을 것 같지도 않고, 귀족 군인치고는 무척 털털한 사람이었다.

"레오놀라는 어때?"

"그것까진 잘 모르겠지만, 분명 잘 지낼 수 있을 거예요."

그랬으면 좋겠다.

“헬렌…… 환영회는 나쁘지 않았어.”

술은 나만 마셨지만.

“그거 다행이네요. 지크 님, 세상에는 다양한 사람이 있어요. 못된 사람도 많겠지만, 그만큼 좋은 사람도 많아요.”

“그런가…… 좋은 사람이 되고 싶네.”

지금까지의 나는 못된 녀석이었겠지. 아니, 지금도 그렇다. 하지만 다시 시작하기 위해서는 변해야만 한다. 비록 출세길은 막혔더라도, 내 두 번째 인생은 아직 끝나지 않았으니까. 그러기 위해서라도 우선 지부를 재건해야 한다.

“내일부터 또 힘내요.”

“그래.”

뜨거운 물에 느긋하게 몸을 담그며 목욕을 마친 우리는 종이 상자로 가득한 침실로 가서 잠을 청했다. 그리고 다음 날, 헬렌에 의해 눈을 뜬 나는 준비를 마치고 지부로 향했다. 에리카의 말대로 출퇴근 시간이 30초밖에 걸리지 않아 무척 편했다.

“내일부터는 좀 더 잘 수 있겠군.”

그렇게 말하며 지부로 들어섰지만, 당연하다는 듯이 아무도 없었다.

“아뇨, 아침을 안 드셨잖아요.”

“어제 빵을 사는 걸 깜빡했으니까. 뭐, 나중에 휴대식이랑 영양제를 먹으면…… 음? 에리카가 없네.”

2층으로 올라갔지만 아무도 없었다. 하지만 불은 켜져 있었다.

“3층인 것 같아요. 위에서 에리카 씨의 냄새가 나요.”

“창고라⋯⋯.”

그대로 계단을 올라 3층에 도착하자 에리카가 납품할 포션을 마법 가방에 넣고 있었다.

“아, 지크 씨, 좋은 아침이에요.”

나를 알아차린 에리카가 인사를 건넸다.

“그래, 좋은 아침. 납품 준비 중인가?”

“네, 이 포션만 넣으면 끝이에요. 아침 일찍 관공서와 군 주둔지로 가요.”

“알았다.”

그대로 지켜보는 사이 에리카가 마지막 포션을 가방에 넣고 몸을 일으켰다.

“준비는 끝났어요. 우선은 여기서 가까운 관공서 먼저 갈까요? 지크 씨도 앞으로 혼자서 가실 일이 있을 테니까 안내해 드릴게요.”

“부탁해.”

우리는 계단을 내려가 지부를 나섰다. 그리고 왼쪽으로 걸어가는 에리카의 뒤를 따라갔다.

“여기예요.”

에리카가 3층짜리 건물 앞에서 멈춰 섰다. 지부에서 겨우 300미터 정도 떨어진 거리로 정말 가까웠다. 그대로 관공서 안에 들어가자 수많은 직원과 이용자가 있었다. 우리 지부와는 하늘과 땅 차이였다.

“좀 슬퍼지네.”

“말하지 마세요.”

에리카도 비슷한 것을 느낀 모양이었다.

“그래…… 담당 데스크는 어디지?”

“저쪽이에요.”

에리카가 오른쪽 끝을 가리키며 걸어가기에 그 뒤를 따라갔다. 그리고 맨 끝 안내 데스크에 있던 사십대쯤 되는 아저씨 앞에 멈춰 섰다.

“루베르토 씨.”

에리카가 뭔가를 적고 있던 직원에게 말을 걸었다.

“음? 아, 에리카구나. 무슨 일이야?”

“모눈종이와 벽돌을 납품하러 왔어요.”

“어? 기한이 아직 남았는데 벌써 끝났어?”

“네. 어제 부임한 지크 씨가 해 주셨어요.”

“지크 씨?”

루베르토가 나를 힐끔 바라보았다.

“네. 왕도에서 부임해 오셨거든요. 지크 씨, 이쪽이 담당이신 루베르토 씨예요.”

에리카의 소개에 나는 한 발짝 앞으로 나갔다.

“지크발트 알렉산더입니다. 잘 부탁드립니다.”

“루베르토입니다. 저야말로 잘 부탁드립니다. 에리카, 동료가 늘어나서 다행이구나.”

루베르토가 에리카를 향해 빙긋 웃었다.

“네!”

"그럼 다음 의뢰를 부탁하고 싶은데 괜찮을까?"

납품한 날 의뢰라…… 역시 관공서가 미리 준비해 두고 있는 거였군.

"뭔가요?"

"벽돌 50개를 한 번 더 납품해 줘. 그거랑 철광석 50개를 줄 테니까 주괴로 바꿔줬으면 좋겠어. 할 수 있을까?"

"주괴…….."

에리카가 슬쩍 내 쪽을 바라보았다. 아마 해 본 적 없는 거겠지.

"문제없어."

주괴 같은 건 기초 중 하나다. 어려울 것은 하나도 없었다.

"괜찮아요. 기한은요?"

"한 달 정도야."

"알겠습니다."

에리카가 고개를 끄덕였다.

"그럼 철광석을 가져다줄게. 벽돌은 거기 놔줘."

루베르토가 그렇게 말하며 안쪽으로 들어갔고, 에리카는 나무 상자에 든 벽돌을 카운터에 내려놓았다. 잠시 후 루베르토가 돌아와 우리는 철광석을 받아들고 관공서를 나섰다.

"다음은 군 주둔지네요. 이쪽이에요."

다시 왼쪽으로 걸어가기 시작한 에리카를 그대로 따라갔다.

"일단 물어보는 건데, 매번 직접 납품하러 다니는 건가?"

"사람이 없으니까요. 가지러 와 달라고 하는 것도 미안하고요."

나라면 가지러 오라고 했을 텐데……. 아니, 하지만 의리로 준 의뢰니까 에리카의 행동이 정답인 건가.

　잠시 걸어가자 관공서보다 작은 이층 건물 앞에 다다랐다.

　"여기인가?"

　"네. 여기서 접수하면 돼요."

　에리카가 고개를 끄덕이며 주둔지 안으로 들어갔고 우리도 그 뒤를 따랐다. 주둔지 안은 그리 넓지 않았다. 접수처 안에 몇몇이 있을 뿐 이용자는 없었다. 뭐, 군 주둔지에 볼일이 있는 사람은 그리 많지 않을 테니 당연하다면 당연하지만. 그래도 역시 우리보다 인원이 많은 것은 부러웠다.

　"루츠 군."

　접수처로 다가간 에리카가 접수대 안에 있는 갈색 머리의 남자에게 친근하게 말을 걸었다.

　"음? 에리카구나."

　이름이 불린 남자가 자리에서 일어나 이쪽으로 다가왔다. 남자는 키도 크고 외모도 단정했다. 혹시 남자친구일까?

　"좋은 아침."

　"그래, 좋은 아침. 그쪽 분은?"

　루츠라는 남자가 내게 슬쩍 눈길을 주며 에리카에게 물었다.

　"어제 부임해 오신 동료 지크 씨야."

　"그렇구나……. 전 이 도시의 병사인 루츠 린트너입니다. 잘 부탁드립니다."

　루츠가 그렇게 말하며 손을 내밀어와 손을 맞잡았다.

　"지크발트 알렉산더입니다…… 린트너?"

에리카도 린트너 아니었나?

"아아…… 에리카는 제 사촌 동생입니다."

아하, 사촌 오빠가 상대라 그렇게 편하게 대한 건가.

"루츠 군, 납품할 포션 가져왔어."

에리카가 가방을 카운터에 내려놓았다.

"그래? 빠르네……. 그럼 확인해 볼 테니까 꺼내줘."

루츠의 말이 끝나자 에리카가 가방에서 포션을 꺼냈고, 루츠가 그것을 하나하나 확인해 나갔다.

"품질에 문제는 없어 보이고 다 괜찮은 것 같네. 잠깐만 기다려. 서류를 가져올 테니까."

루츠는 그렇게 말하더니 안쪽에 있는 방으로 들어갔다.

"다행이에요……. 포션은 좀 자신이 없었거든요."

에리카가 목소리를 낮추고 말했다.

"그런가? 나도 창고에서 확인했지만 아무 문제 없었어. 물론 벽돌도."

"포션 같은 약 제조는 레오놀라 씨가 잘하셔서 계속 맡겨왔거든요. 저는 오히려 벽돌 같은 물건 제조를 잘하고요."

아…… 어제 공부를 알려줬을 때도 확실히 연금 반응 같은 화학 쪽에 약해 보였지.

"당연히 다 할 수 있는 게 바람직하지만, 동료가 있다면 그런 식으로 일을 나누는 것도 나쁘지 않지."

"그러게요……. 그 동료가 3명이라는 게 문제지만요."

내 말이 그 말이다. 정말 하루빨리 해결해야 할 텐데…….

우리가 작은 소리로 대화를 나누고 있는데, 루츠가 방에서 나와 이쪽으로 걸어오는 것이 보였다. 하지만 루츠 외에 수염을 기른 위압적인 분위기의 남자도 함께 나왔다.

"……귀족이군."

"……에스마르히 소령님이에요."

소령인가. 좀 많이 높네.

"기다렸지, 에리카. 여기 사인해 줄 수 있을까?"

루츠가 종이를 카운터에 놓고 지시했다. 그러자 에리카가 종이에 사인을 했다.

"여기."

"고마워. 그리고, 다음 의뢰 말인데……."

루츠가 힐끗 소령을 바라보았다.

"크흠…… 이번 의뢰도 수고가 많았군. 질 좋은 포션이라 우리도 아주 만족했다."

소령이 팔짱을 낀 채 거만하게 말했다.

"가, 감사합니다."

윗사람을 앞에 둔 탓인지 에리카가 쭈뼛거리며 고개 숙여 인사했다.

"그래서 말인데, 마도석을 100개 정도 주문하고 싶군."

"마도석 말인가요…… 기한은요?"

"일주일이다."

뭐?

"네? 일주일이요? 그건 좀……."

"어려운가? 긴급 의뢰인데?"

"그, 그게…… 지금은 일손이 부족해서요……."

"그럼 됐다. 무리라면 민간에 부탁하지. 긴급 의뢰도 못 받을 정도라면 앞으로의 거래는 다시 생각해 봐야겠군."

아…… 이건 에리카로는 감당하기 어렵겠네.

"에리카, 내가 맡지."

에리카의 어깨에 손을 얹었다.

"네? 부, 부탁드릴게요."

에리카가 머뭇머뭇 뒤로 물러섰고 그 대신 내가 앞으로 나섰다.

"자네는 누구지?"

"리트 지부에 배속된 지크발트 알렉산더입니다. 잘 부탁드립니다."

"흠…… 드디어 신입이 들어왔나."

신입은 아니지만.

"네, 그래서 말인데, 의뢰에 대해 몇 가지 확인하고 싶은 것이 있습니다. 괜찮을까요?"

"그야 물론이지."

"우선은 긴급 의뢰라 기한이 일주일이라고 들었습니다. 이건 아무리 생각해도 너무 긴급합니다. 그 정도로 급하게 필요하신 겁니까? 이유를 듣고 싶습니다."

"이유는 기밀사항이기 때문에 말할 수 없다."

뭐, 그렇게 말할 거라 생각했다.

"하지만 이것만큼은 묻고 싶습니다. 도시의 존속과 관련된 일입니까? 갑자기 마도석 100개라니, 전쟁이라도 일어나는 건가 싶을 정도입니다.”

마도석이라는 것은 마법을 사용할 때 부스터 목적으로 사용되며, 흔히 마술사가 가지고 있는 지팡이 같은 곳에 이용된다.

“아니, 그건 아니다. 단순한 훈련 목적이야. 자세히는 말할 수 없지만 예정이 꽉 차 있다.”

그 예정은 미루면 그만인 일이다. 역시 괴롭힘 맞네.

“그렇군요. 알겠습니다. 그리고 긴급 의뢰인 데다 일주일밖에 없다면 요금이 크게 오르는데 괜찮으시겠습니까?”

“얼마쯤 되나?”

“가볍게 두 배는 넘습니다. 200만 에르입니다.”

그렇게 대답하자 소령이 눈살을 찌푸렸다.

“너무 비싼 거 아닌가?”

“긴급 의뢰는 원래 그렇습니다. 하물며 마도석 100개를 일주일 안에 만들어야 하니까요. 비싸질 수밖에 없습니다. 싫으면 민간에 의뢰하시지요. 가격은 그 배가 되겠지만요.”

배로 끝나면 그나마 낫다. 민간은 약점을 잡아 더 큰 돈을 뜯어낼 테니까.

“정말 준비할 수 있는 건가? 실패는 용납할 수 없다만?”

실패하길 바라는 주제에.

“준비는 가능합니다. 다만, 반대로 마석을 준비하실 수 있겠습니까?”

마도석의 재료는 마석이다.

“우리 쪽에서 준비하라는 건가?”

“당연한 것 아닙니까? 저희에게 마석 재고가 100개나 있다고 생각하십니까? 재료부터 준비하라고 하신다면 시장 같은 곳에서 구입해야 하니 추가 요금이 청구됩니다. 물론 그 요금은 견적이 되고, 시한이 긴급하니 더 비싸지겠죠.”

소령의 미간이 더욱 험악하게 구겨졌다.

“……알았다. 준비하지.”

“그럼 오늘 중으로 보내주십시오.”

“오늘 중? 그건 불가능해.”

뭐라고?

“어째서죠? 긴급 의뢰 아닙니까? 시간이 없으니 사람을 모아서라도 준비해 주세요. 아니면 그 정도로 긴급하진 않은 겁니까? 그렇다면 기한을 늦추는 것을 권해드리고 싶습니다.”

“……루츠, 준비해라.”

부하에게 떠넘기는군.

“감정서도 첨부해서 부탁드립니다. 저희는 여기서 준비해 주신 마석으로 마도석을 만들 겁니다. 그걸로 나중에 질이 나쁘다는 소릴 들어도 곤란하니까요.”

나중에 품질을 두고 시비를 거는 것은 귀족들의 괴롭힘에서는 흔한 일이었다.

“루츠, 한가한 녀석들을 써라.”

소령은 그렇게 말하고는 허둥지둥 방으로 돌아갔다.

“한가한 사람은 없습니다만…….”

루츠가 불쑥 중얼거렸다.

"상관 복이 없군. 뭐, 그렇게 됐으니까 부탁한다. 에리카, 돌아가자."

"아, 네."

우리는 떨떠름한 표정을 짓고 있는 루츠를 그 자리에 남겨두고 주둔지를 나섰다.

"지크 씨, 일주일 정도면 괜찮은 건가요?"

주둔지를 나서자 에리카가 물어왔다.

"100개 정도면 문제없어. 그것보다 저 소령은 언제나 저런 식인가?"

"별로 만난 적은 없지만, 대체로 비슷해요."

성격 나쁜 부류의 귀족으로 보인다.

"에리카, 이번 긴급 의뢰는 나 혼자 할게."

"네? 하지만…… 저도 도와드릴게요."

에리카라면 그렇게 말하겠지.

"아니, 이 의뢰는 좀 특수해. 에리카에겐 벽돌과 주괴를 부탁하고 싶어. 주괴는 안 해 봤지?"

"네. 물론 학교 실습 때는 해 봤지만……."

"그거면 충분해. 어쨌든 일단 지부로 돌아가자."

우리는 주둔지를 뒤로하고 지부로 돌아가는 길을 걸어갔다.

"저, 저기, 지크 씨, 이 긴급 의뢰, 정말 괜찮은 걸까요?"

음?

"괜찮냐니?"

“긴급 의뢰 같은 건 처음이라서…… 게다가 마도석 납품은 작년에는 없었거든요.”

군의 필수품이나 다름없는 마도석 납품이 없었다는 건 슬픈 일이다.

“이건 전형적인 괴롭힘이야.”

“네? 괴, 괴롭힘이요? 어째서?”

“이유는 나도 몰라. 위에서 내려온 시혜에 가까운 의뢰 지시가 싫었는지, 민간에게 돈이라도 받았는지…… 어쨌든 이 의뢰는 상식적으로 봤을 때 억지나 다름없어.”

나는 우리를 무너뜨리기 위해 민간에게서 돈을 받았을 거라 짐작하고 있었다. 관리는 원래 그런 것이니까.

“죄송해요……. 잘 모르겠어요.”

에리카가 눈을 내리깔았다.

“아니, 이런 건 몰라도 돼. 애초에 전쟁이나 마물 대발생이 일어난 게 아니고서야 마도석이 부족한 일은 일어나지 않을 테니까. 군에 있어 마도석은 필수품이니까 언제나 재고가 있겠지. 그런데도 이 의뢰를 냈다는 건 지부에 마도석을 납품할 능력이 없다고 생각했기 때문일 거고.”

실제로 작년에는 그런 의뢰가 없었다고 했으니까.

“그, 그런가요…….”

“뭐, 지부 자산을 늘릴 기회이기도 하니까 신경 쓰지 마. 마도석 같은 건 그렇게 어려운 것도 아니야.”

수작업으로 하려면 좀 번거롭지만, 못할 것도 없다.

우리는 대화를 나누면서 걸어서 지부로 돌아왔다. 그리고 2층으로 올라가 각자의 자리에 앉았다.

"마석이 올 때까지 할 일도 없는데 주괴 만드는 법이라도 알려줄까……. 마법학교에서 해 본 적 있지?"

"네. 실습으로 해 봤어요."

"그럼 배운대로 해 봐."

"으음……."

에리카는 철광석 하나를 책상에 올려두더니 손을 들어 마력을 담기 시작했다. 그러자 철광석이 살짝 빛났다.

"뭐야…… 할 수 있네."

그렇다면 알려줄 것도 없다.

"대신 시간이 좀 걸려요."

"다들 비슷하지. 전용 기기라도 있으면 순식간에 끝나겠지만……."

여기에 그런 것은 없다.

"언젠가는 그런 기기도 갖춰두고 싶네요."

과연 언제가 되려나…….

묵묵히 철광석을 철로 바꾸는 에리카의 작업 모습을 지켜보며 가끔씩 조언을 해 주다 보니 점심시간이 되었고, 빵을 사러 나갔다. 빵을 사서 돌아오자 지부 앞에 차량 짐칸에서 나무 상자를 내리고 있는 병사 몇몇이 보였다. 그중에는 루츠도 보였기에 그쪽으로 다가갔다.

"루츠, 마석을 가져온 건가?"

“음? 아, 지크발트 씨군요.”

“지크라고 불러. 그리고 존댓말도 됐어. 비슷한 나이잖아.”

루츠는 아마 20대 초반이겠지.

“뭐, 그렇지. 에리카는?”

“위에서 점심 먹고 있겠지. 불러다줄까?”

“아, 아냐, 됐어. 그보다 마석 100개를 준비했으니까 확인해 줘. 이게 감정서야.”

루츠가 그렇게 말하며 종이 한 장을 내밀어와 읽어보았다.

“B랭크가 5개고 C랭크가 22개. 나머지는 D랭크인가…….”

질이 아주 나쁜 건 아니지만, 애매하네.

“시장에서 급히 모은 거야.”

사람을 써서 오전 중에 모은 건가.

오전만 쓰지 말고 하루를 쓰는 한이 있더라도 품질 좋은 걸 준비하라고 말해 주고 싶었지만, 굳이 의뢰주한테 할 말은 아니다.

“촉매를 사용해서 질을 높여야 하나? 물론 값은 더 비싸지지만…….”

“아니, 그럴 필요는 없어. 하지만 소령님이 사흘 내에 끝내라네…….”

제정신인가?

“의뢰자 사정이니 요금은 배가 되는데? 아니, 그 이상이지.”

“……여기서만 하는 얘기인데, 소령님은 실패하기를 원하고 있어.”

알고 있다.

"이쪽은 사흘이라도 상관없어. 하지만 청구서는 각오해 두는 게 좋을 거다. 뭐, 너하고는 상관없겠지만."

"난 평범한 심부름꾼이니까. 그나저나 정말 괜찮겠어? 나는 연금술에 대해서는 잘 모르지만 일반적으로는 최소 한 달은 잡는 의뢰야."

"긴급하다며? 그럼 그럴 수도 있지. 우리로서는 돈만 제대로 받을 수 있으면 상관없어."

왕도의 본부에서는 긴급 의뢰는 거의 일상이었고, 심지어 내 쪽에서 먼저 제안한 적도 있었다. 상대가 난색을 표하면 '하루는 24시간이나 있는데?'라는 것이 내 단골 멘트. 응, 미움을 살 만했네.

"어쨌든 사흘 안에 부탁할게. 미안하지만 말이야."

"신경 쓰지 마. 그리고 하나 묻고 싶은데, 그 소령은 이 지역 출신인가?"

"아니, 북쪽 출신 귀족이라던데?"

좌천이네, 나랑 똑같이.

"흐음…… 그래. 그럼 사흘 안에 납품하지. 수고했다."

그렇게 말하고 병사들이 지부 앞에 놔둔 나무 상자를 공간 마법에 수납했다.

"공간 마법…… 쓸 수 있으면 미리 말해 주지. 괜히 짐칸에서 내리느라 고생했잖아."

"그건 미안하군."

조금의 미안한 마음 없이 그렇게 대답하고 지부로 돌아갔다.

2층으로 올라가 자리에 앉은 뒤 헬렌의 점심을 준비했다. 그리고 물과 함께 영양제를 먹고 내 점심으로 사온 빵을 먹기 시작했다. 옆에 앉은 에리카는 샌드위치를 먹으며 연금술 책을 읽고 있었다.

"공부?"

"네. 의욕이 좀 생겼거든요."

그건 좋은 일이다.

"아까 아래에서 루츠에게 마석을 받았어. 덤으로 마감 기한은 사흘로 줄었고."

"사흘이요?! 아무리 그래도 그건 좀……."

"문제없어. 잔업 수당을 벌 기회이니 오히려 행운이지."

월급도 줄었으니까.

"여, 역시 도와드릴게요."

"괜찮다니까. 에리카, 지금 넌 중요한 시기다. 좌천 귀족의 치졸한 괴롭힘에 휘둘릴 필요는 없어. 우선 기초 먼저 제대로 다지면서 공부해. 너라면 9급에 붙을 수 있어."

모처럼 의욕이 났으니 그쪽을 우선해 줬으면 좋겠다.

"그런가요?"

"네 실력으로 봤을 때 설령 다음 달에 떨어져도 그다음엔 붙을 거다. 하지만 굳이 석 달이나 더 기다릴 필요는 없지. 9급이 되면 월급도 오를 거고, 한가한 지금이 기회야."

"아, 알겠어요! 열심히 공부할게요!"

열심히 해 줘.

"지크 님은 2급 시험은 안 보시나요?"

점심을 다 먹은 헬렌이 그렇게 물었다.

"2급 이상은 실무 경력이 필요해. 2급이 5년이고 1급이 10년이지."

"아, 그런 게 있군요."

"쓸데없는 족쇄지. 그러니까 3급 이상은 같은 랭크라고 봐도 무방해. 2급이니 1급이니 하는 녀석들을 몇 명 봤지만 코웃음이 나올 수준이더군."

물론 우수한 사람도 있었지만 말이다.

"흐음…… 그런 태도를 보이니까 윗분들께도 미움을 산 게 아닐까요?"

"그럴지도 모르지. 진실은 사람을 상처입힐 수도 있다는 걸 뼈저리게 깨달았어. 거짓말도 중요하다는 거겠지."

무능한 것을 무능하다고 하면 화를 내는 것은 당연하다. 적당히 말을 순화할 필요가 있었다.

"……어? 제가 붙을 수 있다는 것도 거짓말인가요?"

나와 헬렌의 대화를 듣고 있던 에리카가 고개를 들었다.

"아니, 그건 사실이야. 에리카라면 9급은 물론이고 8급도 충분히 붙을 실력이다. 그러니 서둘러 9급을 따고 8급을 노리도록 해."

"알겠습니다!"

좋아. 의욕이 생긴 것 같으니 다행이네. 그 상태로 힘내.

"그럼 나도 해 볼까."

마석을 꺼내 책상에 올려두었다.

“아, 저도 일은 해야죠.”

에리카도 철광석을 철로 바꾸는 작업에 착수했다.

“저는 한가하니까 좀 잘게요.”

헬렌이 몸을 웅크린 채 잠에 들었고, 나와 에리카는 묵묵히 작업을 이어갔다. 그리고 저녁, 다섯 시가 넘은 시각이 되어서야 비로소 에리카가 하나의 철광석을 철로 바꾸었다.

“하루를 꼬박 써서 한 개…….”

느리다…… 과할 정도로 느리다. 하지만 질은 좋았다. 어제 봤던 포션보다 훨씬 좋은 품질을 가진 철이 만들어져 있었다. 물건 제조에 자신 있다는 에리카의 말대로 약품보다는 이쪽이 더 잘 맞는 모양이었다.

“안심해. 이런 건 익숙해지면 빨라져. 포션이나 벽돌도 처음엔 느렸지?”

“그렇긴 하죠. 그렇긴, 한데…….”

내 뒤에 있는 나무 상자에는 스무 개가 넘는 마도석이 쌓여 있었다.

“익숙해지면 돼, 익숙해지면.”

그리고 이것이 3급의 실력이다.

“굉장하시네요…….”

“뭐, 그렇지. 하지만 이 페이스로는 시간에 맞출 수 없으니 잔업을 해야 해. 에리카는 먼저 돌아가.”

“네? 하지만…….”

에리카는 천성이 상냥해서 동료만 두고 돌아가기 어려운 거겠지…… 나? 나라면 신경 쓰지 않고 돌아간다.

"헬렌이 있으니까 외롭지도 않고, 에리카는 에리카의 페이스로 하면 돼. 잔업으로 돈을 벌고 싶다면 그래도 상관은 없지만……."

그런 일로 눈치를 줄 생각은 없었다.

"아, 아뇨…… 그럼 먼저 실례할게요…… 저, 무리는 하지 마세요."

"그래, 수고했어."

"수고하셨어요."

에리카가 인사를 하고 돌아갔고, 나는 계속 작업을 이어갔다.

"에리카 씨의 도움이 없어도 괜찮으신가요?"

단둘이 있게 되자 헬렌이 일어났다.

"에리카에게는 맡길 수 없어. 그 소령은 품질이 조금이라도 떨어지면 분명 트집을 잡을 거야. 미안하지만 도움은 안 돼."

애초에 해 본 적도 없을 것이다. 에리카를 가르치면서 하기에는 시간이 촉박했다.

"말이 좀 지나치신 거 아닌가요?"

"사실이야. 그래도 본인에게는 안 했잖아?"

"성장하셨군요."

헬렌이 감탄한 얼굴로 고개를 몇 번 끄덕였다.

"뭐, 미움받기는 싫으니까."

"어라? 웬일이세요? 드디어 여성에게 관심이라도 생기셨나요?"

사춘기 중학생도 아니고.

"그런 뜻으로 한 말이 아니야. 아델레 일로 느낀 점이 많았어."

"좋은 일이네요."

나는 그 후에도 헬렌과 대화를 나누면서 작업을 계속해 나갔다. 그대로 한참을 작업하는 사이 밤 9시가 지나, 한번 일어나서 기지개를 켰다.

"아직 더 하실 건가요?"

"그래. 무슨 변수가 생길지 모르니까 할 수 있는 데까지는 해 두고 싶어."

이 이상 기한을 줄이지는 않겠지만, 이 의뢰가 괴롭힘이 목적인 이상 빠르게 진행하는 편이 나았다.

"오늘도 짐 정리는 물 건너갔네요."

오늘을 넘어 이번 주 평일은 이미 가망이 없었다.

"이번 주말에 할까."

"그래야겠어요."

자리로 돌아와 작업을 재개하려고 하는데, 계단 쪽에서 에리카가 불쑥 얼굴을 내밀었다.

"수고 많으세요. 아직도 더 하시는 건가요?"

에리카가 가까이 다가와 묻는다.

"조금만 더 하면 돼. 무슨 일이지?"

"혹시 저녁은 드셨나요?"

"아니, 아직."

오늘 저녁은 휴대식이었다.

“괜찮으시면 드실래요? 저녁으로 먹은 게 좀 남았거든요.”

에리카가 그렇게 말하며 도시락을 내밀었다.

“괜찮아?”

“네. 너무 많이 만들어서요, 괜찮으면 드세요.”

“미안해. 고맙게 잘 먹을게.”

도시락을 받아들어 책상 위에 놓았다.

“네. 그럼 힘내세요. 저도 집에 가서 열심히 공부할게요.”

에리카는 그렇게 말하며 인사하고 돌아갔다. 도시락통을 열어 보자 그 안에는 제법 많은 샌드위치가 들어 있었다.

“좋은 녀석이야.”

“정말 착한 아가씨예요……. 지크 님, 그거 아세요?”

“뭐가?”

“이건 저녁에 먹고 남은 게 아니라 일부러 만든 거예요.”

“어? 그런 건가?”

“그야 당연히 이 정도 양의 샌드위치가 남을 리가 없잖아요. 게다가 보통은 낮에 샌드위치를 먹었는데 밤에 또 먹지는 않는 다고요.”

나는 매 끼니 빵인데? 아니, 그게 보통이 아니라는 건 알지만.

“일부러 만들어 준 건가…… 괜히 수고를 끼쳤네.”

“그렇게 생각할까봐 일부러 저렇게 말한 거예요. 감사한 마음 으로 먹죠.”

그래…… 확실히 감사할 일이었다. 나는 동료에게 간식을 준 다는 발상조차 하지 못했다.

“헬렌도 먹을래?”

“하나 주세요.”

우리는 저녁으로 샌드위치를 먹고 작업을 재개했다. 그리고 자정 전에 집으로 돌아가 목욕을 하고 잠에 들었다.

다음 날 아침에도 일어나서 준비를 하고 집을 나섰다. 그리고 역시 30초 만에 지부에 도착했다. 어제도 30초만에 도착했다. 잔업을 할 땐 이만큼 편한 것도 없었다. 더 말하자면 거리가 가까운 덕분에 에리카도 샌드위치를 가져다줄 수 있었던 셈이다. 좋은 곳에 자리잡았다고 생각하면서 지부에 들어서 2층으로 올라갔다. 그러자 역시나 에리카가 먼저 와 있었다.

“아, 좋은 아침이에요.”

에리카가 평소와 같은 환한 미소를 지으며 인사를 건네왔다.

“그래, 좋은 아침. 어제는 고마웠어. 맛있었어.”

“맛있었어요~.”

둘이 함께 감사의 말을 전하고 깨끗하게 씻은 도시락통을 돌려주었다.

“아뇨, 아뇨. 제가 할 수 있는 건 이 정도 뿐이니까요. 아, 지크 씨에게 편지가 와 있었어요.”

에리카가 그렇게 말하며 내 책상을 가리켰다.

“편지?”

내 책상 위에는 연분홍색 봉투가 놓여 있었다.

“아델레 씨라는 귀족분한테서요.”

아델레…….

“지크 님, 사과 겸 감사 편지의 답장인가봐요.”

“빠르지 않나? 보낸 건 그저께인데.”

거의 특급이다.

“읽어보실래요?”

“나중에. 오늘 중으로 의뢰분을 마치고 싶거든.”

편지를 넣어두고 오늘도 마도석 제작 작업에 착수했다. 에리카도 철광석을 철로 바꾸는 작업을 시작했다. 그대로 한동안 수수한 작업을 이어가는 사이 헬렌은 잠들었고, 지부장이 계단을 올라왔다.

“오, 다들 바쁘군.”

지부장이 이쪽으로 다가왔다.

“수고 많으십니다.”

“무슨 일 있나요?”

에리카가 손을 멈추고 지부장에게 물었다.

“아니, 긴급 의뢰를 받았다고 들어서 말야.”

에리카가 보고한 건가? 나는 안 했다.

“대단한 의뢰는 아닙니다. 하지만 납기가 꽤 짧아서 두둑이 뜯어낼 생각입니다.”

“아아, 그래그래. 그 부분은 네가 알아서 해.”

즉 청구서도 내가 만들어야 한다는 말이었다. 견적도 안 냈고, 상의도 없이 납기를 줄여버렸으니 톡톡히 바가지를 씌워줘야지.

“지부장님, 이런 긴급 의뢰가 있었다고 시장님이나 군의 높으신 분께 미리 전해주실 수 있겠습니까?”

“음? 미리 손을 써두겠다는 건가?”

“뭐, 그런 거죠. 애초에 이건 에스마르히 소령이 독단적으로 벌인 일이라 윗선에서는 아마 모르고 있을 겁니다. 게다가 마도석 긴급 의뢰라는 건 말도 안 되고요.”

아무리 귀족이라지만 소령급의 인간이 수백만이나 되는 돈을 함부로 융통할 수는 없었다.

“그렇군…… 진척은 어때?”

“100개 중 62개가 끝났습니다. 오늘 중으로 마무리하고 내일 중으로 납품하러 갈 예정입니다.”

“……그렇게 빨리 끝낼 수 있는 건가?”

“저는 3급입니다. 인간성은 꽝이지만 실력은 있습니다.”

원래는 엘리트 가도를 달리고 있던 실력자다.

“본인 입으로 말하다니…….”

“사실입니다. 의뢰에 실패한 적도 없습니다.”

“아니, 그쪽 말고…….”

인간성이니 뭐니 하는 쪽 말인가…….

“……그것도 사실입니다.”

“그렇군…… 아무튼, 알겠다. 지금부터 관공서랑 군부에 다녀오마.”

“부탁드립니다.”

지부장이 나간 것을 확인하고 작업을 재개했다. 그리고 점심시간이 찾아와 점심을 먹고 오후에도 계속 작업을 이어나갔다.

“에리카, 두 번째는 좀 더 빨랐네.”

에리카는 두 번째 철광석을 철로 바꾸는 작업을 이제 막 끝냈다. 시각은 2시로 어제보다 더 빨랐다. 그리고 품질도 더 좋아졌다.

“네!”

“세 번째는 더 빨라질 거다.”

“열심히 할게요!”

우리는 그 후에도 작업을 이어갔고, 시간은 어느새 다섯 시가 훌쩍 넘어 있었다. 힐끔 에리카 쪽을 보니 진지한 얼굴로 연금을 하고 있었다. 철광석도 80퍼센트 정도 철로 변한 상태였다.

“급한 건 아니니까 내일 해도 돼.”

“이것까지는 끝내고 싶어요.”

그 마음은 이해한다. 조금 남았을 때 전부 다 끝내버리고 싶은 마음.

“잔업 수당은 챙겨.”

“받아보는 건 처음이에요…….”

인원도 적은데 한가한 직장이구나…….

“그런가…….”

……자, 그럼 이제 어쩔까. 사실 난 두 개만 더 하면 끝이다. 끝내고 먼저 돌아가도 될까? 안 되나?

헬렌을 힐끔 쳐다보았다.

“지크 님, 어젯밤부터 내내 작업만 하고 계세요. 조금 쉬시는 게 어떤가요? 몸에 무리가 갈 거예요.”

쉬면서 시간을 맞추라는 말이군.

"그럴까…… 에리카, 커피라도 마실래?"

"아, 준비해 드릴게요."

"괜찮아. 기분 전환도 할 겸 내가 가져올게."

막 일어서려던 에리카를 다시 앉히고 차 세트가 놓여 있는 곳으로 가서 커피를 준비했다. 그리고 두 사람 몫의 커피를 준비해 하나를 에리카의 책상에 놓고 자리에 앉았다.

"감사합니다."

"그래."

커피를 한 모금 마시고, 시간을 때울 요량으로 아델레의 편지를 꺼내 봉투를 열었다. 그리고 편지를 읽어나갔다.

[친애하는 지크 님께. 정중한 편지 감사드립니다. 사과는 잘 받았습니다. 그 일은 더 이상 신경 쓰지 않고, 오히려 저야말로 말이 지나쳤던 게 아닌가 생각하고 있었습니다. 서로 잘못한 것으로 하고 이 일은 마무리 짓기로 하죠. 그리고 호텔에 만족하셨다니 저도 기쁩니다. 그 호텔은 전망도 좋고 방도 깨끗해서 제가 머물렀을 때에도 좋은 추억으로 남은 곳입니다. 마음에 드셨다니 다행입니다.

또 식사 초대도 감사합니다. 꼭 함께하고 싶습니다. 지크 씨가 왕도에 오실 때 불러주시면 감사하겠습니다.

그곳의 생활은 어떤가요? 일은 많이 바쁘신가요? 리트에 대해서는 들어오는 정보가 많지 않아 궁금합니다. 그럼 건강 조심하세요.]

“뭐라고 적혀 있어요?”

헬렌이 물어왔다.

“일단 사과는 받아주겠다고, 더는 신경 쓰지 않는다고 적혀 있어.”

“다행이네요.”

이것이야말로 인사치레 멘트가 아닐까?

“호텔 일도 만족했다니 다행이라고 적혀 있고. 그 인사치레 멘트에도 알겠다고 적혀 있어.”

왕도에 돌아갈 일이 있으면 식사하자는 말 말이다.

“인사치레가 아니라니까요.”

왕도로 돌아갈 일이 없으니 인사치레 맞다.

“실제로 식사 같은 건 안 할 거니까. 아델레랑 단둘이 무슨 할 얘기가 있겠어.”

“전 동급생인 데다 같은 직장에서 일했던 친구잖아요. 학창시절 얘기를 하든 일 얘기를 하든 뭐든 할 수 있겠죠.”

그게 바로 가장 큰 문제였다. 애초에 기억도 못하지 않았나.

“만약 그럴 일이 생기면 네가 중간에 끼어들어줘. 귀여운 네가 있어주면 모두가 웃을 수 있을 거야.”

“안타깝네요……. 그 외에는 무슨 말이 적혀 있나요?”

그 외에는…….

“‘그쪽 생활은 어떤가요? 일은 많이 바쁜가요?’ 라고 적혀 있네…… 음? 이거 답장해야 하는 건가?”

그보다 좌천된 나한테 이런 걸 묻는다고? 싸우자는 건가? 아니, 아델레가 그럴 녀석은 아니지.

“질문을 받았으니 대답을 해 줘야겠죠.”

이럴 수가…… 사과와 감사 인사만 하면 끝이라고 생각했는데.

“또 편지를 써야 한다니…….”

“친구잖아요? 평범한 일이에요.”

평범…….

“애초에 나랑 아델레는 친구가 맞긴 한 건가? 제대로 된 대화조차 해 본 적 없는데.”

편지 첫머리에 ‘친애하는 지크 님께’라고 적혀 있긴 하지만.

“이제부터 하면 되죠. 그걸 위한 편지잖아요.”

귀찮다, 친구 같은 건 필요 없다, 무시하고 싶다…… 이게 지금 내 솔직한 마음이다만?

“에리카는 친구가 많을 것 같아.”

방해될 거라 생각하면서도 물어보았다.

“그렇지는 않아요~.”

분명 많을 거다. 에리카는 붙임성도 좋고, 적을 만들지 않는 걸 넘어서서 아군밖에 없지 않을까.

“귀찮다고 생각해 본 적은 없나?”

“있어요~.”

음?

“의외의 대답이네.”

“사람이다 보니 컨디션이나 기분이 안 좋을 때도 있어요. 그리고 싸울 때도 있고요. 그럴 땐 기분이 좋진 않지만, 그 이상

으로 함께 놀고 지내면서 쌓인 즐거운 추억이 있으니까요. 그게
훨씬 더 커요.”

그렇군. 0이나 100으로만 생각하면 안 된다는 건가.

“답장, 써볼까…….”

“좋은 생각이에요. 그리고 옆에서 듣다보니 떠올랐는데, 아델
레 씨에게도 일은 어떤지 물어보는 게 좋겠어요.”

“어째서?”

“반대로 그렇게 물어봐줬으면 해서 먼저 일 얘기를 꺼낸 거라
고 생각해요. 여자는 원래 그래요.”

“……그런 건가?”

헬렌을 바라보았다.

“푸념을 들어줬으면 하는 거겠죠.”

“이 편지에 그 푸념을 적으면 되는 거 아닌가?”

“그분은 고상하신 분이니까요.”

다시 말해 귀족 아가씨라는 뜻이다.

“이봐, 헬렌. 물어보면 안 된다는 건 알지만, 내게 뭔가 이득
이 있나?”

“물어보면 안 되는 질문이긴 하네요. 그런 건 아직 모르겠어
요. 두 분은 아직 아무것도 시작하지 않았고, 어떻게 될지는 아
무도 모르니까요. 하지만 지금까지 지크 님의 인생은 그런 인간
관계를 손해라고 단정짓고 잘라내 버리셨죠? 그러다가 실패했
으니 이번에는 뛰어들어 보는 것도 좋을 것 같아요.”

미지의 세계로 뛰어드는 것은 무서운 일이다. 미움받는 일에

관해서는 누구보다 자신 있기도 하고.

"에리카도 그렇게 생각해?"

"그렇게 생각해요."

즉답인가.

"그럼 적어볼까."

두 사람이 이렇게까지 말하니 어쩔 수 없다고 생각하며 답장을 적기로 결심하고, 다시 일로 돌아갔다. 계속 작업을 진행해 남은 두 개의 마석을 마도석으로 모두 바꾸고, 마지막으로 청구서를 적었다.

"얼마 정도로 할까."

"평범하게 청구하면 얼마나 되나요?"

에리카가 물었다.

"평범한 의뢰였다면 100만 에르. 긴급 의뢰에 납기가 극단적으로 짧으니까 그 두 배는 되겠지……. 거기에 의뢰자 사정으로 더더욱 짧아진 걸 감안하면…… 300만 에르쯤. 뭐, 이번엔 500만 에르 정도로 해 둘까."

"굉장하네요."

"민간이라면 600만은 받았을 거야. 그 아슬아슬한 선을 공략하는 게 포인트지."

500만도 상당히 세게 받는 편이지만, 민간보다는 저렴하니 문제없었다. 게다가 상대도 뭐라 할 수 없는 입장이었다. 우리 쪽에는 아무 잘못이 없으니까.

"그 정도로 실력이 있다면 지크 씨는 차라리 민간에 가시는 편이 더 돈이 되지 않을까요? 직접 가게를 차려보시는 건 어때요? 뭐, 나가시면 저희는 곤란하겠지만요."

솔직히 출세길도 막혔으니 민간에서 일하는 편이 돈을 벌기는 더 수월할 것이다.

"진상 손님을 상대하고 싶지 않아. 컴플레인 거는 손님은 정말이지 질색이야."

"아, 그렇군요……."

에리카는 곧바로 납득했다.

"뭐, 청구서는 이 정도면 되겠지. 남은 건 상대가 어떻게 나오느냐에 따라 협상하면 되겠고. 에리카, 철은 어때?"

"거의 곧 완성이에요. 하지만 꽤 시간이 걸렸네요."

시각은 이제 막 7시를 넘겼고, 두 번째 때와 걸린 시간은 비슷했다. 다만 질은 더 좋아졌다.

"대화할 여유는 있었잖아?"

"하긴 그렇네요. 그럼 마저 완성할게요."

에리카는 기합을 넣고 마지막 작업에 들어갔다. 그러더니 몇 분 만에 세 번째 철광석을 철로 바꿨다.

"수고했어. 돌아갈까?"

"네. 그나저나 이틀만에 끝내시다니 굉장하네요."

에리카가 상자에 든 마도석을 바라보았다.

"언젠가는 너도 할 수 있게…… 될 거야."

무리겠지…….

"방금 그건 거짓말이라는 걸 바로 알겠어요~."

에리카가 웃으며 말했다.

"그렇진 않은데. 좋아, 돌아가자."

"그럴까요?"

우리는 정리를 마치고 지부를 나갔다. 이미 해가 저물어 주위는 어둑했다.

"에리카, 난 빵을 사러 가야 해서 따로 가볼게. 내일 보자."

"어? 식사는 안 해 드세요?"

"헬렌을 위해 만들 때는 있지만 거의 안 만들어. 그리고 그 이전에 아직 짐 정리가 안 끝났거든."

도구들이 전부 박스 신세를 지고 있었다.

"아, 이제 막 이사하셨죠. 그럼 저희 집에서 같이 드실래요? 제가 대접할게요!"

대접…… 만들어주겠다는 건가.

"잠깐만. 회의를 할게."

"얼마든지요~."

"헬렌, 이건 어떻게 하면 되지?"

헬렌 선생에게 물어보았다.

"여기서 안 간다는 선택지가 있나요?"

"이 시간에 여자 집에 가는 건 실례 아닌가?"

전에도 집을 보여주긴 했지만 그것은 낮이었고, 곧바로 돌아갔다.

"아, 상식적인 쪽이었군요. 에리카 씨가 괜찮다고 하니까 괜찮아요. 좋은 기회니까 얻어먹어요."

헬렌은 찬성인가.

“에리카, 그럼 괜찮을까?”

“네. 물론이죠.”

우리는 에리카의 집에 가기로 했고, 걸어서 30초 만에 도착했다.

“가까우니까 정말 편하네.”

“그렇죠. 물건을 놓고 와도 금방 가지러 갈 수 있어요. 자, 들어오세요~.”

에리카가 문을 열고 들어가기에 우리도 뒤를 따랐다.

“실례합니다.”

“들어오세요.”

에리카가 전등을 켜자 얼마 전에도 봤던 거실이 나왔다.

“준비할 테니 앉아서 기다려주세요.”

에리카는 그렇게 말하더니 침실 쪽으로 향했고, 우리는 얌전히 테이블 자리에 앉았다.

“배고프네.”

“하루 종일 애쓰셨잖아요. 술은 마시면 안돼요.”

안 마신다. 그보다 에리카는 술을 안 마시니 이 집에 술 같은 건 없겠지.

그렇게 잠시 앉아 기다리고 있는데, 거실로 돌아온 에리카가 주방에서 요리를 시작했다.

“파스타로 괜찮을까요?”

“응, 뭔가 미안하네.”

“저기…… 헬렌도 먹나요?”

“먹을래요~.”

헬렌이 대답했다.

“괜찮아? 고양이는 못 먹는 게 있지 않아?”

“아, 전 사역마라 고양이가 아니에요.”

고양이다.

“그러고 보니 그랬지. 그럼 만들게.”

“감사합니다. 정말 좋은 분이네요.”

정말이다. 헬렌 몫까지 챙겨주다니 인간성이 완벽해도 너무 완벽하다.

기다리는 동안 아델레에게 편지라도 쓸까.

종이와 펜을 꺼내 테이블 위에 놓았다.

“그러죠. 일에 대해서 물어봤었죠?”

“그렇지. 사람을 잘 만나서 그럭저럭 보람된 시간을 보내고 있다고 적을까.”

에리카도 지부장도 나쁘지 않았다.

나쁘지 않은 걸 넘어서 에리카에게 이틀 연속으로 저녁까지 대접받고 있었다.

“아델레 씨에게도 꼭 물어보세요.”

“알고 있다니까.”

연금술사가 3명밖에 없는 리트 지부에서 그럭저럭 애쓰고 있다는 내용을 적고, 그쪽은 어떠냐고 물었다. 그렇게 편지를 적어가다 마침 다 적은 타이밍에 에리카가 3명 분량의 파스타와

수프를 가져왔다.

"오래 기다리셨죠~."

에리카가 테이블에 요리를 차려놓았다.

"수고를 끼쳤군."

"감사합니다."

"아니에요~. 그럼 먹을까요?"

우리는 파스타를 먹기 시작했다.

"음, 맛있네."

"어패류예요. 왕도에서는 거의 못 먹었는데."

왕도는 나라의 정중앙이라 바다가 없으니까.

"이 동네는 바다가 가까워서 이것저것 많이 잡히거든요. 그래도 입맛에 맞으신다니 다행이에요."

유창한 감상까진 말할 수 없지만 새우 같은 해산물이 파스타와 잘 어울려서 맛있었다.

"에리카는 요리를 잘하나?"

"그렇지는 않아요~. 하지만 가능하면 직접 해 먹으려고 노력하고 있어요."

에리카의 볼이 살짝 붉어졌다.

이건 무조건 잘하는 사람 대사다. 이 정도는 나도 안다.

"좋네요. 지크 님은 제 밥은 해 주시는데 정작 본인은 전혀 안 해 드시니까요."

"빵도 맛있어."

질리지도 않고, 영양제 덕분에 영양 밸런스도 완벽하다.

“저, 역시 그건 좀 심심하지 않나요? 이 동네는 다양한 식재료가 있어서 요리도 제법 유명하거든요.”

에리카가 권유했다.

“음…… 귀찮음이 더 커서.”

환영회 음식도 이 파스타도 맛있다. 하지만 내겐 빵도 맛있다.

“괜찮으시면 제가 만들어드릴까요?”

응? 만든다고? 네가? 나한테?

“아니, 아무래도 그건 에리카에게 너무 미안하지.”

“미안하실 거 없어요. 사실 이미 레오놀라 씨 식사도 제가 만들고 있거든요.”

“그래?”

“네. 지금은 출장 중이지만 그 전까지는 계속 집에서 같이 먹었어요.”

굉장하네……. 레오놀라가 뻔뻔한 건지, 에리카가 대단한 건지…….

“힘들겠네.”

“아니요, 1인분 만드는 것보다 더 편해요. 게다가 맛있게 먹어주면 기쁘기도 하니까요.”

에리카가 수줍게 웃었다.

“그런가…….”

나는 머리는 좋은 편인데, 에리카가 무슨 말을 하는지는 잘 모르겠다.

“지크 님, 받아들이시는 게 어떤가요?”

“어? 그럼…… 에리카, 정말 괜찮아?”

“네! 요리는 특기…… 좋아하니까요!”

호오…… 뭐, 그럼 돈 정도는 내기로 할까.

에리카의 집에서 저녁을 대접받은 우리들은 감사 인사를 전하고, 집으로 돌아와 목욕을 마치고 잠에 들었다. 그리고 다음 날, 지부로 출근한 나는 마지막으로 마도석을 점검했다.

“어떤가요?”

에리카가 물었다.

“문제없어. 이걸로 불평은 못하겠지.”

역시 나다. 인간성은 꽝이지만 실력만큼은 확실하다.

“그럼 주둔지로 갈까요?”

“그래, 미안하지만 같이 가줘.”

“알겠습니다.”

마도석이 담긴 나무 상자를 공간 마법에 넣고 에리카와 함께 지부를 나와 주둔지로 향했다.

“에리카, 같이 와달라고 해서 미안해.”

“아니요, 같이 가야죠.”

사실은 나 혼자라도 상관없었지만, 여러 의미로 좀 자신이 없었다. 물론 미움받는 것이, 말이다. 내가 미움받는 것은 백번 양보해서 어쩔 수 없는 일이라 쳐도, 지부의 현 상황을 생각하면 내 평판이 그대로 지부의 평판으로 직결되는 것은 위험했다. 그래서 여기서는 온화하고 붙임성 좋은 에리카를 전면에 내세우는 것이 좋다고 판단한 것이다.

"미안하지만 대화는 에리카가 해 줘. 만약 소령이 나오면 내가 말할게."

그 인간에게는 미움받아도 상관없었다.

이미 미움을 받고 있을 테고, 청구서를 주면 더 길길이 날뛸 것이 분명하니까.

"알겠어요."

이야기를 나누는 사이에 주둔지에 도착했다. 그리고, 에리카를 선두로 안으로 들어가 접수처로 향했다.

"루츠 군."

에리카가 접수처 안에 있는 루츠에게 말을 걸었다. 그러자 이쪽을 알아차린 루츠가 다가왔다.

"오, 에리카랑 지크 씨네. 무슨 일이야? 역시 사흘로는 무리였지?"

"아니, 지크 씨가 벌써 다 만들어버려서. 납품하러 온 거야."

"뭐?"

루츠가 고개를 갸우뚱하기에 공간 마법에서 나무 상자를 꺼내 카운터에 내려두었다.

"이게 납품서다. 확인해 줘."

모든 나무 상자를 내려두고 마지막으로 납품서를 루츠에게 전달했다.

"어? 진짜로 벌써 다 끝난 거야?"

"지크 씨는 뛰어난 연금술사거든."

그래, 그렇다고.

"그, 그렇구나……. 아무튼 확인해 볼게."

루츠는 납품서를 보면서 나무 상자에 들어 있는 마도석을 하나하나 확인해 나갔다.

"저기, 이 납품서에 찍힌 감정 인장은 뭐야?"

"내가 감정했다. 감정사 자격증도 갖고 있으니까."

감정해서 품질을 확정해 두지 않으면 나중에 무슨 말을 들을지 모르니까.

"괴, 굉장하네…… 으음, 확실히 마도석 100개가 맞아……. 미안, 조금만 기다려줄래?"

그렇게 말한 루츠가 안쪽으로 가더니 어떤 방으로 들어갔다.

"에리카, 이제 교대하자. 소령이 나올 거야."

"아, 알겠습니다."

에리카가 물러서자마자 안쪽 문이 열렸고, 루츠와 소령이 함께 나와 이쪽으로 다가왔다. 소령은 지난번과 마찬가지로 거만한 태도로 뒷짐을 지고 있었는데 심기가 매우 불편해 보였다. 긴급 의뢰 기한이 사흘인데 이틀 만에 납품하러 온 자에게 보일 만한 태도는 아니었다.

"루츠에게 납품을 하러 왔다고 들었는데, 무슨 농담을 하는 거지?"

소령이 접수처 너머로 내 앞에 서더니 비아냥을 담아 물어왔다.

"아니요, 정말입니다. 마도석 100개, 틀림없이 모두 납품했습니다."

“말도 안 돼. 그 후로 고작 이틀이 지났다.”

“말이 안 되지 않습니다. 보시는 것처럼 모두 갖춰왔고, 루츠 씨에게도 확인을 받았습니다.”

그렇게 대답하자 소령의 미간이 더욱 험악하게 구겨졌다.

“샀나?”

“네? 무슨 뜻입니까?”

“사흘 안에 준비하지 못할 거라 생각하고 시장에서 산 거 아닌가?”

바보 아냐?

“저희가 왜 그런 손해되는 짓을 하겠습니까? 마도석은 질에 따라 다르지만 시장에서 한 개에 10만 에르 가까이 나갑니다. 저희 쪽에 엄청난 적자 아닙니까.”

“그렇지 않으면 불가능한 일이니까.”

“그렇습니까……. 뭐, 소령님이 어떻게 생각하시든 자유입니다. 저희로선 주둔지에서 의뢰한 물건을 기한 내에 납부했다, 그 사실만으로 충분합니다. 이게 청구서입니다.”

청구서를 소령에게 건넸다.

“500만 에르……? 너무 비싸잖아!”

소령이 청구서를 카운터에 내리치며 고함을 질렀다. 그 소리에 접수처 내에 있는 병사나 직원이 몸을 흠칫 떨었다.

“정당한 금액입니다.”

“웃기는 소리! 마도석이라면 개당 만 에르가 시세일 텐데! 그러니 100개면 100만 에르가 맞지! 그게 왜 다섯 배가 된 거냐?!”

이 인간, 남의 말을 대체 어디로 들은 거지?

"그건 정규 의뢰일 경우입니다. 그것도 협회가 제시하는 가장 저렴한 기준이고요. 이번에는 긴급 의뢰이자 사흘이라는, 소령님 본인도 불가능하다고 생각될 정도의 긴급 의뢰였습니다. 당연히 그만큼 요금은 올라가고, 사전에도 그렇게 말씀드리지 않았습니까."

"감히……! 이봐, 이게 정말 마도석이 맞는 건가?!"

소령이 루츠에게 소리쳤다.

"틀림없는 마도석입니다. 게다가 감정 인장이 찍힌 납품서도 이쪽에 있습니다."

"보여줘!"

소령이 루츠에게서 낚아채듯 납품서를 가져와 읽었다.

"이봐…… 감정한 자 이름이 네놈 이름으로 되어 있는데?"

"제가 감정했으니까요."

"장난하자는 건가! 이런 건 얼마든지 위조할 수 있지 않나?!"

뭐?

"소령님, 그 말은 당장 취소해 주십시오. 저는 감정사 자격증을 보유하고 있습니다. 이는 국왕 폐하가 공인한 국가 자격입니다. 이것을 모욕하는 것은 중죄입니다."

감정사는 연금술사 자격과 마찬가지로 국가 자격이었다. 즉 국왕폐하의 이름으로 그 기량을 인정받았다는 뜻이기도 했다. 그것에 대해 지나가던 평민이 시비를 걸었다면 몰라도, 귀족이자 소령의 지위에 있는 사람이 비판하는 것은 용인될 수 없었다.

"윽! 농담이다, 농담! 그렇다 해도 500만 에르는 너무 비싸!"

그래도 정정은 하네.

농담이라는 말로 끝날 일은 아니지만.

"사전에 상의도 없이 기한을 사흘로 잡은 것은 소령님입니다. 이전에도 말했지만, 민간이라면 더 비싸집니다."

"큭……! 네놈, 이걸 어떻게 마련한 거지?! 고작 10급 따위의 연금술사가 준비할 수 있는 물건이 아니다! 부정이 의심되는군!"

설령 부정을 했건 말건 그쪽 사정은 아닌데.

"소령님, 저는 3급 자격을 가진 국가 연금술사입니다. 이 정도는 금방 할 수 있습니다."

"사, 3급?! 농담하지 마!"

"농담 아닙니다."

그렇게 말하며 자격증인 목걸이를 공간 마법에서 꺼내 소령에게 보여주었다.

"황금 독수리……."

연금술사 자격증은 독수리 목걸이였다. 그리고 10급에서 7급이 구리, 6급에서 4급이 은, 그리고 3급 이상이 금이다.

"말씀드리지만 이는 국왕 폐하께서 친히 하사하신 것입니다. 가짜라고 의심하는 것은 용납될 수 없습니다."

3급 이상은 정말 폐하께서 직접 수여하신다. 그러니 당연히 의심한다면 폐하를 의심하는 것이 되고, 이는 중죄다. 하물며 위증죄는 더욱 무거워진다.

"3급이 왜 저런 망해가는 지부에……!"

좌천됐으니까. 그런 말은 절대 안 할 거지만.

"어쨌든 청구서는 두고 가겠습니다. 감액 신청을 하시려면 윗선에 올리세요. 그쪽 상관과 저희 지부장님 두 분이서 상의하시면 되겠군요."

"——그럴 필요 없다."

뒤쪽에서 목소리가 들려와 뒤를 돌아보니, 새하얀 군복을 입은 초로의 남자가 정문 쪽에 서 있었다. 멋들어진 카이저 수염에, 누가 봐도 상당히 높은 사람처럼 보였다.

"대, 대령님!"

소령이 그렇게 외치자마자 이 자리에 있는 모든 군인들이 경례를 했고, 앉아 있던 직원들도 허둥지둥 일어나 경례를 했다. 그러자 초로의 남자는 흐트러짐 없는 걸음걸이로 다가와 우리 앞에 섰다.

"연금술사 협회 사람들이지? 나는 카르하인츠 베델이다. 계급은 대령이지."

대령…… 리트군의 우두머리인가.

"저는 연금술사 협회 리트 지부에 소속된 지크발트 알렉산더입니다."

"가, 같은 리트 지부에 있는 에리카 린트너입니다."

내가 자기소개를 하자 에리카도 황급히 이어서 자기소개를 했다.

"음. 이번 의뢰에 대해서는 랑하임 지부장에게 전해 들었다."

지부장이 제대로 말을 전해 둔 모양이었다.

“그렇군요. 감액 신청을 하시겠습니까? 그렇다면 저희 쪽에서 그 취지를 지부장님께 전하겠습니다.”

“필요 없다. 청구서대로 처리하지.”

“대, 대령님…… 하지만…….”

소령이 눈에 띄게 동요하며 대령을 만류했다.

“마도석이 긴급히 필요했던 것 아닌가? 그렇다면 어쩔 수 없지. 루츠, 처리를 진행해서 협회에 지불하도록.”

“예!”

루츠가 경례했다.

“그나저나 소령, 긴급한 일이라는 게 뭐지?”

“네? 그건, 그…….”

“흠…… 아랫사람 귀에는 들어가면 안 되는 얘기인가. 나중에 내 방으로 오도록.”

“예, 예에…….”

이런. 당연하지만 대령은 눈치챈 것 같았다. 뭐, 상관없지만.

“에리카, 일은 끝났으니 돌아가자.”

“네? 아, 네.”

우리는 현관 쪽으로 걸어갔다.

“잠깐 기다려라.”

현관문을 열려고 한 순간, 대령이 불러세우는 소리에 뒤를 돌아보았다.

“뭐죠? 저희도 한가하지는 않습니다만?”

그렇게 말하자 어깨 위에 앉은 헬렌이 보이지 않게 꼬리로 등을 쳤고, 에리카가 소매를 잡아당겼다.

"그건 미안하군. 실은 일을 하나 맡기고 싶다."

아, 의뢰였구나.

"어떤 의뢰입니까?"

"검을 한 자루 만들어 줬으면 좋겠는데."

"검, 말입니까?"

무기상에 가라.

"안 되겠나?"

"가능합니다만, 연금술사 협회에 의뢰하시는 겁니까?"

몇 번이고 말해 주마. 무기상에 가라.

"알렉산더 3급 국가 연금술사는 왕도에서도 손꼽히는 실력이라고 들었다. 그 실력을 믿고 부탁하는 거다."

뭐? 지금 무시하는 건가?

"손꼽히는? 손가락은 하나면 충분합니다."

그렇게 대답하자 헬렌이 다시 꼬리로 등을 쳤고, 에리카가 소매를 잡아당겼다.

"어지간히 자신 있는 모양이군……."

"자신? 사실입니다. 말만 번지르르한 2급, 1급 따위――."

"지크 님, 그만하세요."

결국 헬렌이 쓴소리를 날렸다.

"실례. 검 제작을 의뢰하고 싶다는 건 알겠습니다. 어떤 검을 원하십니까?"

"흠…… 사실 다음 달 왕도에서 지인의 생일 연회가 있다. 그 선물로 쓸 거야. 최소한 C랭크의 마검을 준비해 줬으면 좋겠군."

"한 가지 양해를 부탁드리고 싶은 것이 있습니다."

"뭐지?"

"질은 보장하고 감정서도 붙이겠습니다. 하지만 장식은 못합니다. 저는 그에 관한 미적 센스가 전무하니 말입니다."

선물용 검에는 보통 칼집이나 자루에 여러 장식을 한다. 하지만 난 그런 쪽에는 정말 약했다.

"그 부분은 다른 업자에게 맡기지. 자네에게 맡기고 싶은 건 도신 쪽이다."

"그렇다면 문제 없습니다. 기한은요?"

"2주 안에 부탁한다."

여유롭군. 에리카의 주괴를 봐주면서 천천히 하면 될 것 같았다.

"알겠습니다. 견적서는 필요하십니까?"

"필요 없다. 의뢰비는 500만 에르다."

높다……. C랭크라면 300만의 견적을 낼 생각이었다.

"500만 에르라는 건 C랭크면 충분하다는 말씀이시군요?"

그 말을 듣자 대령의 눈이 가늘어졌다.

"B랭크면 800만을 내지."

"그렇군요……."

B랭크로 해도 괜찮다는 뜻이다.

“……A라면 천…… 아니, 1500만 에르를 내겠다.”
“알겠습니다. 그럼 그렇게 알고 있겠습니다. 실례하겠습니다.”
“실례하겠습니다…….”
우리는 가볍게 고개를 숙여 인사하고 주둔지를 떠났다.

나와 루츠는 납품받은 마도석을 들고 지하 창고로 내려왔다. 그리고 루츠에게서 건네받은 두 장의 종이를 번갈아 비교했다. 한 장은 루츠가 구입한 마석 감정서로, 여기에는 마석의 랭크가 적혀 있었다. 다른 한 장은 지크발트가 납품한 마도석 감정서로, 이쪽도 랭크가 적혀 있었다.
“굉장하군…… 랭크 하락이 하나도 없어.”
랭크 하락이란 연성한 것이 연성 전보다 질이 떨어지는 것을 말한다. 이는 연금술사의 실력이나 촉매 등 여러 요인의 영향을 받기 때문에 그리 드문 일은 아니었다.
“대령님, 그 감정서는 진짜입니까?”
“가짜라면 자격 박탈이다.”
그만큼 위증죄는 무겁다.
“하지만 랭크 하락이 하나도 없다니…… 저는 연금술에 대해서는 문외한이지만, 3급 정도 되면 그 정도로 대단한 거군요.”
“나는 아내가 연금술사라서 어느 정도는 알지만, 이런 경우는 들어본 적이 없어. 특히 마도석을 만드는 건 더더욱 어렵다고 들었다."

그런 것을 불과 이틀 만에, 100개를 만들었다.

"그 정도라니…… 지크 공은 대체 누구일까요?"

"왕도 최고의 연금술사라고 불리는 클라우디아 체텔의 수제자라더군."

"클라우디아 체텔…… 마녀 클라우디아 말입니까?"

이 나라에 3명밖에 없다는 1급 연금술사이자 연금술사 협회의 보스다. 요즘은 정계에까지 영향력을 미치고 있다고 알려진 왕도의 마녀.

"그래. 왕도에서 문제를 일으켜서 좌천당한 모양이야."

"문제? 무슨 일이 있었는데요?"

"어제 지부장에게 들었는데, 타인과의 의사소통이 치명적일 정도로 서툴다고 하더군."

"그렇게는 안 보이던데요? 대화도 평범하게 했고요."

좀 잘난 척을 많이 하긴 했지만, 분명 평범한 범주였다.

"훈련 중이라더군. 진심으로 자신 이외에는 모두 무능하다고 생각하는 모양이야."

심지어 그것을 태도로 드러낸다고 한다. 생각이야 할 수 있지만 보통은 숨긴다.

"그, 그렇습니까……."

"루츠. 넌 협회 지부 아가씨와 친척이었지?"

"네. 에리카는 제 사촌 동생입니다."

마침 잘됐군.

“소령처럼 연금술사 협회에 불만을 품은 자가 상대하면 일이 귀찮아져. 네가 창구를 맡도록 해라.”

“예!”

과연 지크발트 알렉산더는 어떤 마검을 가져올까…… 그 자신감에 걸맞은 물건일지 기대가 되는군. 그리고 그 결과에 따라서는 이쪽도 움직여야 하는 상황이 생길 수도 있을 것이다.

“지크 님…… 그 비아냥대는 버릇 좀 고치세요.”

“지크 씨, 대령님께는 역시 좀 과했어요.”

주둔지를 나서자마자 두 사람의 쓴소리가 날아왔다.

“알아. 하지만 날 먼저 깎아내린 대령 잘못도 있어.”

“네? 깎아내렸다고요?”

“지크 씨를 칭찬했던 것 같은데요…….”

어디가?

“손에 꼽는다고 했잖아. 즉 나와 견줄 자가 네 명이나 더 있다는 뜻이야. 그런 인간은 없어.”

폐하도 나와 견줄 수 있는 자는 없다고 하셨고, 스승도 역대 최고의 천재라고 칭찬했으니까.

“아, 네.”

“지크 씨는 그걸 욕이라고 생각하시는군요……. 조심해야겠어요.”

윽…… 또 내가 잘못한 모양이다.

"아, 알고 있어. 그래서 열심히 인간성을 교정 중이야. 그보다 에리카, 마광석을 파는 가게로 좀 안내해 줘."

"아, 맞네요. 새로운 의뢰를 받았으니까요. 이쪽이에요."

우리는 번화가 거리를 걸었다.

"이번 의뢰로 500만, 아니, 이번에는 1500만인가…… 보너스도 기대해 볼 수 있겠군."

기본급은 줄었지만 보너스 정도는 제법 괜찮은 액수를 받을 것 같았다.

"지크 씨, 정말 A랭크 마검을 준비하실 생각인가요?"

에리카가 물었다.

"C건 A건 드는 수고는 똑같으니까."

"지크 씨는 마검도 만들 줄 아시는군요."

"뭐, 그렇지."

사실 무기 제작이 가장 특기였다. 이 세계에는 없는 권총이나 빔 사벨 같은 것도 만들었다. 물론 절대 세상 밖에 내놓을 수는 없지만.

"굉장하네요……."

"에리카도 물건 만드는 게 특기 아닌가? 검도 만들 수 있지 않을까?"

에리카라면 그쪽 길로도 갈 수 있을 것 같았다.

"아뇨…… 무기는 무서워서요."

아, 여자라면 그럴 수도 있겠군.

"요리를 좋아한다고 했지? 그럼 그런 도구를 만들어보는 건 어때? 나도 믹서를 만들었거든."

"좋네요. 근데 믹서가 뭔가요?"

"여러 가지를 섞어주는 거."

영양 음료를 만들기 위해 제작한 것인데, 영양제를 개발한 뒤로는 쓸모가 없어지고 말았다.

"잘은 모르겠지만 다음에 보여주세요."

"좋아."

우리는 대화하면서 걷다가 한 가게에 들어갔다. 가게에서는 나무 상자에 담긴 형형색색의 돌들을 팔고 있었다.

"여기가 마광석을 파는 가게예요."

마광석은 마력을 가진 광석을 총칭하는 말로, 이것들을 사용해 검에 인챈트를 해서 마검을 만들 수 있었다.

"왕도보다 종류가 다양하네."

"이 근처에는 광산도 있거든요."

이 동네는 정말 풍요롭구나. 없는 게 없다.

"그럼 뭘로 할까. 얼음, 물, 번개…… 아니, 남자라면 화염 마검인가."

군인이기도 하니까 잘 어울릴 것 같았다.

"화염 마검을 만드실 건가요?"

"그쪽이 알기 쉬워서 좋지 않을까. 그렇게 됐으니 홍광석으로 하자."

새빨간 돌이 가득 담긴 나무 상자를 들여다보며 하나하나 집어들어 살펴보고 선별해 나갔다.

"보면 아시나요?"

"감정사 자격증을 갖고 있으니까."

"근데 왜 그렇게 자격증을 많이 갖고 계신 거예요? 분명 마술사도 5급이었죠?"

굉장하지? 나도 안다.

"감정사 자격증은 연금술사 중에서도 따는 녀석들이 제법 많아. 대형 프로젝트에서는 하나하나의 재료를 전부 감정해야 하는데, 그때마다 매번 감정사에게 의뢰하면 시간이 계속 지연되니까. 그래서 시간 단축을 위해서 따는 거야. 그리고 그런 녀석들이 더 위로 가지."

일의 속도가 압도적으로 빨라지는 셈이니 당연하다.

"와…… 왕도의 연금술사는 정말 대단하네요."

"너도 따둬서 손해 볼 일은 없을 거다. 일할 때 의식해서 재료를 살펴봐. 그러다 보면 자연스럽게 익숙해질 거고, 그럼 그렇게까지 어려운 시험은 아니야."

"그렇군요~. 해 볼게요."

"음…… 홍광석은 이 정도면 되겠지."

홍광석을 다 고르고, 그 외에 필요한 재료를 함께 사서 지부로 돌아갔다. 그리고 에리카는 어제에 이어 철광석을 철로 바꾸는 작업에 착수했다.

"마검은 어떻게 만드는 건가요?"

구입한 홍광석과 철광석을 책상에 내려두자 에리카가 이쪽을 보며 물었다. 이제는 철광석을 보지 않고도 연성할 수 있게 된 모양이다. 성장이 빠르네.

"여러 가지 방법이 있지만, 가장 정석은 철로 검을 만들고 그 후 홍광석에서 추출한 엘리먼트를 인챈트하는 거야."

"뭔가 어려워 보이네요."

"실제로도 어려워."

나한테는 식은 죽 먹기지만.

"흐음…… 저도 언젠가 할 수 있게 될까요?"

"기술적으로는. 근데 무기가 무섭다며? 그럼 관둬. 비슷한 걸로 굽는 것도 가능한 칼이라도 만들던가."

"별로 쓸모는 없을 것 같네요."

"아마도 그렇겠지."

뭐, 응용까지는 직접 생각해라.

"아, 그러고 보니 내일은 휴일이네요. 지크 씨는 어떻게 하실 건가요? 괜찮으시다면 동네를 안내해 드릴게요?"

내일은 쉬는 날인가.

"아니, 내일이야말로 집을 정리하고 싶어."

"아, 그랬죠. 도와드릴까요?"

에리카는 정말 바람직한 인간이구나.

"잠깐만. 회의를 할게."

"네~."

에리카도 이젠 익숙해졌는지 금방 고개를 끄덕였다.

"헬렌, 어떻게 생각해?"

책상 위에 웅크리고 있던 헬렌에게 물었다.

"모처럼이니까 도움을 받으면 되죠."

"나도 고마운 마음이고, 그렇게 생각해. 하지만 뭔가 점점 에리카가 내 부하나 심부름꾼처럼 보이기 시작했는데……."

"너무해요~."

"상냥한 분이시니까요. 이런 건 서로 돕는 거예요. 에리카 씨가 곤란한 일이 있을 때 지크 님이 슬쩍 손을 내밀어주면 되는 거죠."

서로 돕는다…….

"그렇군. 에리카, 곤란한 일이 있으면 말해."

고개를 들고 에리카를 바라보았다.

"늘 도움을 받고 있는 걸요. 공부도 봐주시고 일도 가르쳐주시잖아요. 지크 씨는 정말 좋은 분이라고 생각해요."

이 녀석, 사람 보는 눈은 아예 없구나.

"괜찮을까, 이 사람…… 에리카 씨, 사기꾼 조심하세요."

"너무해~."

아니…… 나도 헬렌과 같은 의견이다. 성격이 너무 상냥한 탓에 에리카가 조금 걱정되기 시작했다.

막간　　어떻게 될까?

아침에 출근하니 안내 데스크 안쪽 뒤편 지부장실에서 지부장이 얼굴을 쏙 내밀고 있었다.

"좋은 아침이에요."

"그래, 좋은 아침. 에리카, 잠깐 괜찮을까?"

지부장님의 손짓에 그대로 지부장실에 들어갔다. 그리고 책상 앞까지 다가갔다.

"무슨 일이신가요?"

"별 얘기는 아니고. 지크는 좀 어때?"

지크 씨?

"글쎄요……. 정말 하늘 위의 존재라는 느낌이에요. 연금술 실력이 저와는 하늘과 땅 차이예요."

10년이 걸려도 도달할 수 없지 않을까.

"그 정도인가?"

"네. 굳이 비교하는 말은 하고 싶지 않지만, 작년까지 여기에 재적하고 계셨던 선배님들보다 압도적으로 위라고 느꼈어요."

선배들도 무척 우수한 분들이라고 생각했는데, 지크 씨는 아예 차원이 달랐다. 저것이 바로 화려한 왕도에 존재하는 연금술사인 것일까?

"그렇군…… 역시 3급이라는 건가."

3급…… 이 나라에 100명이 채 안 되는 존재. 그마저도 대부분이 40대 이상이라고 들었다.

"그런 분이 저희 지부에 와주셨으니 정말 감사한 일이죠."

이 지부의 재건에도 희망이 보이기 시작했다.

"인간성은 어때? 본부의 말을 들은 바로는 거기가 제일 걱정인데."

"글쎄요? 좌천될 정도로 미움을 샀고 인간성이 좋지 않다고 들었는데, 제가 보기에 그런 느낌은 아니었어요. 일도 꼼꼼하게 잘 가르쳐 주시고, 아주 상냥하신 분이에요."

헬렌과 나누는 수수께끼 같은 회의도 미소가 나올 정도로 보기 좋았다.

"흐음. 내가 보기에도 그렇게까지 성격파탄자 같은 느낌은 아니었어. 좀 상식이 부족한 부분이 있고 남을 내려다보는 듯한 느낌은 있지만, 계속 올라가기만 했던 엘리트라고 생각하면 그렇게까지 문제 삼을 일도 아니지."

확실히 말투에서 약간 거만함이 묻어날 때가 있기는 하다. 하지만 그 정도로 자신감이 있다는 뜻이었고, 실제로 그 자신감에 걸맞은 실력을 갖고 있으니까.

"이제 막 신입 딱지를 뗀 저로서는 그 정도가 딱 좋아요. 전 아직 제가 하는 일에 자신이 없어서……."

경력이 짧기도 하고, 게다가 지난해부터는 거의 일거리가 없었다. 그렇기 때문에 더더욱 자신감 있게 끌어주는 지크 씨의 존재가 든든했다.

"잘 지낼 수 있을 것 같나?"

“네. 의지도 되고, 저도 더 열심히 할 수 있을 것 같아요.”

걸림돌이 되지 않도록 노력해야지!

“알았어. 아직 돌아오진 않았는데 레오놀라 쪽은 괜찮을까? 그 녀석은 귀족이잖아.”

그러고 보니 레오놀라 씨는 귀족이었다. 그런 느낌이 거의 들지 않아서 완전히 잊고 있었다.

“레오놀라 씨는 괜찮을 거예요. 밝고 상냥한 분인 데다, 남들과 싸울만한 성격도 아니고요.”

고집이 좀 세긴 하지만 언제나 생글생글 웃고 있는 아주 좋은 사람이다.

“뭐, 지크와 부딪히지만 않는다면 문제는 없지. 내 생각엔 지크가 저쪽에서 미움을 산 것도 왕도의 파벌 싸움이나 출세 경쟁이 원인이었을 거야.”

“그럴 수도 있겠네요. 저 정도의 재능을 가지고 있고, 그 자신감을 숨기지도 않으니까요.”

대령에게 싸움을 거는 듯한 그런 언동을 왕도에서도 똑같이 했다는 뜻이었다.

그래서 경쟁자들과 충돌한 거겠지.

“그렇다면 이쪽에선 별 문제가 없을 것 같군.”

지크 씨보다 더 실력 좋은 연금술사는 없었고, 아래는 거의 신입이나 다름없는 나와 레오놀라 씨뿐이니 싸움이 벌어질 일은 없었다. 설령 싸움이 나도 어떻게 해야 할지 모르니 나면 곤란했다.

“저기, 지부장님…… 본부는 그렇다 쳐도 다른 지역에서 스카우트하지는 않을까요? 저는 그게 더 무서워요.”

지크 씨의 인간성이 나쁘지 않다는 것은 좋은 일이고 감사한 일이지만, 그렇게 되면 다른 도시에서 그를 가만히 놔둘까? 자격증을 가진 연금술사는 어디나 모셔 가고 싶을 테고, 하물며 3급이 되면 수요는 넘쳐날 것이다.

“그 문제도 있었군. 에리카, 좀 붙잡아 놔봐.”

붙잡으라니?

“어떻게요?”

“나도 모르지. 그 녀석이 뭘 원하는지도 모르겠고, 어떤 동기로 일을 하고 있는지도 모르겠으니까.”

“출세 아닐까요? 향상심이 강한 분이라고 하셨죠?”

딱히 그런 느낌은 나지 않았지만.

“그 출세는 여기서는 기대하기 어렵잖아? 지부장 자리라도 내줘야 하나? 아무리 그래도 그건 좀 힘들겠지. 각 지부의 지부장은 본부 인사가 결정하는 문제니까 내 맘대로 결정할 수는 없어.”

지부장님이 떠난다면 그건 그거대로 곤란했다.

“음, 한번 물어볼게요.”

“부탁해.”

“알겠습니다. 그럼 일로 복귀하겠습니다.”

그 말만을 남기고 지부장실을 나와 2층으로 올라갔다. 시간상 지크 씨가 와 있지 않을까 했는데 모습이 보이지 않았다. 그 대신 지크 씨 책상에 앉은 헬렌이 꼬리를 살랑살랑 흔들며 하품을 하고 있었다.

"아, 에리카 씨, 좋은 아침이에요."

책상에 다가가자 헬렌이 인사를 건네와 살짝 안아들었다.

이 아이는 이렇게 안아도 조금도 버둥대지 않고 그저 사랑스럽게 올려다볼 뿐이다. 너무 귀여워서 지크 씨가 애지중지하는 것도 이해가 갔다.

"좋은 아침～. 지크 씨는?"

"위쪽 창고에 재고 확인하러 갔어요."

그렇구나. 마침 잘됐다.

"그래? 헬렌, 잠깐 뭐 좀 물어봐도 될까?"

"뭔가요? 지크 님께 여친은 없어요."

아, 그렇구나. 잘생기고 유능해서 인기 많을 것 같았는데……
아, 아니지. 잘은 모르지만 왕도에서는 미움을 받고 있다고 했었다.

"흐음…… 있지, 지크 씨는 혹시 본부로 돌아가거나 다른 지역으로 갈 생각이 있을까?"

"음? 글쎄요? 없지 않을까요?"

음? 그렇구나…….

"출세하고 싶으신 거 아니야?"

"그것보단 다른 걸 찾는 편이 더 좋다고 생각해서 그러고 계신 거 아닐까요? 게다가 이번 인사는 본부장님 명령이라서 마음대로 다른 지역으로는 갈 수 없을 거예요. 본부장님은 지크 님의 스승이자 부모 같은 존재니까요."

아, 그렇구나. 지크 씨는 본부장님의 제자였지, 참.

사제관계라는 건 엄격하니 그럴 수도 있으려나.

"지크 씨가 이 도시를 마음에 들어 하실까?"

"아마 그렇지 않을까요? 좋은 동네잖아요. 그보다 지크 님은 사실 어디라도 별로 상관없지 않을지…… 어차피 휴일에도 집에서 독서나 연금술밖에 안 하시니까요."

오! 나랑 똑같다! 거기에 요리와 쇼핑을 더하면 딱 내 휴일이다.

"헬렌은 뭐 하는데?"

"잠을 자요. 낮잠을 좋아하거든요."

그러고 보니 항상 책상 위에서 몸을 웅크리고 있다. 그 모습이 무척 귀여워서 직장 내 힐링 마스코트가 되어주고 있었다.

"──음? 에리카인가."

지크 씨가 3층 창고에서 내려왔다.

"아, 좋은 아침이에요."

"좋은 아침. 오늘은 늦었네."

평소엔 내가 먼저 와 있었으니까.

"지부장님이 부르셨거든요."

"아, 그랬구나."

고개를 끄덕인 지크 씨가 자리에 앉은 것을 보고 안고 있는 헬렌을 지크 씨의 무릎 위에 올려주었다. 그러자 지크 씨가 헬렌을 쓰다듬었다.

"무슨 얘기를 하고 있었지?"

지크 씨가 고개를 들고 물었다.

“지크 씨가 다른 곳으로 가실지에 대한 이야기를 하고 있었
어요.”

“다른 곳? 어째서?”

“헤드헌팅 같은 게 올 수도 있으니까…….”

“여기 부임한지 일주일도 안 됐어. 아직 짐 정리도 다 못 끝냈
는데 벌써 그런 얘기가 왜 나와?”

그건 확실히 그렇다.

“장래에 말이에요.”

“장래라…… 본부장님이 결정하기 나름이겠지. 그보다 지금
은 내 장래보다는 이 지부의 장래에 대해 걱정할 때야.”

지부를 걱정해 주는 것은 감사한 일이었다.

“그럼 오늘도 열심히 일해 볼까요?”

“그래. 에리카, 커피를 좀 부탁해. 움직일 수 없을 것 같아서.”

헬렌이 지크 씨의 무릎 위에서 잠들어 있었다. 확실히 이래서
는 움직일 수 없겠지.

“알겠습니다. 조금만 기다리세요~.”

나는 일어나서 두 사람 몫의 커피를 준비했다. 그리고 이날도
역시 지크 씨에게 가르침을 받으며 업무를 이어나갔다.

역시 지크 씨의 가르침은 세심하고 상냥했다. 가끔씩은 미간
을 찌푸리며 ‘어떻게 이런 것도 모를 수 있지?’라는 얼굴이 되긴
하지만, 그래도 포기하지 않고 꿋꿋하게 알려주었다. 좋은 사람
이 와줘서 정말 다행이야.

제3장　　동료

　일을 마치고 에리카에게 저녁을 대접받은 뒤 집에 돌아와 잠에 들었다. 그리고 다음 날, 에리카가 아침부터 찾아와 짐 푸는 것을 도와주었다.

"지크 씨, 이건 뭔가요?"

"공기청정기. 우리 헬렌은 섬세하거든."

먼지나 털을 빨아들여준다.

"와…… 이건요?"

"가습기. 우리 헬렌은 목이 약하거든."

건조해지기 쉬우니까.

"모르는 게 많네요. 직접 만드신 건가요?"

"맞아. 거의 헬렌을 위한 도구지만."

나는 공기나 습도 같은 건 신경 쓰지 않는다.

"지극정성이네요. 헬렌, 좋겠다."

"냐앙."

테이블 위에 앉아 있는 헬렌이 기쁜 얼굴로 한번 울었다.

"수고를 끼쳐서 미안해."

"아니에요. 게다가 짐도 별로 많지 않으니까요. 오전 중에 끝날 것 같아요."

뭐, 헬렌이 있다고는 해도 기본적으로는 1인 가구니까.

"덕분에 살았어."

우리는 분담해서 짐을 풀고 가구 같은 것을 배치해 나갔다. 그리고 정리를 거의 다 끝내고 마지막으로 주방에서 물건을 넣고 있는데, 초인종이 울렸다.

"음? 누가 왔는데요?"

"영업인가?"

아는 사람이라고는 지부장밖에 없는데 굳이 여기까지 올 사람은 아니다. 그렇다고 하면 남은 건 신문 같은 영업 방문뿐이었다.

남은 일을 에리카에게 맡기고 현관으로 가서 문을 열었다. 문 앞에는 커다란 삼각모자를 쓴 금발 소녀가 서 있었다. 키는 150cm가 채 되지 않을 정도로 작았다. 삼각모자 때문에 마녀로 보이기도 했지만 키 때문에 어린아이 같았다. 다만 체형은 성인이었다.

"누구지?"

진짜로 누구지? 영업으로는 보이지 않는데.

"이상한 질문이지만, 너야말로 누구야?"

남의 집에 찾아와서 다짜고짜 그렇게 묻는 것은 확실히 이상하긴 했다.

"아, 이 목소리는 레오놀라 씨네."

주방에 있던 에리카가 현관으로 다가왔다.

"안녕, 에리카. 다녀왔어."

"어서 오세요. 돌아오셨군요."

아무래도 이 소녀, 아니, 이 여성이 바로 그 레오놀라인 모양이었다.

“응. 아침 첫 비행정을 타고 돌아왔어.”

“드디어 끝났군요~. 아, 이쪽은 지난번 부임하신 지크발트 알렉산더 씨예요.”

에리카가 나를 소개해 주었다.

“지크발트다. 지크라고 불러.”

“반가워. 레오놀라 폰 레체르토야. 드디어 동료가 늘어나서 기뻐.”

“귀족인가?”

“응, 절연당했지만.”

음? 어째서?

“아, 안으로 들어오겠나? 마침 정리도 거의 다 끝났으니 차를 내올…….”

그렇게 생각하며 몸을 일으켰는데, 그보다 먼저 에리카가 일어났다.

“아, 제가 가져올게요~.”

에리카가 가져다주려는 모양이다.

“고마워. 아, 에리카, 이거 출장 기념품이야. 다과로 써줘.”

레오놀라가 에리카에게 포장지에 싸인 상자를 건넸다.

“감사해요.”

에리카가 그렇게 말하며 주방으로 향했고, 나는 레오놀라를 집에 들여 테이블에 앉혔다.

“하아, 피곤하다…… 어? 고양이가 있네.”

“그 녀석은 사역마 헬렌이다.”

“안녕하세요.”

헬렌이 고개를 들고 꾸벅 인사했다.

“흐음…… 사역마라면 마술사인가?”

레오놀라가 헬렌을 쓰다듬으며 물었다.

“그쪽 자격증만 있을 뿐 본업은 연금술사야. 3급이지.”

“3급? 그거 굉장하네…… 아, 네 스승이 클라우디아 체텔인가?”

스승의 이름이다.

“알고 있나?”

“뭐, 본부장이니까. 마녀 클라우디아가 아끼는 제자라는 건 널 말하는 거지?”

아끼는 제자인지는 모르겠지만, 특별히 배려를 해 줬다는 것만은 확실했다. 좌천당했지만.

“그럴지도. 레오놀라는 귀족이지? 절연은 왜 당한 거야?”

“지크 님, 초면에 그런 질문은 하면 안 돼요. 좀 더 친해지고 나서 하는 편이…….”

그것도 그런가.

“미안. 못 들은 걸로 해 줘.”

“아니, 딱히 숨기는 것도 아니고 별 대단한 이유도 아니야. 단순히 부모님의 방침과 맞지 않아서 가출한 것뿐. 난 연금술의 길을 가고 싶었지만 부모님은 어딘가 좋은 가문에 시집가길 바라셨거든. 그걸 거부하고 가출해서, 그 일로 절연당한 거야.”

귀족 영애라면 그런 일도 있을 수 있나.

“그렇군. 그런데 왜 내 집으로 온 거지?”

“이 아파트는 지부 숙소니까. 빈 집이어야 할 곳에서 인기척이 나길래 궁금해서 와 봤지. 처음에는 에리카네 집에 갔더니 아무도 없어서 여기 있지 않을까 했는데…… 예상대로 있었네. 남자친구인 줄 알았더니…….”

“짐 푸는 걸 도와준 것뿐이야. 저 녀석은 착한 녀석이니까.”

자비로운 에리카.

“그렇지? 내 자랑이야. 근데 안 줄 거다? 저 애는 내 메이드니까.”

“메이드 아니에요~.”

에리카가 커피와 선물로 받은 쿠키를 가져와 레오놀라 옆에 앉았다.

“미안해. 아, 레오놀라도 고마워. 잘 먹을게.”

두 사람에게 감사의 말을 전하고 쿠키를 집어들었다.

“별 말씀을요~.”

“신경 쓰지 마. 일 쪽은 어때? 할 일 있어? 없으면 내일도 쉴 생각인데.”

하긴, 이제 막 돌아왔으니까. 한가하면 쉬는 편이 낫겠지.

“지금은 관공서에서 의뢰받은 벽돌 50개와 철광석을 주괴로 바꾸는 작업이 있어요. 그 외에는 군의 베델 대령에게 마검 제작 작업도 받았는데, 이건 지크 씨가 맡은 일이고요.”

“마검? 하긴 우리는 못하지. 그렇게 되면 벽돌과 주괴뿐인가…… 포션은 없어?”

그러고 보니 에리카가 레오놀라는 약 제조를 잘한다고 했었지.

“10급이면 벽돌이나 주괴 정도는 만들 수 있겠지?”

“마음에 들진 않지만 일손이 부족하니까…… 근데 주괴는 해 본 적 없는데?”

“누구에게나 처음은 있어. 에리카도 처음이었지만 철광석을 철로 바꾸는 공정까지는 할 수 있게 됐고.”

그다음 주괴로 바꾸면 된다. 뭐, 철을 주괴로 바꾸는 것은 간단하다. 그에 관한 자격증이 없어도 조금만 공부하면 만들 수 있다.

“그래…… 에리카, 내일부터 도와줄게.”

“부탁드려요.”

둘이서 하면 마감까지 여유롭게 끝낼 수 있을 것이다.

“후우…… 뭔가 쿠키를 먹었더니 반대로 배가 고프네. 이 참에 지크 군 환영회도 할 겸 점심 먹으러 갈래?”

레오놀라가 그렇게 말하며 커피를 한번에 들이켰다.

“지난번에 했는데?”

“나는 안 했어. 누나가 쏠 테니까 안심해.”

누나? 이 꼬맹이가 무슨 소릴 하는 거야?

“너, 몇 살이지?”

“22살.”

“그러고 보니 동갑이라고 했나.”

절대 그렇게 안 보이지만.

우리는 그 후 집을 나와서 셋이 함께 점심을 먹으러 갔다. 다 먹은 후 집으로 돌아온 나는 아틀리에에 틀어박혀 개인적인 연구를 진행했다. 뭐, 연구라고 해 봐야 헬렌을 위해 물고기를 잡아줄 도구를 고민하고 있는 것뿐이지만.

"낚싯대로 할까, 그물로 할까……."

당연히 그물이 더 많이 잡을 수 있다. 하지만 헬렌은 그렇게 많이 먹지 않는다.

"그물은 좀 위험하지 않나요? 어부들한테 혼날 것 같아요."

어업권이 따로 있는지는 모르겠지만 최소한의 구역은 있겠지.

"그럼 낚싯대로 하자. 미끼를 개량해 볼까."

"그러지 말고 그냥 낚시를 즐기시는 게 어때요?"

"낚시가 무슨 재미가 있어? 물고기를 잡는 수단 중 하나일 뿐이잖아. 그리고 생선이라면 그냥 사면 되지."

생선을 살 돈은 당연히 있다.

"응? 그럼 사면 되는 거 아닌가요?"

"너한테 갓 잡은 걸 먹여주고 싶으니까. 생선은 날로 먹어야 맛있거든."

이 세상에 회라는 개념은 없지만, 전생에 일본 태생이었던 난 회도 맛있다는 사실을 알고 있었다.

"지크 님…… 그래도 바다를 바라보며 느긋한 시간을 보내는 것도 제법 재미있을 거예요. 전 바다도 좋아하고요."

좋아하는 건 생선이겠지.

"그럼 평범하게 해서 낚싯대만 만들까?"

"그거야말로 사면 되지 않을까요? 팔고 있을 텐데요."

"그건 뭐, 연금술사니까 직접 준비하는 거지."

"그렇군요…… 힘내세요!"

헬렌이 내 손에 몸을 비벼왔다. 생선을 먹을 생각에 들뜬 모양이다.

"좋아. 상어나 고래를 낚을 수 있는 강력한 낚싯대를 만들어 주마."

"진짜로 잡힐 것 같으니까 그만두세요."

헬렌은 그렇게 말하긴 했지만, 나는 대어가 걸려도 부러지지 않고 버틸 수 있는 강도를 가진 낚싯대를 만들기 시작했다. 그리고 저녁 무렵, 어느 정도 모양이 잡혔을 때 초인종이 울렸다.

"음?"

"에리카 씨 아닐까요?"

"뭐, 그렇겠지."

헬렌을 안아 들고 일어나 현관으로 향했다. 당연히 에리카일 거라 생각하고 문을 열었는데, 거기에는 삼각모자를 쓰지 않은 레오놀라가 헤실헤실 웃는 얼굴로 서 있었다.

"안녕."

"그래, 무슨 일이지?"

"에리카가 슬슬 저녁 준비가 끝나니까 불러오라고 해서."

아, 일부러 알려주러 온 건가. 그보다 쉬는 날에도 만들어 주는구나…….

"레오놀라도 저녁 식사를 얻어먹고 있는 건가?"

"그렇지. 뭐, 저녁만이 아니라 세 끼 전부지만."

아침도 점심도 얻어먹는 건가.

우리는 맞은편에 있는 에리카의 집에 들어갔다. 에리카는 주방에서 요리 중이었기에 레오놀라와 함께 테이블에 앉았다.

"에리카, 실례할게."

"감사해요."

나와 헬렌은 요리를 하고 있는 에리카에게 말을 걸었다.

"괜찮아요~. 오늘은 레오놀라 씨도 돌아오셨으니까, 기합을 좀 넣어서 빠에야를 만들어봤어요."

호오…… 바다가 있는 항구도시답게 해산물인가.

"에리카는 요리를 잘해."

레오놀라가 자랑스러운 표정으로 말했다.

"알아. 레오놀라는 요리는 안 하는 건가?"

"안 해. 일단은 귀족이라 주방에 들어가는 것조차 허락되지 않았거든. 집을 나와서 여기에 온 뒤로는 해 보려고 했는데, 뭐부터 해야 할지 몰라서 에리카한테 물어봤지. 알려준다기에 옆에서 보고 있었는데 깨닫고 보니 이미 완성되어 있었고, 그날 이후에도 계속 만들어 주길래 그 상태로 지금까지 오게 된 거야."

그렇군. 어쩐지 쉽게 상상이 갔다.

"의지하게 되지."

"뭐든 다 해 주니까. 내가 남자라면 결혼했을 거야."

확실히 좋은 아내가 될 것 같았다.

"자자, 다 됐어요~."

에리카가 해산물이 가득 들어간 노란 쌀 음식을 가져왔다.

"오, 맛있어 보인다."

“향이 좋아요!”

“정말이네.”

우리는 에리카가 만들어준 빠에야를 먹기 시작했다. 감상은
맛있다. 였다.

“에리카의 요리가 그리웠어……. 이제야 돌아왔다는 실감이
나네.”

레오놀라가 빠에야를 먹으면서 감정을 실어 말했다.

“2주 좀 넘었죠. 출장은 어땠나요?”

“나쁘지 않았어. 공부도 됐고.”

공부?

“레오놀라는 무슨 출장이었는데?”

“현장 실습 포함 연수야. 협회에서 주최하는 공부 모임 같은
거지.”

아, 그 모임 말인가. 난 시시해서 한 번도 나간 적 없는 모임
이다.

“그렇군……. 좋았겠네.”

나도 제법 성장했군. 입 밖으로 꺼내진 않았다.

“음? 뭐, 그건 됐고. 그것보다 지크 군은 나랑 동갑이지?”

레오놀라가 고개를 갸우뚱하며 물었다.

“맞아. 나도 22살이다.”

“그럼 혹시 아델레라는 애 몰라?”

아델레…… 내가 아는 아델레는 딱 한 명뿐이다.

“동급생 중에 있었어. 아델레 폰 요들.”

아마 그녀의 이름을 잊어버릴 일은 평생 없을 것이다.

"아, 걔 맞아, 맞아. 동급생이었구나……."

그래, 동급생이었다…….

"어? 레오놀라 씨, 아델레 씨를 알고 계신가요? 지크 씨의 친구분이에요."

"그래? 우연이네. 나랑도 친구거든."

그렇군.

"어떻게 알게 됐는데? 같은 귀족이라?"

"맞아. 우리집이랑 아델레 집이 사이가 좋았거든. 지역은 다르지만 어렸을 때는 자주 놀았어. 작년에 여기 놀러오기도 했고."

아, 그리고 보니 아델레가 호텔 우대이용권을 줬을 때 친구를 만나러 리트에 온 적이 있다고 했었지. 그게 레오놀라를 말한 거였나.

"세상 참 좁네."

"그러게……. 근데 아델레랑 친구라는 건 무슨 뜻이야? 아델레한테 이성 친구가 있다는 말은 처음 듣는데. 그 애는 남자를 어려워하거든."

남자를 어려워한다니, 그 사람이? 엄청 똑 부러지게 말하는 타입 아닌가? 뭐, 대화해 본 적은 거의 없지만.

"저도 좀 궁금했어요. 편지 교환도 할 정도잖아요."

그걸 편지 교환이라고 할 수 있나? 아니, 맞긴 하지.

"아까도 말했지만 동급생이야. 3년 내내 같은 반이었고 실습조도 함께였어. 게다가 취직한 곳도 같은 연금술사 협회 본부였고. 즉 6~7년 동안이나 같은 소속이었다는 말이다."

어? 왜 이러지? 심장이 콕콕 쑤신다…….

"그럼 꽤 친했겠네."

"음? 근데 헬렌이랑 편지 답장을 어떻게 할지 의논했을 때는 이제부터 친해질 예정이라고 하지 않았어요?"

"뭐야, 그건?"

"글쎄요?"

레오놀라와 에리카가 고개를 갸우뚱하며 나를 바라보았다.

"두 사람 다…… 특히 레오놀라, 잘 들어. 난 인간으로서 글러먹은 놈이야. 친구도 없고, 남에게 미움받는 데 특화된 인간이지."

"그래? 그렇게는 안 보이는데?"

"맞아요. 좀 거만해 보이긴 해도, 그건 실력도 지위도 그만큼 위고, 선배니까 당연한 거죠. 지크 씨는 가르쳐 주는 것도 잘하시고 좋은 사람이라고 생각해요."

일단 사람 보는 눈이 없는 에리카의 말은 흘려듣자.

"난 아델레와 6, 7년 동안 같은 곳에 소속되어 있었어. 그 사실을 깨달은 게 바로 지난주의 일이고."

"뭐? 그게 무슨 말이야?"

"음~?"

두 사람이 다시 고개를 갸우뚱했다.

"말 그대로의 뜻이야. 좌천당해서 비행정에 올라탈 때, 배웅하러 와 준 아델레에게 자기소개를 듣고 나서야 깨달았어. 매일 아침마다 마주쳤던 안내 데스크 여성이 동급생이었다는 걸……."

“……아델레가 딱하네.”

“그…… 용케 그런 상태에서 편지를 주고받으셨네요.”

두 사람이 좀 어이없다는 표정을 짓고 있었다.

“그렇지? 나는 사과와 우대이용권에 대한 감사 인사를 보내면 거기서 끝날 줄 알았는데, 답장이 온 거야. 어떻게 생각해? 난 답장은 당연히 없을 거라 생각했어. 설령 온다고 해도 내 쪽의 상황을 물어 오는 편지는 아닐 거라고 생각했고.”

“음…….”

“오히려 로맨스 아닐까요?”

로맨스……?

“뭐? 이 말을 듣고 그런 생각이 들어?”

“안 들지.”

“하긴…….”

뭔가 좀 무서워졌다.

“복수를 하려는 건 아니겠지?”

“아델레한테 무슨 짓이라도 했어?”

음…….

“딱히 한 건 없어…… 애초에 인식조차 하지 못했으니까.”

그게 가장 큰 문제지만.

“음, 복수 같은 건 아닐 거야. 아델레는 그럴 애도 아니고.”

“지크 씨, 편지는 보내셨나요?”

“보냈어.”

어제 중으로 보냈다.

"그럼 그 답장을 보고 생각해 보는 게 좋겠어요."

그럴까.

"너희들도 같이 봐줘."

"아니, 그건 아니지."

"남의 편지는 함부로 보여줘선 안 돼요. 내용을 듣는 정도라면 괜찮지만……."

그것도 그런가…….

"인간관계란 정말 복잡하군."

"그야 그렇지."

"어려운 거니까요."

전 세계의 사람이 에리카 같았다면 전쟁도 없었을 텐데…… 반대로 나 같았다면 몇 년 안에 멸망할 것이다. 확실하게.

다음 날, 휴일을 마치고 지부로 출근했다. 2층으로 올라갔는데 에리카밖에 없었다.

"좋은 아침. 레오놀라는? 아직 안 왔나?"

책상에 앉으면서 커피를 준비 중인 에리카에게 물어보았다.

"레오놀라 씨는 지부장님 방에 갔어요. 출장 보고가 있어서요."

"아, 그렇구나."

그러고 보니 그런 것도 있었지.

"자, 받으세요. 지크 씨는 블랙이죠?"

에리카가 책상에 커피를 내려놓았다.

"고마워."

“별 말씀을요.”

에리카는 레오놀라의 책상에도 커피를 놔두고 자리에 앉았다. 그러자 삼각모자를 쓴 레오놀라가 돌아왔다.

“아, 지크 군, 좋은 아침.”

“좋은 아침.”

“직장에 세 명이나 있으니 좋네. 오, 커피다. 에리카, 고마워.”

레오놀라가 에리카의 맞은편 자리에 앉았다.

“별 말씀을요.”

우리는 커피를 한 모금 마셨다.

“그럼 일을 해 볼까…… 에리카와 난 철광석을 철로 바꾸면 되는 거지?”

“맞아. 에리카, 알려줘.”

“네? 제가요? 지크 씨가 알려주시는 편이 더 알기 쉬울 텐데…….”

“주괴 제작은 그렇게 어렵지 않아. 10급인 레오놀라면 바로 할 수 있을 거야. 게다가 남에게 알려주는 것도 큰 공부가 되니까.”

이건 스승이 한 말이었다. 내가 제자를 뒀으면 하는 마음에 한 소리였지만, 거절했다. 당시의 나는 방해되는 존재는 필요 없다고 생각했으니까.

“알겠습니다!”

일어난 에리카가 레오놀라에게 가서 철광석을 철로 바꾸는 방법을 설명해 주기 시작했다. 나는 그것을 보고 마검 제작 작업에 착수했다. 마검 제작이라고 해도 당장 할 일은 두 사람과 마찬가지로 철광석을 철로 바꾸는 작업이었다. 먼저 철광석을 철로 바꾸고 그 철로 검을 만든다. 그 후에 인챈트를 하면 끝난다.

"——이봐, 잠깐 얘기 좀 할 수 있을까?"

우리가 각자의 작업을 하고 있는데 지부장이 2층으로 올라와 말을 걸어왔다.

"무슨 일이시죠?"

지부장이 이쪽으로 다가오는 것을 보고 물었다.

"지금 관공서의 루베르토에게 전화가 왔는데, 의뢰를 하고 싶으니까 좀 와달라는군."

의뢰…….

"내용에 따라 다르지만, 지금은 좀 힘든데요? 에리카와 레오놀라는 익숙하지 않은 주괴 제작을 하고 있고, 저는 대령에게 의뢰를 받았습니다."

"그건 나도 알지만, 그래도 이야기 정도는 들어봐."

잔업 확정인가.

"아, 그럼 제가 물어보고 올게요."

에리카가 손을 들었다.

"그래, 부탁해. 우선 어떤 내용인지만 듣고 와."

에리카라면 문제없겠지.

"알겠습니다. 그럼 다녀올게요."

에리카가 그렇게 말하고 계단을 내려갔다.

"여전히 정말 부지런한 아이라니까."

레오놀라가 기특하다는 얼굴로 말했다.

“좋은 일이지. 넌 어때? 주괴는 만들 수 있겠나?”

“문제없어. 그렇게 잘하진 못하지만 이 정도면 할 수 있을 것 같아.”

그런가……. 하긴 10급이니까 그 정도는 할 수 있겠지.

“지크, 잠깐 괜찮을까?”

아직 지부장실로 돌아가지 않고 남아 있던 지부장이 지크에게 물었다.

“뭡니까?”

“에스마르히 소령 건 말이다.”

아, 그 긴급 의뢰 말인가.

“어떻게 됐습니까?”

“대령에게 들었는데 역시 긴급 의뢰는 없었다더군. 우리 지부를 무너뜨리기 위한 괴롭힘이었어.”

역시 괴롭힘인가.

“그런 일로 저희 지부가 무너질 수도 있습니까?”

“연금술사가 완전히 사라지면 그땐 정말 문을 닫을 수밖에 없으니까. 아마 그게 목적이었겠지.”

“남아있는 저희 세 명을 그만두게 하려던 거였군요. 그걸로 소령에게 무슨 메리트가 있는 겁니까?”

“글쎄. 대령은 조사해 보겠다고 하는데, 십중팔구 어디서 돈을 받은 거겠지.”

민간 조합이다. 우리 지부가 문을 닫으면 가장 큰 이득을 보는 곳은 거기니까.

"뭐, 그 부분은 대령에게 맡기겠습니다. 저희 소관도 아니니까요."

"그렇지. 뭐, 파면이나 좌천 둘 중 하나겠지."

좌천당해 이곳에 왔는데 또 좌천이라……. 군이라면 다음은 최전선이거나 정말 아무것도 없는 농촌뿐이다.

"그렇군요. 애석한 일이군요. 지부장님, 미리 손을 써주셔서 감사합니다."

과연 전직 군인 귀족다웠다.

"내가 할 수 있는 건 이런 것밖에 없으니까. 그럼 고생해."

지부장은 그렇게 말하고 계단을 내려갔다.

"무슨 일 있었어?"

사정을 모르는 레오놀라가 물었다.

"긴급 의뢰라는 명목으로 터무니없는 의뢰가 왔었거든. 뭐, 이미 해결했으니 문제는 없어."

"그런가…… 자리를 비워서 괜히 미안하네."

"출장이니 어쩔 수 없지. 그것보다 앞으로 잘해 줘. 아직도 셋이니까."

"그러게…… 좀 고민해 봐야겠어."

정말 고민해 볼 문제다. 어떻게 해야 할지.

"레오놀라는 다음 달 시험에서 9급을 볼 건가?"

"글쎄? 내 입으로 말하긴 그렇지만 난 별로 향상심이 없는 편이거든. 이렇게 연금술을 하고 있는 것만으로도 충분히 즐거워서."

가출할 정도로 좋아한다고 했으니 지금으로서도 충분히 만족스러운 모양이다.

“미안하지만 8급 정도는 따줘.”

“8급…… 말이 쉬워서 8급이지.”

“가망 없는 녀석에게는 말 안 해. 한 번 들은 것만으로 그 정도까지 할 수 있다면 8급 정도는 금방 붙을 거다.”

레오놀라는 대화를 하면서도 계속 철을 연성하고 있었다.

“제대로 보고 있었구나……. 네가 왜 좌천당했는지 도저히 모르겠어.”

“지금은 사교성을 높이기 위해 말을 가려서 하는 것뿐이야.”

“안 가렸으면 뭐라고 했을 건데?”

“고작 8급 따위로 질질 시간 끌…… 아니, 관두자.”

말하지 않는 편이 나을 것 같다.

“이해했어. 절연당한 내가 할 소리는 아니지만, 인간관계는 소중히 하는 편이 좋아.”

“그렇지……. 레오놀라, 공부는 좀 봐줄 테니까 열심히 해. 에리카는 의욕에 불타고 있어.”

“알았어. 그럼 다음 달에 9급에 한번 응시해 볼게. 지금부터라면 좀 아슬아슬하겠지만.”

더 철저하게 알려주면 된다. 3개월이나 기다릴 수는 없었다.

레오놀라와 이야기를 나누며 연성을 하고 있는데 에리카가 돌아왔다.

“다녀왔습니다~.”

에리카가 자리에 앉았다.

"어서와, 에리카."

"어서 와. 어땠어?"

"음, 상의를 해야 할 것 같아요. 긴급 의뢰예요."

뭐?

"긴급? 또?"

"이번에는 정말 긴급한가 봐요. 마나 포션 50개예요."

마나 포션은 마력을 회복할 수 있는 포션이다. 일반적인 포션보다 더 비싸다.

"왜 관공서가 마나 포션을 주문하는 거지? 군이나 마술사 협회라면 몰라도."

관공서에 마나 포션 같은 건 필요 없지 않나?

"사실 이번에 이 동네 마법학교와 옆 동네 마법학교의 합동 훈련이 있는데, 거기서 마나 포션이 필요하다고 하더라고요. 그런데 발주 실수……라고 해야 하나? 연락 착오로 발주 자체가 들어가지 않아서 급히 의뢰를 낸 것 같아요."

대형 사고군.

"확실히 긴급하네. 기한은?"

"가능하면 열흘. 아무리 늦어도 20일 이내에 해 줬으면 좋겠대요."

"의뢰비는?"

"20일 안에 납품하면 50개에 200만 에르예요. 열흘에 하면 300만 에르로 올려준다고 하고요. 그리고 품질은 E랭크면 된대요."

비싸다……. 마나 포션의 시세는 E랭크라면 1개에 2만 에르 정도이니 50개라 해도 100만 에르면 충분하다. 20일에 두 배, 심지어 납기가 짧아지면 보너스까지 준다니.

"마나 포션이라. 지금 지부의 상황을 생각하면 받는 게 좋겠지만…… 가능할까?"

"나는 괜찮을 것 같아. 마나 포션이라면 만들 수 있어."

레오놀라는 포션 만들기가 특기라고 했으니까.

"그거 말인데…… 사실 주의사항이 있어요."

에리카가 머뭇머뭇 말을 이었다.

"뭔데?"

"사실 이 의뢰는 민간에 처음 발주했다는 것 같아요. 수량은 마나 포션 300개였고요."

지부보다 민간을 택한 건가. 생각해 보면 학생이 수백 명은 될 텐데, 그런 합동 훈련에서 마나 포션 50개는 너무 적었다.

"지부보다 민간을 먼저 의존하다니…… 씁쓸하네. 그래서, 50개는 예의상 준 건가?"

"아니요, 민간이 250개밖에 납품하지 못했대요."

음?

"왜?"

"시장에 마나 포션 재료 중 하나인 마력초가 다 동이 난 모양이에요."

"동이 났다? 아…… 250개를 만드느라 다 써버린 건가."

"네. 다음 입고 때까지는 도저히 못 맞출 것 같다고 하더라고요."

즉 지금부터 시장에 가도 정작 중요한 재료가 없다는 뜻이다.

"그렇군. 민간은 이익이 날 때만 움직이니까. 모험가에게 채집 의뢰를 내봤자 기한 때문에 단가가 뛸 테니 수지가 맞지 않는다고 판단한 건가."

"그런 것 같아요. 그래서 곤란해져서 저희 쪽에 의뢰를 넣은 거고요."

확실히 우린 영리 조직은 아니지만, 그래도 적자만큼은 피하고 싶었다.

"그럴 거면 처음부터 여기에 의뢰하라고. 안 봐도 뻔해. 비효율적으로 마나를 추출해서 마구잡이로 만들었겠지. 그게 아니고서야 고작 E랭크 마나 포션 250개 정도로 마력초가 시장에서 동날 리가 없잖아. 이래서 질 떨어지는 민간은……."

민폐 끼치지 말라고.

"지크 님, 말씀 좀……."

헬렌이 주의를 주었다.

"그랬지 참. 뭐, 됐어. 어떻게 할까?"

두 사람에게 물어보았다.

"저는 말할 입장이 아니라…… 마나 포션을 만들어 본 적도 없고요."

"애초에 재료가 없으면 거기서 끝난 거 아냐? 우리가 적자를 감수하면서까지 맡아줄 의리는 없으니까, 거절하거나 금액을 올려서 모험가에게 긴급 채집 의뢰를 내는 수밖에."

뭐, 그게 가장 확실하지만.

“모험가 길드에서 바가지를 씌울 텐데?”

급한 게 뻔히 보이니 분명 고액의 의뢰비를 청구할 것이다.

“그렇겠지. 그래서 관공서도 이쪽으로 떠넘긴 걸 테고. 나는 거절해도 된다고 봐.”

나 역시 거절해도 된다고 생각했다. 하지만 이는 기회이기도 했다.

“만약 받는다면 떨어진 우리 평판은 올라가겠지.”

이런 긴급 의뢰가 지부에 오지 않고 처음부터 고액인 민간으로 갔다는 시점에서 우리의 평판은 최악이라는 뜻이었다. 이것을 조금씩이라도 원래대로 되돌리고 싶었다.

“그건 알겠지만, 역시 적자가 나는 건 곤란하지 않나요?”

“맞아, 적자는 안 돼. 그렇다고 해서 관공서가 금액을 올려줄 수 있느냐고 하면 그것도 애매하고. 처음에 민간에 맡기면서 예산을 상당히 썼을 테니까.”

그렇겠지.

“그럼 지금 금액으로 적자가 나지 않게 해 볼까.”

“네? 할 수 있다고요?”

“어떻게?”

두 사람이 물었다.

“우리끼리 재료를 채집하러 가면 돼.”

“네? 숲에 가는 건가요? 마물이 나올 텐데요?”

에리카가 몸을 살짝 움츠렸다.

“미리 말해 두지만 난 전투 같은 건 못 해. 50미터 달리기도

15초 걸려.”

“아, 저는 12초요.”

느려…… 이 녀석들, 겉모습 그대로 운동은 완전 꽝이구나. 뭐, 굳이 연금술사로 한정하지 않아도 마법사라면 사정은 비슷하겠지만.

“마력초라면 거기까지 갈 필요는 없어. 안심해. 나는 5급 마술사다.”

“아! 그랬죠, 참!”

“굉장하네. 정말 든든한걸.”

하하하. 실전 경험은 빵이지만.

“너희들, 채집은 할 줄 알지?”

“학교에서 배웠어요.”

“나도 배웠어. 실제로 숲에서 해 본 적은 없지만.”

나도 없다. 왕도 근처 초원이 전부였다.

“품질이 E랭크면 그렇게까지 정밀할 필요는 없어. 일단 해 보자.”

“좋아.” “좋아요.”

뭐, 어떻게든 되겠지.

“그럼, 에리카. 루베르토에게 의뢰를 수락한다고 전해줘.”

“알겠습니다. 아, 잠깐 집에 들러서 준비 좀 하고 올게요.”

“아, 나도.”

뭐, 준비는 필요하겠지.

“알았어. 기다릴 테니까 준비하고 와. 천천히 해도 괜찮아.”

“알겠습니다~.”

"빨리 올게."

두 사람은 그렇게 말하고 일어나서 계단을 내려갔다.

"나도 배려를 할 수 있게 됐네."

예전이었다면 5분 안에 준비하라고 했을 텐데.

"굉장해요. 배려심까지 생긴 지크 님은 이제 더는 흠 잡을 데가 없네요."

성격만 빼면 천재니까.

에리카와 레오놀라의 준비를 기다리는 동안 딱히 할 일이 없던 나와 헬렌은 잠시 멍하니 앉아 있었다.

"칫…… 느려."

"지크 님…… 이제 겨우 6분 지났어요……."

헬렌이 슬픈 목소리로 말했다.

"아, 알고 있어. 기다리면 되잖아. 여자는 준비에 시간이 걸린다는 것 정도는 알고 있다고."

예전의 동료나 동급생 중에도 여성이 많았고, 동문 중에도 여자가 있었기 때문에 알고 있었다.

"절대 그런 태도를 드러내시면 안 돼요. 좀 더 너그러워지세요. 에리카 씨처럼 너그러워지는 거예요."

그것도 그런가……. 늘 살인적인 업무에 시달렸던 이전의 왕도 생활과는 달리 지금은 충분히 여유로운 편이었다.

"좋아."

나는 마음을 고쳐먹고 헬렌을 쓰다듬으며 기다리기로 했다. 그러자 곧 두 사람이 돌아왔다.

“죄송해요. 오래 기다리셨죠.”

“무기는 한 번도 쓴 적이 없어서 찾는데 한참 걸렸어~.”

두 사람은 복장은 변하지 않았지만 장식이 달린 긴 지팡이를 들고 있었다.

“아아, 지팡이.”

연금술사도 일단은 마법사였기에 지팡이는 갖고 있었다. 그렇지만 두 사람이 들고 있는 지팡이는 딱 보기에도 한 번도 쓴 적 없는 새 것처럼 보였다.

“없는 것보다 낫잖아?”

“검이나 창 같은 건 만져본 적도 없어요~.”

하긴 사무직이니까 어쩔 수 없지만, 상당히 약해 보였다. 실제로도 약하겠지만.

“두 사람 다, 절대 나보다 앞서가지 마.”

“네~.”

“듬직하네. 왕자님 같아.”

아니…… 그 왕자님도 전투는 애매한데.

“좋아, 갈까?”

“오~!” “네~!”

우리는 1층으로 내려가 지부를 나왔다.

“숲은 어디지?”

“동문이니까 저쪽이에요.”

에리카가 왼쪽 방향을 가리키는 것을 보고 그쪽으로 걸어갔다. 그대로 한참을 걸어가자 높은 벽과 함께 큰 문이 보였다.

“저건가?”

“네, 저기가 동문이에요. 저기를 나가서 조금 더 나가면 숲이고요.”

“가본 적은?”

“학창시절에 실습으로 간 적 있어요. 물론 호위해 주는 분이 계셨지만요.”

그렇겠지, 병사나 고용된 모험가가 따라붙었을 것이다.

우리는 그대로 걸어 문으로 다가갔다.

“잠깐만.”

문을 빠져나가려는데 문지기 병사가 우리를 멈춰 세웠다.

“뭡니까?”

“아, 아니…….”

병사는 나를 보더니 에리카를 물끄러미 바라보았다. 그리고 레오놀라를 삼각모자 끝부터 발끝까지 천천히 훑어내렸다. 왠지 좀 불쾌하네.

“이 두 사람에게 무슨 문제라도?”

여성의 몸을 그렇게 뚫어져라 쳐다보지 말라고.

“당신들은 연금술사 협회 사람인가?”

“그렇습니다. 저희 셋 모두 리트 지부의 연금술사입니다.”

“그렇군…… 숲에 가는 건가? 그런 차림으로?”

그 말 듣고 에리카랑 레오놀라를 바라보았다. 두 사람 다 평소와 다름없는 차림이었고, 당연히 방어구 같은 것은 없었다. 그보다 이제 보니 레오놀라는 샌들을 신고 있었다. 문지기가 멈춰

세울 만도 했다.

"숲 속으로 가는 게 아니라 얕은 구역에서 채집만 할 겁니다. 저는 5급 마술사 자격증을 가지고 있으니 문제없습니다."

그렇게 말하며 국가 마술사 자격을 상징하는 올빼미 장식의 은색 목걸이를 보여주었다.

"호오…… 그렇다면 괜찮, 으려나……? 너무 무리하지는 말아 줘. 마법사는 나라의 보물이니까."

"알고 있습니다. 가자."

"네~."

"응."

우리는 문을 빠져나와 앞에 보이는 숲을 향해 걸어갔다.

"뭔가 문제가 있었던 걸까요?"

에리카가 물었다.

"숲에 가려는 차림으로는 안 보였을 테니까."

"특히 내가 그랬겠지."

문지기는 에리카보다는 레오놀라를 더 빤히 바라봤었다. 뭐, 레오놀라는 키도 작은 데다가 샌들까지 신고 있으니까. 걱정되는 마음도 이해는 갔다.

"어쩔 수 없지. 서둘러 채집하고 돌아가자."

그대로 걸어서 숲 앞에 다다라 멈춰섰다.

"혹시나 해서 묻는 건데, 마력초를 구분하는 법은 알고 있나?"

마력초라는 이름의 풀은 없다. 마력을 띠고 있는 식물을 마력 초라고 부르는 것이다. 그래서 마력초 채집은 마법사가 아니면 쉽게 구분하기 어려웠다.

"수업 때 배워서 알고 있어요."

"나도 그 정도는 알아."

10급 정도가 되면 알고 있으려나.

"그럼 채집을 부탁하지. 나는 망을 보고 있을게."

"부탁드려요."

"여기서 죽고 싶진 않으니까 부탁 좀 할게."

우리는 숲 속으로 들어가 얕은 구역에서 채집을 시작했다. 에리카와 레오놀라는 쪼그려 앉아 풀을 헤치며 마력초를 찾았다.

"이건가? 음, 뿌리가 상하지 않게……."

"어렵네요……."

익숙하지 않은 거겠지. 뭐, 나도 마법학교 실습 이후로는 해본 적이 없었다.

"적당히 캐도 돼. 의뢰는 E랭크고, 마력 추출은 내가 할 테니까 질이 좀 떨어져도 문제없어. 그것보다는 스피드를 중시해 줘. 몇 번이나 오고 싶진 않으니까."

"알았어."

"알겠습니다."

두 사람은 좀 거친 손놀림으로 마력초를 채집하기 시작했다.

"이렇게 망을 보고 있으면, 여자애들만 부려먹고 혼자 농땡이 피우는 나쁜 남자로 보이지는 않을까?"

헬렌에게 물어보았다.

"죄송해요. 엄청 그렇게 보여요."

역시나…….

"그런 건 신경 쓰지 않아도 되니까 망보기에 집중해 줘. 몇 번이고 말하지만 난 50미터 15초니까 마물을 만나면 도망갈 수 없어."

"아, 저도 12초예요."

진짜 느리네……. 샌들을 신은 레오놀라는 더더욱 느리겠지.

"알고 있어."

"저도 망을 볼게요."

나는 헬렌과 함께 주위를 살피며 경계를 이어갔다. 그러는 사이에도 에리카와 레오놀라는 부지런히 마력초를 채집해 가방에 넣어 나갔다.

"허리가 아파."

"팔이 아파요~."

두 사람에게서 불만이 하나 둘 튀어나왔다.

"그런 소리 하지 마. 서 있기만 하는 내가 죄책감이 들잖아."

"지크 님, 말을 골라주세요."

"음…… 힘내라."

달리 할 말이 없었다.

"가부장 남편한테 시집와 버렸네."

"참아야지 어쩌겠어요."

뭔가 이상한 놀이를 시작했군…….

"나한테 시집오면 후회할걸. 분명 스트레스로 인해 위에 구멍이…… 응?"

위화감을 느끼고 숲 안쪽을 바라보았다.

"무슨 일인데, 서방님?"

"무슨 일 있나요?"

그렇게 물어온 두 사람을 손으로 제지하고 마력을 더듬었다.

"뭔가 있군……."

"네?"

"히익!"

두 사람이 허둥지둥 일어나더니 내 등 뒤로 숨었다.

"지크 님, 저건 오크예요."

오크…… 거대한 이족보행 돼지다.

"지크 씨, 부탁드려요."

"네가 지면 전원 사망 확정이니까 부탁할게."

책임이 막중하군…….

그대로 두 사람을 감싼 채 기다리고 있자, 나무들 사이로 2미터는 거뜬히 넘는 거대한 오크가 나타나 10미터쯤 앞에서 멈춰섰다. 오크는 코를 벌름거리며 우리를 노려보고 있었다. 완전히 표적이 됐다. 그 순간 뒤에 있던 두 사람이 내 옷자락을 꽉 붙잡았다. 몹시 방해되는 짓이었지만, 어차피 제대로 움직일 수도 없었으니 상관은 없었다. 그보다 내가 움직이면 도망갈 수 없는 두 사람이 죽는다.

"지크 님, 일격에 잡아주세요."

"알아."

헬렌의 말에 고개를 끄덕였고, 그 순간 오크가 우리를 향해 돌진해 왔다.

"받아라!"

공간 마법에서 마도총을 꺼내 오크의 다리를 겨누고 쐈다. 그러자 총구에서 레이저 같은 하얀 광선이 뿜어져나와 순식간에 오크의 다리를 꿰뚫었다. 오크는 중심을 잃었지만, 그래도 여전히 달려왔다.

"에어리얼 드라이브!"

이번에는 속도가 떨어진 오크를 겨냥해 바람 마법을 사용했다. 그러자 발밑에서 회오리가 일어나 오크를 베어나갔다. 그 자리에는 사지가 뿔뿔이 흩어진 충격적인 몰골의 오크만이 남겨졌다.

"저게 뭐야!"

완전 역겨워!

"네? 지크 님이 하신 거잖아요."

"인간은 물론이고 마물을 상대로 사용한 것도 처음이야."

"그러고 보니 그렇네요."

이렇게 위력이 강했구나…….

"어? 지크 씨는 5급 아닌가요?"

에리카가 물었다.

"5급이다. 그래도 실전은 오늘이 처음이야."

애초에 도시 밖으로 나갈 일도 없었고.

"……네? 처음?"

"그런 건 처음부터 말해 줬어야지. 예상보다 더 위험했던 거

잖아. 그런 줄 알았으면 전직 군인이었던 지부장님께 동행해 달
라고 부탁했을 텐데."

음? 그렇구나. 지부장에게 의지하는 방법이 있었나. 누군가를
의지한다는 발상 자체가 없었다……

"괜찮다니까. 서둘러 나머지 마력초도 회수해 줘."

"알겠습니다."

"빨리 하자."

에리카와 레오놀라가 채집으로 돌아간 것을 보고 나와 헬렌도
다시 망을 보기 시작했다. 잠시 후, 에리카와 레오놀라가 몸을
일으켰다.

"끝났다……."

"허리가 아프네……."

에리카가 양팔을 쭉 뻗어 기지개를 켰고, 레오놀라가 허리를
톡톡 두드렸다.

"수고했어. 돌아갈까?"

"그러죠."

"아~, 샤워하고 싶다."

몸을 써서 피곤하겠지.

"돌아가면 씻고 와. 근무 시간이긴 하지만 다녀와도 괜찮아."

배려가 중요하다.

"감사합니다!"

"지크 군은 좋은 사람이구나~. 가부장남이 아니었네."

"그래그래. 그럼 돌아가자."

우리들은 빠르게 숲을 빠져나와 문 쪽으로 걸어갔다.

"지크 군, 아까 그 마법은 뭐였어?"

걷고 있는데 레오놀라가 물었다.

"마법? 에어리얼 드라이브 말인가? 그건 중급 바람 마법이다."

참고로 결과가 너무 충격적이라 그대로 봉인하기로 했다.

"그쪽 말고, 오크 다리를 쐈던 그거."

"아, 저도 그게 궁금했어요. 그건 뭔가요?"

에리카도 궁금했던 모양이다. 뭐, 이 세계에는 아직 총이 없으니까.

"그건 마법이라기보단 마도구다. 옛날에 아직 제대로 된 마법을 쓰지 못했을 때 호신용으로 만들어둔 거고. 마력을 주입하면 레이저가 발사되는 획기적인 무기지."

즉 총알이 필요 없는 것이다. 무한탄이 생겼다며 흥분했었던 기억이 떠올랐다.

"그게 뭐야? 보여줘, 보여줘."

"여기."

레오놀라가 소매를 잡아당기기에 마도총을 꺼내 건네주었다.

"오호……."

레오놀라가 그것을 빤히 바라본다.

"사람에게 겨누진 마. 실수로 쏘면 죽어."

"이거, 나도 쓸 수 있어?"

"마력만 담으면 되니까. 공격 마법을 쓰지 못하는 연금술사라도 사용할 수 있어."

굉장하지?

"와…… 뭔가 굉장하네. 군대에 팔지 그래? 그럼 돈을 쓸어모을 텐데."

"죽음의 상인이 되는 건 사양이야. 내가 만든 무기로 많은 사람이 죽게 되니까."

웃을 수 없는 이야기다.

"그것도 그렇지. 이게 있으면 우리들도 공격 마법을 쓸 수 있게 될 테니까. 그건 좀 위험한가? 자칫 잘못하면 우리까지 실전에 투입될 가능성이 생기는 거잖아."

"엑…… 그런 게 싫어서 연금술사가 된 건데, 싫어요~."

나도 싫다. 그래서 마술사 시험도 딱 5급까지만 합격한 것이다. 3급까지라도 여유롭게 딸 수 있었겠지만, 그렇게 되면 마술사의 길로 가라는 소릴 들었을 테니까.

"이건 개인용으로 쓰는 거다. 이 마도총에 대해서는 아무한테도 말하지 마."

"절대 말 안 할게."

"말할 수 없죠~."

이 두 사람이라면 괜찮겠지. 본인들의 입장도 위태로워질 거고, 무엇보다도 이 두 사람은 믿을 수 있으니까.

"음?"

확실히 두 사람은 속내가 훤히 보이는 타입이긴 하지만, 믿을 만 하다라…….

"왜 그래?"

“뭔가 신경 쓰이는 거라도 있었어요? 설마 또 마물이라도 있
나요?”

두 사람이 고개를 갸우뚱하며 이쪽을 바라보았다.

“아니, 아무것도 아니야.”

다른 누군가를 믿을 수 있다고 생각한 것이 신기하게 느껴졌
을 뿐이다.

도시 안까지 돌아온 우리들은 문을 빠져나와 지부로 돌아왔다.

“흐아~ 피곤하네~. 오랜만에 몸을 움직였어.”

“사무직이라 움직일 일이 거의 없긴 하죠.”

남말 할 자격은 없지만, 건강 관리 좀 해라.

“너희들은 씻고 와. 난 마나를 추출해 둘 테니까.”

“정말 괜찮겠어?”

“그보다 지크 씨는 안 씻어도 괜찮으세요?”

딱히 땀도 안 났고…….

“아니, 난 그냥 서 있기만 했으니까…… 신경 쓰지 말고 다녀
와. 아, 가방은 이리 주고.”

“네, 여기요. 그럼 다녀올게요.”

“미안해~.”

두 사람은 내 책상에 가방을 놔두고 집으로 돌아갔고, 나는 가
방에서 마력초를 꺼내 마나를 추출하는 작업에 들어갔다.

“어디 해 볼까…….”

하나의 마력초를 집어 작은 병 속에 넣었다. 그리고 연성하자
붉은 액체로 변했다. 이것이 마나의 원액이고, 여기서 불순물을

제거해야 한다. 다음으로 약초로 만든 일반적인 포션을 섞으면 마나 포션이 만들어진다.

"음? 약초 재고가 있었나?"

"글쎄요, 확인해 보죠."

헬렌과 함께 계단을 올라가 창고로 향했다. 여전히 빈 공간이 많고 제대로 된 물건은 없었다. 선반을 쭉 훑어보았다.

"음……."

"있어요?"

"그래, 건조해 둔 게 있네."

선반에는 보관 기간을 늘리기 위해 건조해 둔 약초 다발이 있었다.

"건조해도 괜찮은 건가요?"

"질이 좀 떨어지긴 하지만 E랭크니까 문제 없어."

약초를 집어들고 2층으로 돌아왔다. 그리고 자리에 앉아 마력초에서 마나를 추출하는 작업을 이어갔다. 가끔씩 헬렌을 쓰다듬으며 작업을 이어가다 보니 에리카와 레오놀라가 돌아왔다.

"하아~ 개운하다~."

"다리랑 허리가 아프지만요."

두 사람은 그렇게 말하면서 자리에 앉았다.

"에리카, 3층에 있던 말린 약초 써도 되는 건가?"

"아, 네. 지난번 포션 제작 의뢰 때 쓰고 남은 거예요."

내가 부임해 왔을 때 에리카가 하고 있던 작업 말인가.

"지크 군, 마나 포션 제작은 어떻게 분담할까?"

레오놀라가 물었다.

“레오놀라는 마나 포션을 만들 수 있다고 했지?”

“그게 좋아서 이 세계에 들어왔으니까. 자신 있어.”

그렇다면…… 다른 의뢰도 있으니 속도를 우선하는 편이 좋을 것 같았다.

“내가 마력초에서 마나를 추출할 테니 에리카는 건조 약초로 포션을 만들어줘. 레오놀라는 그 재료들로 마나 포션을 만들어 주고.”

“알겠습니다~.”

“작업을 분담하자는 거네. 알았어.”

우리는 역할 분담을 정하고 각자 맡은 작업을 진행해 나갔다. 그리고 네 번째 마력초에서 마나 추출을 끝내고 레오놀라의 책상에 놓자 레오놀라가 어이없다는 얼굴로 고개를 들었다.

“지크 군…… 아무리 그래도 연성이 너무 빠른 거 아냐?”

“이 정도는 평범해.”

“아니, 절대 평범하지 않아. 게다가 이게 뭐야? 우리가 그렇게 거칠게 채집한 마력초에서 어떻게 이렇게 순도 좋은 마나를 추출하는 거야? 이거 C랭크는 되는 것 같은데.”

호오…… 레오놀라는 감정도 가능한가. 자격증을 따게 해야 겠다.

“나는 3급이다.”

“3급이 원래 이 정도야?”

글쎄? 아마 이 속도를 유지하면서 이런 정확도를 내는 것은 힘들지 않을까.

"나는 실무 경험이 없을 뿐 지금 당장 1급을 봐도 붙을 수 있어. 이 나라에 날 뛰어넘는 연금술사는 없으니까."

적어도 이제껏 만난 녀석들 중엔 없었다.

"굉장한 자신감이네⋯⋯. 이 정도 되니까 재수없는 걸 넘어서 멋있어 보여."

"정말 굉장하죠~."

선의 100퍼센트로 가득 찬 에리카가 동의한다는 얼굴로 고개를 끄덕였다.

"너희들도 이 정도 수준까지는 아니어도 소질은 충분히 있으니까 더 잘할 수 있게 될 거다. 9급, 8급은 금방이야."

"해 볼게, 스승."

"열심히 할게요, 스승님!"

이번에는 스승인가⋯⋯. 뭐, 가부장 남편보다는 그나마 나은가.

우리는 분담해서 각자의 작업을 계속 이어갔다.

"스승, 이 정도면 됐을까~?"

레오놀라가 완성된 마나 포션을 보여주었다.

"충분해."

시선은 여전히 마력초를 향한 채 대답했다.

"좀 보고 말해~."

레오놀라 쪽을 보지 않고 대답한 것이 마음에 들지 않았던 모양이다.

“너희들 연성은 작업하는 와중에도 틈틈이 보고 있으니까 문제없어. 넌 포션 제작이 특기라고 말한 것답게 빠르고 품질도 좋아.”

주괴보다는 이쪽이 더 잘 맞았다. 에리카와는 반대였다.

“오, 역시 스승! 제대로 봐줬구나.”

스승이라……. 아까는 농담으로 생각하고 넘겼는데, 몇 번이나 들은 이상 일단 말은 해 둘까…….

“내 제자는 포기해.”

“왜?”

“왜요?”

두 사람이 물었다.

“사제관계는 귀찮은 일밖에 없어. 기본적으로 스승의 말이 절대적이고 갑질의 연속이다.”

물론 그만큼 스승도 제자를 돌봐야 하는 의무가 있지만.

“너도 스승이 있잖아? 그런 느낌이었어?”

“아, 난 좀 특수해. 내 스승은 너희들도 알다시피 연금술사의 수장인 본부장인데, 고아인 나를 그 사람이 거둬줬으니 후견인이자 부모 같은 존재이기도 하지. 그러면서 동시에 상사고. 사제관계이기 이전에 상하관계가 확실했어.”

의식주를 해결해 주었고, 베스테 마법학교에 입학할 때도 본부에 취직할 때도 추천해 주었다. 남을 깔보는 데 누구보다 특화된 나라도 역시 본부장 앞에서는 고개를 들 수 없었다. 어딜 봐도 내가 더 우수하지만.

"흐음…… 갑질 같은 건 있었어?"

"글쎄? 있었던 것 같기도 하고."

그 사람은 그 사람대로 성격이 그리 좋은 편은 아니라 다소 무리한 요구도 많았던 것 같다. 전부 다 가볍게 해냈지만.

"지크 군도 스승이 되면 그런 갑질을 할 거야?"

"아니. 쓸데없는 짓은 안 해. 다른 곳의 사제를 본 적이 있는데 전부 의미 없는 지시뿐이었어. 그래서는 제자가 성장할 수 없어."

하찮은 일로 스승에게 혼이 나는 제자를 보고, 좀 더 실천적인 내용을 알려주면 좋을 텐데 생각했었다.

"그럼 됐네."

"지크 씨는 상냥하시니까요."

에리카는 사람 보는 눈이 심각할 정도로 없구나.

"뭐, 하는 일은 똑같으니까 상관없나……."

어쨌든 거의 신참이나 다름없는 이 두 사람의 성장도 지부의 재건에는 필수적이었다. 가르칠 수 있는 사람은 나밖에 없고, 사제든 업무 동료든 결국은 마찬가지다.

"그럼 스승이네."

"그러게요~."

그렇게 되나?

"왜 그렇게 스승에 집착하는 거지?"

"좋아해서 연금술사가 된 거니까 잘하고 싶은 건 당연한 감정이잖아? 지크 군은 세계 제일의 연금술사이니 배우고 싶어서."

"맞아요. 그리고 지부를 개선해서 이 지역에도 공헌하고 싶어요."

눈이 부시네……. 출세나 돈을 위한 목적 이외에 그런 동기도 있을 수 있다니.

"흐음, 뭐, 상관없나."

그렇다면 이 두 사람의 성장도 제대로 고민해 봐야겠다. 그리고 동시에 말도 조심해야 하고. 나는 내가 지도자에 적합하다고는 생각하지 않는다. 그래도 지금은 해야 하는 상황이니까, 나 자신도 인간관계에 대해 좀 더 공부할 필요가 있었다.

마나 포션 제작을 시작한 지 이틀이 지났다. 에리카와 레오놀라는 부지런히 마나 포션을 만들고 있었지만, 나는 어제부로 모든 마력초에서 마나 추출을 마쳤기 때문에 오늘부터는 마검 제작에 돌입했다. 사실은 두 사람을 도와주는 편이 속도는 더 빠르겠지만, 두 사람의 성장을 위해 맡기기로 했다.

"아침은 졸려."

"원래 그런 거예요."

아침에 일어나 준비를 마치고 헬렌과 함께 지부로 향했다. 그리고 30초만에 도착해 2층으로 올라갔다. 에리카와 레오놀라는 이미 와 있었고, 둘 다 연금술 책을 읽으며 공부 중이었다.

"좋은 아침."

가까이 다가가 인사를 했다. 아주 중요한 일이다.

"굿모닝."

"좋은 아침이에요."

두 사람이 고개를 들었다.

"음?"

내 책상 위에 연분홍색 봉투가 놓여 있었다.

"아델레 씨에게서 온 거예요."

아델레…… 여전히 답장이 빠르네.

"읽어볼까…… ."

아직 근무 시간까지는 시간이 좀 남았기에, 자리에 앉은 나는 봉투를 열고 편지를 읽기 시작했다.

[친애하는 지크 님께. 답장 감사합니다. 별다른 문제 없이 일하고 계신 것 같아 다행입니다. 저도 평소와 다름없이 열심히 일하고 있습니다. 장소는 다르지만 각자 서로의 장소에서 힘내도록 해요.

얼마 전에 친구와 레스토랑에 다녀왔습니다. 가격이 좀 비쌌지만, 오랜만이라서 큰맘 먹고 가 보았습니다. 계절이 느껴지는 요리라 무척 좋았습니다. 또 유행한다는 찻집에도 갔었는데 케이크도 맛있고 홍차의 향도 좋았습니다. 작년에 리트에 갔을 때에도 다양한 음식을 맛보는 것이 참 즐거웠는데, 지크 씨도 가끔은 다른 음식에 도전해 보시는 게 어떨까요? 환절기라 몸이 상하기 쉬우니 모쪼록 건강 조심하시기 바랍니다.]

"……흠."

"뭐라고 쓰여 있어요?"

헬렌이 물었다.

“그냥 세상 이야기.”

“그런가요……. 일에 대해서는요? 여쭤보셨잖아요?”

“평소처럼 열심히 하고 있다고만 적혀 있어.”

푸념이 적혀 있을 거라 생각했는데 그런 것은 한줄도 없었다.

“음? 그것뿐인가요?”

“그래. 나머지는 잡담이다. 게다가 이번에는 질문도 없어.”

이거라면 더 이상 답장이 필요 없을지도 모르겠다.

“혹시 화나게 한 걸까요?”

“어째서? 화낼 만한 말은 안 썼잖아.”

제대로 고민해서 적었다.

“음, 모르겠네요. 답장은 어떻게 하시겠어요?”

“필요 없지 않을까? 이제 계절마다 안부를 묻는 편지나 적으면 되겠지.”

그거면 충분하다.

“글쎄요…… 에리카 씨는 어떻게 생각하세요?”

헬렌이 에리카에게 물었다.

“음, 난 아델레 씨를 잘 모르니까…… 지크 씨 말대로 계절마다 편지를 보내는 정도만 해도 괜찮을 것 같은데. 레오놀라 씨 생각은 어떠세요?”

“나도 그거면 충분하다고 생각해. 확인차 묻는 건데 로맨스는 없었던 거지?”

레오놀라가 물었다.

“없어. 저번에도 말했지만, 친구인지 아닌지도 애매한 수준이야."

"그럼 괜찮지 않을까? 신경 쓰이면 전화라도 해 보지 그래?"

"아니, 그건 됐어."

전화는 좀 난이도가 높다. 솔직히 지뢰투성이인 아델레와 무슨 말을 해야 할지도 모르겠고. 다 내 잘못이지만.

"아델레 씨는 분명 지크 님께 호감이 있을 거라 생각했는데 말이죠~."

없어. 설령 그렇다면 걱정이 될 정도로 남자를 보는 눈이 없는 거다.

"일단 아델레 일은 됐어. 일 먼저 하자."

"그렇지. 긴급 의뢰니까 그쪽을 우선하자."

"힘내죠."

근무 시간이 된 것을 보고 우리는 일을 시작했다. 이 날도 묵묵히 각자가 자신의 작업을 이어갔다. 그리고 저녁이 되어 퇴근 시간이 찾아왔다.

"오늘은 여기까지인가. 너희들은 어때?"

"이 속도로 가면 보너스가 나오는 열흘 안에 끝낼 수 있겠어."

"맞아요. 지크 씨가 마나를 추출해 주셨고, 레오놀라 씨와 분담한 덕분에 충분히 시간에 맞출 수 있을 것 같아요."

흐름이 좋았다.

"그럼 오늘은 이만하고 돌아갈까?"

"그러자. 배고프다."

"그러게요~."

우리는 정리하고 지부를 나와 30초 만에 숙소 아파트에 도착했다.

"빨라서 진짜 최고라니까."

"업무 중간에 샤워하러 갈 수 있는 수준이니까."

그렇긴 하다.

"두 분 다 30분 후에 와주세요."

"알았어."

"늘 미안하네~."

우리는 일단 헤어져서 각자의 집으로 들어갔다.

나, 레오놀라는 에리카가 말한 30분보다 조금 이른 시간에 에리카의 집에 방문했다.

"나 왔어~."

"아, 레오놀라 씨, 어서 오세요."

주방에 있던 에리카가 평소와 같은 환한 얼굴로 맞이해 주었다.

"하아~ 너희는 1층이라 좋겠다. 우리 집은 2층이라 힘들어."

아직도 다리가 좀 아프다.

"고생이겠어요. 저도 지부 2층에 올라갈 때 좀 힘들더라고요."

힘들지~. 1층으로 해 줬으면 좋겠다.

"둘 다 완전 운동 부족이네."

"직장이 가까운 건 좋지만 덕분에 더 움직이지 않게 된 것 같아요. 운동이라도 해 볼까요?”

“운동…… 싫다아.”

“뭐, 저도 좋아하진 않지만요.”

그렇지만 스트레칭 정도는 해야겠다 생각하면서 테이블에 앉았다. 그리고 아직도 좀 아픈 허벅지를 주물렀다.

“지크 군은?”

“아직 안 왔어요. 지크 씨는 30분이라고 하면 정말 30분에 딱 맞춰 오시니까요.”

그건 에리카도 그런데. 정말 성실한 애들이라니까.

“에리카, 지크 군은 어때?”

“어떠냐뇨?”

에리카가 고개를 갸우뚱하며 돌아보았다.

“아니, 난 출장을 갔다 왔잖아. 어떤 사람인가 싶어서.”

“보시는 그대로예요. 이쪽에 부임하신 이후로는 계속 저런 느낌이에요. 대령님을 상대로 쏘아붙였을 땐 좀 놀랐지만요.”

대령이라면…… 군의 수장이니까 리트 전체에서도 상당히 높은 권력을 가진 상대다.

“무슨 일이 있었길래?”

“이건 지크 씨가 하신 말씀인데, 소령님에게서 괴롭힘 목적의 의뢰가 왔었어요. 그걸 무사히 해낸 후에 대령님께 지금 작업하는 마검 의뢰를 받았고요. 그때 지크 씨는 대령님께 왕도에서도 손꼽히는 실력이라는 칭찬을 받았거든요.”

호오…… 대령조차 그렇게 평가할 정도라니. 왕도에서 정말 유명한가보네.

"거기서 쏘아붙일 부분이 있나?"

싸울 타이밍은 아니지 않나?

"자신과 견줄 자가 4명이나 더 있다는 말로 해석해서 무시당했다고 생각했대요."

굉장하네……. 자신감 넘치는 남자라면 여러 번 봐왔지만, 그 정도면 아예 종 자체가 다른 느낌이다. 지난번에도 본인 입으로 나라 제일이라고 하긴 했지만, 진심으로 그렇게 생각하는 걸 넘어서서 대령을 상대로도 그런 소리를 했다니…….

"역시 체텔 일문의 톱답네."

"전 그쪽 사정은 잘 모르는데, 그렇게 굉장한가요?"

"클라우디아 체텔이 우리 조직에서 제일 높은 사람이라는 건 알지?"

연금술사 협회 본부장이다.

"그건 물론 알고 있어요. 이름밖에 모르지만……."

뭐, 만날 일도 없으니까. 나도 아는 건 이름뿐이다.

"본부장은 젊었을 때부터 천재라는 소릴 들으면서 순식간에 자격증을 따고 출세 가도를 달렸어. 그래서 지금 자리에 올라왔고, 제자를 몇 명 두고 있는데 그 제자들도 하나같이 유능해. 그 중에서도 특히 아끼고 있다고 소문난 게 바로 지크 군이야. 뭐, 재능은 보다시피 저렇고. 굉장하지?"

정말이지 연성 속도가 차원이 다르다. 게다가 그 마도총을 봤을 때 이게 정말 사람이 만들 수 있는 것인가 하는 의문이 튀어

나올 정도였다.

"대단하신 분이셨네요~."

반응이 가볍다. 가치를 잘 모르는 것일까.

"맞아. 에리카도 그 일문이지."

"네? 그렇게 되나요?"

"그야 지크 군의 제자니까."

나도 그렇지만.

"너무 과분한 거 아닌가요?"

"거긴 신경 쓰면 지는 거야."

나도 살짝 생각한 부분이다. 그 정도로 지크와 우리는 격차가 컸다.

"그것도 그렇죠. 지크 씨, 혹시 다른 곳에 가실까요?"

다른 곳?

"무슨 말이야?"

"전에 잠깐 지부장님과 대화한 내용인데, 지크 씨는 저 정도로 뛰어나고 인간적으로도 훌륭한 분이잖아요?"

음…… 뭐, 훌륭한지 어떤지는 모르겠지만 좋은 녀석인 건 맞는 것 같다.

"그렇지."

대화가 진행되지 않으니까 일단 긍정하자.

"그렇다면 다른 도시의 지부가 가만히 놔둘까요?"

아, 그 말이구나.

"지크 군이 다른 데 갈 것 같으면 울면서 매달려. 제자를 버릴 거냐면서.”

마치 애인처럼.

“그게 먹힐까요? 애초에 좋은 기회가 왔는데 가지 말라고 붙잡는 것도 좀…….”

“그것도 그렇지…….”

지난해에도 같은 일이 있었다. 선배들을 붙잡고 싶었고 가지 않기를 바랐지만, 선배들도 그들의 생활이 있다. 더 나은 직장을 선택할 권리가 있다. 그것을 우리 마음대로 막을 수는 없었다.

“이것만은 어쩔 수 없지. 가장 좋은 건 이 동네에 정착해 주는 건데.”

“확실히 그게 제일이지만, 그렇게 해 주실까요?”

“좋은 도시니까 괜찮을 거야. 확실한 방법을 알려줄까? 에리카가 지크 군과 결혼하면 돼.”

그럼 모든 일이 잘 풀린다.

“어? 저 레오놀라 씨 아내 아니었나요?”

“괜찮아. 그때는 세트로 팔면 돼.”

“그게 뭐예요…… 음~?”

쓴웃음을 지으며 대답한 에리카가, 문득 시선을 들고 생각에 잠겼다.

“왜 그래?”

아예 싫지만은 않은가?

“에리카 알렉산더, 좀 멋있지 않나요? 어쩐지 강해 보여요.”

아, 그 부분?

◆ ◇ ◆

나는 잠시 쉬었다가 30분이 지난 것을 확인하고 에리카의 집으로 향했다. 그러자 이미 레오놀라는 테이블에 앉아 있었다. 레오놀라는 평소 쓰던 삼각모자는 쓰지 않은 채 허벅지를 주무르고 있었다.

"그 정도로 아픈가?"

레오놀라의 맞은편에 앉으며 물었다.

"운동 부족이라 그래. 출퇴근 시간이 짧은 건 좋지만, 그만큼 더 안 걷게 되니까."

하긴 그렇지. 일도 거의 사무실에서 하니까 제로라고 해도 좋을 정도로 걸을 일이 줄어든다.

"좋아, 비타민제를 주마."

그렇게 말하며 알약을 테이블에 올려두었다.

"그게 뭐야? 약?"

"영양제. 난 부족한 영양을 이걸로 보충하고 있어. 이 비타민은 피로 회복을 도와주는 역할도 하거든."

"호오…… 낮에 본 마도총도 그렇고, 이것저것 만드는 게 많네."

레오놀라는 그렇게 말하면서 비타민제를 집어들고 차와 함께 마셨다.

"그런 편이지. 아, 에리카, 이거 받아."

공간 마법에서 믹서를 꺼내 테이블에 놓았다. 그러자 주방에 있는 에리카가 이쪽으로 다가왔다.

"이게 뭔가요?"

"전에 말했던 믹서. 헬렌이 호박 수프를 먹고 싶다고 하니까 만들어."

거절은 존재하지 않는다.

"호박은 있지만…… 지크 씨는 언제나 헬렌이 최우선이군요."

"이렇게 귀여우니 어쩌겠어."

아침이 되면 냐앙냐앙 울면서 깨워준다고.

"음…… 이거 어떻게 쓰는 거예요?"

에리카가 좀 당황한 표정으로 믹서를 집어들었다.

"아, 알려드릴게요."

헬렌이 재주 좋게 에리카의 몸을 타고 올라가 어깨에 앉았다. 에리카는 그대로 주방으로 돌아갔다.

"귀여운 고양이네~."

"그렇지?"

"응. 근데 그 비타민제라는 걸 먹었는데도 통증은 전혀 안 가시는데?"

그야 당연하다.

"진통제가 아니라 영양제니까. 효과라면 다음 날 있겠지. 통증을 없애고 싶으면 포션을 마셔."

"그런 거구나. 도움이 돼?"

"영양 밸런스는 중요해. 젊었을 땐 괜찮아도 나이 들어서 피부가 망가지거나 살이 찔 수도 있어. 우리는 스트레스를 받을 일이 많은 사무직이라 더 위험하지."

"흐음……."

에리카를 기다리고 있자 곧 요리가 완성되었고, 다 함께 먹었다. 물론 호박 수프도 있었다. 헬렌이 무척 맛있게 먹었다. 그리고 레오놀라와 마찬가지로 에리카도 영양제를 원해서 건네주었다. 아무래도 이야기를 듣고 있었던 모양이다. 무서우니까 필요 없다고 할 땐 언제고…….

저녁 식사를 마치고 난 후에는 집으로 돌아가는 대신 두 사람의 공부를 봐주었다. 두 사람 다 경험만 없을 뿐 머리 자체는 나쁘지 않았다. 하지만 각자의 강점과 약점이 확실했기에 약점을 중점적으로 가르쳐 나갔다. 공부 시간까지 얼추 끝나고, 에리카가 내려준 차를 마시고 한숨을 돌렸다.

"나는 아슬아슬하겠네……."

레오놀라가 덮인 참고서를 바라보며 고개를 기울였다.

"괜찮아. 너라면 붙을 수 있어."

"그 기대는 뭐야? 떨어지면 엄청나게 경멸에 찬 눈으로 볼 것 같은데."

그러지 않도록 조심하지.

"붙을 수 있게 공부해. 수시로 봐주고 알려줄 테니까."

딱히 할 것도 없으니 말이다.

"고마워, 스승. 열심히 할게."

"감사해요."

공부는 배신하지 않는다. 반드시 자신에게 도움이 되니까 힘내라.

"잠깐 앞으로의 이야기를 하고 싶은데 괜찮을까?"

"앞으로의 이야기?"

"뭔가요?"

두 사람이 연금술 책을 내려놓았다.

"지금 관공서에서는 일반 의뢰와 긴급 의뢰가 와 있어. 나머지는 군에서 온 마검 제작 의뢰고. 이런 것들을 차근차근 해 나가면 우리 지부도 신뢰를 조금씩 되찾을 수 있을 거다."

"그렇겠지."

"힘내죠."

그래, 힘내야겠지.

"다시 말해 앞으로는 의뢰가 더 늘어날 가능성이 높다는 뜻이다. 좀 더 본격적으로 인원을 늘릴 계책을 고민하지 않으면 앞으로도 계속 잔업을 해야 해."

지부는 돈을 벌겠지만, 정작 중요한 직원이 나가떨어지고 말 것이다. 나는 익숙하기 때문에 버틸 수 있겠지만, 경험도 체력도 없는 두 사람에게는 힘들었다.

"그렇지⋯⋯. 하지만 사람을 모은다고 해도 쉽진 않을 거야. 우선 연금술사는 수가 적으니 무직인 사람은 없다고 봐야 해."

그건 그렇다. 게다가 이런 곳에 오는 녀석들은 하나같이 문제가 있는 녀석들뿐이겠지. 물론 나를 말한다.

"에리카, 전에 말했던 포섭 작전은 어때?"

"얼마 전에 학교에 가서 선생님께 말씀은 드렸어요. 하지만 바로 결과가 나오지는 않을 거예요.”

“그런가…….”

하긴 그렇겠지.

“포섭 작전이 뭔데?”

레오놀라가 물었다.

“아직 자격증이 없는 연금술사 지망생이나 수험 공부 중인 녀석을 아르바이트로 고용하는 거야. 다시 말해 경험을 쌓게 해주고 공부도 봐줄 테니 나중에 합격하면 우리 지부로 오라는, 젊은 인재 선점이지.”

“그런 게 있구나……. 근데 그러면 지크 군의 부담이 커지지 않아? 즉시 투입할 수 있는 전력이 필요한 거 아냐?”

그건 그렇지만, 그 즉시 투입할 수 있는 전력이 우리 쪽에 올 메리트가 없었다.

“레오놀라는 아는 사람 없나?”

“없어. 가문과의 접점도 끊어졌고.”

하긴 가출했다고 했지…….

“저기…… 지크 씨의 지인분은 어떤가요? 왕도 학교를 다니고 본부에도 계셨잖아요? 좀 더 말하자면 본부장님 제자였으니, 동문 친구 중에 혹시 아시는 분 없을까요?”

에리카가 이전에 한번 넘어갔던 화제를 다시 꺼내 물어보았다.

“없어. 학교에서 아는 사람도 직장에서 아는 사람도 아델레뿐이다. 게다가 동문 녀석들은 모두 날 싫어할 거라고 확신할 수 있어. 그리고 그 녀석들은 굳이 리트에는 오지 않을 거야. 머리만 크고 별 능력은 없지만 일단 다들 엘리트니까.”

본부장의 제자는 열 명이 채 되지 않는데 모두 6급 이상이라고 알고 있다.

“그, 그런가요?”

“그래, 그 말투를 보아하니 정말 미움을 샀을 것 같긴 하네.”

“지크 님, 동문을 그런 식으로 말하면 안 돼요.”

적어도 본인들 앞에서는 말하지 않으니까 괜찮다. 나는 변했다고.

“조심하지. 어쨌든 그런 상황이라 데려올 만한 인재는 없다는 소리야.”

“아델레 씨가 있잖아요.”

에리카가 이상한 소리를 꺼냈다.

“아델레?”

“네. 친구시죠?”

애매한데…….

“그 녀석이 여기에 올 메리트가 있나?”

“그건 모르겠어요. 손익만을 생각하면 아무것도 할 수 없으니까, 권유해 보는 것뿐이라면 괜찮지 않을까요?”

뭐, 그렇긴 하지만.

“그럼 편지를 써볼까.”

편지 교환이 계속 이어지겠네…….

“전화하는 건 어때요?”

“아, 그쪽이 더 빠르려나……. 그렇다면 내일이라도 본부에 전화해 볼까. 그 녀석은 안내 직원이니까 받겠지.”

“근무 중 스카우트 전화를 하는 건 좀 그렇지 않을까요?”

그것도 그렇다.

“지금부터 걸어보는 건 어때? 나 아델레네 전화번호 아는데.”

레오놀라가 그런 제안을 했다.

“우리 집에 전화는 없어. 에리카는?”

“저도 없어요. 지부에 갈까요?”

일단 일과 관련된 거니까 문제는 없으려나. 뭐, 문제 삼을 사람도 없지만.

“우리 집에 전화 있어. 그걸로 걸어.”

레오놀라의 집에는 전화가 있다고 한다. 전화는 싼 물건이 아닌데, 역시 귀족이군.

“빌려도 될…… 아, 아니지, 레오놀라가 걸면 되려나. 친구니까.”

이런 시간에 여성의 집에 방문하는 것은 좋지 않았다. 이미 에리카네 집에 있긴 하지만.

“빌려줄 테니까 지크 군이 걸어. 아델레와 친구잖아? 게다가 네가 리더고.”

언제 리더가 됐지? 뭐, 경력으로보나 실력으로보나 내가 리더가 될 수밖에 없나. 무엇보다 이 녀석들 스승이 되기도 했고.

“잠깐만…… 우선은 인사부터 해야 하나?”

헬렌에게 물었다.

“맞아요. 무시 사건이 있었으니 인사는 반드시 필요해요. 그리고 갑자기 전화한 것과 늦은 시간에 전화한 것도 사과해야 해요.”

그렇군…….

"또 회의가 시작됐네."

"따뜻한 눈으로 지켜봐요."

두 사람의 눈빛이 부드러워졌다.

"너희들도 뭔가 없어? 여자의 의견도 듣고 싶어."

"말을 지나치게 많이 준비하는 것도 좋지 않아요. 그럼 준비한 이야기를 해야 한다는 생각에 사로잡혀서 반대로 이야기가 꼬이게 되거든요. 그런 건 금방 들켜요."

"맞아. 자연스럽게 하면…… 아, 아델레의 답장이 쌀쌀맞았던 것도 그래서 그런 걸지도 몰라. 네가 보낸 편지에 너다움이 없어서 싫었던 게 아닐까?"

뭐라고?

"무슨 말이지?"

"편지에 조언을 해 준 사람의 냄새가 느껴진 거지. 두 사람이 주고받은 편지에서 제삼자의 그림자가 보이면 누구든 실망스러운 법이니까."

그, 그런 건가?

"거의 헬렌인데?"

"그쪽은 그런 사정을 모르잖아."

나도 아델레가 무슨 생각을 하고 있는지 모르겠다…….

"그럼 전화해 볼게."

"그래. 그럼 우리 집으로 가자."

"왠지 두근거리네요."

이 녀석들, 좀 즐기는 것 같은데?

아델레에게 전화하기로 결정한 우리들은 집을 나서서 계단을 올라가 2층으로 갔다.

"좀 어질러져 있는데 신경 쓰지 마."

레오놀라가 그렇게 말하며 문을 열고 안으로 들어가는 것을 보고 우리도 따라 들어갔다. 안은 캄캄했지만 곧 불이 켜졌다. 그러자 우리 집과 똑같은 구조로 된 거실이 보였다. 바닥에는 책들이 어지럽게 쌓여 있었다.

"독서가군."

"옛날부터 책을 좋아했거든. 그 안에 있던 연금술 책에 빠져서 오늘에 이른 거고."

그런 사람도 있겠지.

"레오놀라 씨, 좀 정리하세요."

"부탁할게, 아내."

"아내보단 엄마의 마음에 가까워요."

에리카는 그렇게 말하면서 어질러진 책을 주워들고 책장에 넣기 시작했다.

"미안해~ 아, 서방님은 전화해야지. 저거야."

레오놀라가 벽에 걸린 전화를 가리켰다.

"번호는?"

"잠깐만."

레오놀라는 그렇게 말하더니 전화기로 가서 다이얼을 돌리기 시작했다.

“음? 벌써 건 건가?”

“응. 받아.”

레오놀라가 수화기를 내미는 바람에 황급히 받아들고 귀에 가져갔다. 수화기에서는 호출음이 울리고 있었다. 정말 벌써 전화를 건 모양이다.

“마음의 준비 정도는 하게 해 달라고.”

“궁시렁대지 말고 빨리 해 버려.”

“너도 빨리 청소나 해.”

“맞아요.”

레오놀라도 책을 줍기 시작했다. 그러는 사이 신호음이 끊겼다.

『……여보세요?』

여자의 낮은 목소리가 들려왔다.

“아…… 여보세요?”

왠지 긴장되네…….

『네, 누구시죠?』

“그…… 지크발트 알렉산더라고 합니다만, 혹시 아델레 씨 계십니까?”

『네? 지크 씨? 아…… 제가 아델레예요.』

아, 아델레였다.

“아델레였구나……. 목소리가 낮아서 다른 사람인 줄 알았어.”

『실례했습니다. 전화를 거는 건 본가 부모님 정도라서 저도 모르게 긴장했네요.』

왜 부모님이랑 통화하는데 긴장을 하지?

“……지크 님, 인사, 인사.”

헬렌이 작은 소리로 주의를 주었다.

“아, 좋은 밤이야.”

『네, 좋은 밤이네요. 누구 목소리죠?』

헬렌의 목소리가 들린 모양이다.

“사역마 헬렌이다. 나는 사람과의 소통에서 매번 실수를 하니까, 옆에서 정정해 주고 있는 거야.”

『아, 그 고양이 말인가요……. 똑똑한 아이네요.』

귀여운 아이지.

“……사과요, 사과.”

알고 있어.

“아델레, 이런 시간에 전화해서 미안하다.”

『아니요, 저녁 식사도 끝냈고, 편하게 쉬고 있던 참이라 괜찮아요.』

“그래…… 그리고 갑자기 전화해서 미안해.”

『그건 확실히 깜짝 놀랐네요. 그보다 저희 집 번호는 어떻게 알고 거신 거죠?』

뭐, 그 부분은 당연히 물어보겠지.

“레오놀라가 걸어줬어. 레오놀라는 알지? 레오놀라 폰 레체르토.”

『네, 알고 있어요. 그러고 보니 그녀도 리트 지부였네요.』

“맞아. 신기한 우연이지.”

『네. 그렇다는 건 지금 레오놀라 집에 계신 건가요? 이런 시간에?』

아, 역시 좋지 않은 건가…….

"다른 동료도 있어. 레오놀라와 같이 집을 정리하는 중이지만……."

『그 집, 지저분하죠? 그녀의 본가에 몇 번 간 적이 있는데, 갈 때마다 늘 책투성이였어요.』

"지금도 비슷해……. 아델레, 편지에도 썼지만 미안했다."

『편지에도 썼듯이 이제 신경 안 써요. 동료와의 교류는 신경 쓰지 않고 일에 집중하는 게 꼭 나쁜 것도 아니고, 어떤 의미에서는 옳은 일이죠. 하지만 정답이 꼭 하나뿐만은 아니라는 것도 아셨겠죠?』

응…….

"그런 것들을 반성하면서 여기서 노력하고 있어."

『좋은 일이네요. 그래도 세 명뿐이라니 정말 힘들겠어요. 편지를 보고 깜짝 놀랐어요.』

그렇지. 셋은 힘들다.

"아델레, 실은 본론이 바로 그거야."

『네? 그거라뇨?』

"리트 지부는 지금 심각하게 일손이 부족해. 그래서, 만약 괜찮다면 아델레가 와줄 수 없을까 해서."

안 오겠지…….

『네? 저더러 본부에서 그쪽으로 옮기라는 건가요?』

"음…… 뭔가 직장에 불만이 있는 것 같기도 해서."

『네? 불만이라니요?』

"어? 아, 아니, 그, 우리 동료가 그러길래."

헬렌이 내 어깨에 강력한 고양이 펀치를 날렸다.

『······뭐라고 하던가요?』

"편지로 이쪽 업무 분위기를 물어봤으니까, 그쪽에 불만이 있는 게 아닐까 하고."

"지크 님······ 그건 말하면 안 되는 거라고요······."

그런 건가?

『지크 씨······ 혹시 제가 보낸 편지를 동료에게 보여주신 건가요?』

음? 아델레의 목소리가 낮아졌는데?

"아니, 보여주진 않았어. 그냥 이런 내용이 적혀 있는데 어떻게 생각하냐고 물어본 것뿐이야. 미안하지만 내 인간성만으로 생각했을 때 가장 먼저 떠오른 건 '좌천된 인간에게 그런 걸 물어본다고? 싸우자는 건가?'였으니까.』

『······좋은 동료를 두셨네요. 전 걱정돼서 물어봤던 거였어요. 당신은 왕도 밖으로 나간 적이 한번도 없었을 테니까요.』

"그렇군······ 미안하다. 역시 내 인간성이······."

한심하군······.

『시, 신경 쓰지 마세요. 이상한 질문을 한 제 잘못이기도 하니까요. 하지만 덕분에 지크 씨 편지에서 느꼈던 위화감의 원인을 알았어요.』

음?

"위화감이라니?"

『당신 편지에 이곳 업무 상황을 물어보는 내용이 적혀 있었으니까요. 남에게 아무 관심이 없는 당신이라면 절대로 묻지 않았을 말이죠. 그래서 저는 제가 누구와 편지를 주고받고 있는지 의문이 들었어요.』

실례되는 말이었지만, 사실이라 반박할 수 없었다.

"나는 같은 실수를 반복하지 않아. 그래서 다시 태어난 거다."

『훌륭하네요. 하지만 당신, 솔직히 관심 없죠?』

없다.

"솔직히 말하면 지금은 실패하지 말아야겠다는 생각밖에 없어. 아직은 그 단계다. 뭐가 문제인지를 완전히 다 파악하지는 못했으니까."

『당신답네요……. 그럼 다시 한번 물어볼게요. 일은 어떠신가요?』

"그럭저럭 잘해 나가고 있어. 동료 녀석 두 명은 솔직하고 알기 쉬워서 도움도 많이 되고."

정말 좋은 녀석들이다.

『그런가요……. 그건 좋은 일이네요. 그럼 다시 본론으로 돌아올까요? 저더러 그쪽으로 옮기라고 하셨죠. 그렇게 해서 제게 무슨 이득이 있나요?』

이득…….

"솔직히 그렇게 큰 이득은 없어. 이쪽은 제대로 된 설비도 없고 포션도 주괴도 직접 만들어야 해. 에리카도 레오놀라도 10급이고 일손도 부족하지. 심지어 지부의 평판도 좋지 않아. 좋은 점을 굳이 말하자면 자연이 풍부해서 밥이 맛있다는 거. 그 외엔 식사를 만들어주는 동료가 있다는 것 정도다."

청소도 해 준다.

『흐음…… 제게 권유하는 이유는요?』

"너 말고는 권유할 수 있는 사람이 없으니까."

『전 9급인데요?』

9급인가. 뭐, 그래도 에리카랑 레오놀라보다는 나았다.

"금방 8급이 될 거다."

『그렇게 생각하세요?』

"내가 보기엔 그 어떤 바보라도 노력만 하면 7급까지는 딸 수 있어. 그 이상은 재능이 필요하겠지만."

아델레의 실력은 잘 모르지만 7급 정도라면 딸 수 있을 것이다.

『그건 당신이라서 할 수 있는 말 아닌가요?』

"지켜봐. 10급 콤비를 바로 7급으로 만들어줄 테니까."

1년 안에…… 아니, 1년은 너무 빠른가?

『흐음~……』

"지금이라면 공부도 봐줄 수 있어."

『당신, 그런 일도 할 줄 아는 사람이었어요?』

"모르는 사이에 제자가 생겼거든."

정말, 나도 모르는 사이에.

『제자…… 정말 변했네요.』

"남을 배려하는 마음은 중요하니까."

『그렇군요. 하지만, 리트라…….』

음? 생각보다 더 고민하는데? 처음부터 딱 잘라 거절할 거라 생각했는데…….

"여기 있는 지부장님은 낙하산으로 들어온 군인이라 아무 간섭도 안해서 자유로워. 게다가 숙소 아파트도 걸어서 30초라 엄청 편하고."

『그건 마음에 드네요……. 뭐, 여기에 있는 것보다는 나을지도 모르겠네요.』

오? 꽤 기울고 있는 것 같은데?

"직장에는 힐링을 담당하는 귀여운 아이가 있지."

『누구죠?』

"헬렌."

『아아…… 고양이 말인가요? 뭐, 모처럼 권유도 해 주셨으니 이동 신청서를 내볼게요.』

뭐? 진심으로 하는 소리인가?

"정말 옮길 건가?"

『네? 권유한 건 당신이잖아요?』

"올 거라고는 생각 못 했어. 밑져야 본전이라는 마음으로 물어본 거였으니까."

『그런 식으로 단정짓는 건 좋지 않아요. 사람에게는 각자의 사정이라는 게 있고 저마다의 생각이라는 게 있으니까요.』

흐음…… 어쩌면 정말 지금 직장에 불만이 있었는지도 모르겠네.

“이동 신청이 받아들여질까? 아니면 내가 본부장님께 전화를 넣어둘까?”

『아니요, 저는 바로 승인이 날 거예요.』

그래? 귀족이라서 그런가?

“언제쯤 올 수 있지?”

『인수인계나 이사가 있어서 당장은 어려워요. 2주는 필요해요.』

2주라. 나는 바로 왔지만 원래라면 그 정도는 걸리겠지.

“알았어. 고맙다.”

『아니요, 저야말로 감사해요. 그럼 이만 끊을게요……. 안녕히 주무세요.』

“그래, 잘 자.”

전화를 끊고 수화기를 내려놓았다.

“뭔가, 올 수 있다는 소릴 하는데…….”

전화를 끝내고 두 사람에게 보고했다. 그러자 두 사람이 얼굴을 마주보았다.

“로맨스?”

“어? 정말로?”

그런 분위기는 조금도 없었다.

“아니야. 역시 불만이 있는 것 같았어. 물어보진 않았지만.”

“불만이라~. 화려한 본부에도 그런 일이 있구나~.”

“뭐, 인간관계에서 문제가 있었던 거 아닐까? 나랑 같은 팀이었던 애들은 확실히 있었을 테니까.”

내 입으로 말하려니 슬프지만.

“어쨌든 이걸로 네 명이 됐네요. 아델레 씨에게 말을 걸어보
길 잘했어요.”

맞는 말이다. 에리카의 말대로, 단정짓지 말고 믿져야 본전이
라는 마음으로 권유해 보길 잘했다.

“헬렌, 부탁한다. 소통 난이도가 낮은 이 애들과는 달리 아델
레는 지뢰밭투성이니까.”

“본인이 파묻은 지뢰잖아요. 아델레 씨 자체는 아주 좋은 분
이에요.”

알고 있다. 나…… 정말 괜찮을까?

제4장   좋은 사람이 되자

다음 날 지부로 출근한 나는 2층에 있는 에리카, 레오놀라에게 인사를 마치자마자 1층으로 내려갔다. 그리고 안내 데스크 안쪽에 있는 문을 두드렸다.

"지크발트입니다."

"그래, 들어와."

안에서 들려온 목소리를 듣고 문을 열고 안으로 들어갔다.

"안녕하십니까, 지부장님."

책상에 앉아 신문을 읽고 있던 지부장에게 인사를 건넸다.

"그래, 어서 와. 아침부터 무슨 일이지?"

지부장이 그렇게 물으며 신문을 접었다.

"사실 어제 왕도에 있는 친구에게 전화를 했는데, 저희 쪽에 와달라고 부탁했더니 알겠다고 하더군요."

"연금술사?"

"네. 아델레 폰 요들입니다. 제 동급생이자 본부에 근무하고 있는 9급 국가 연금술사입니다."

"귀족인가…… 요들이라면 군부에 영향력을 지닌 서부 귀족이군."

그런가? 귀족에 대해서는 잘 모른다. 아우구스토 같은 대귀족은 싫어도 알 수밖에 없지만, 나머지는 관심도 없고 알아도 별 도움이 되지 않을 것 같아서 기억해 두지 않았다.

“왕도의 베스테 마법학교 학생은 절반 이상이 귀족이니까요.”

“베스테 마법학교를 졸업하고 본부에 취직이라…… 용케도 승낙했군.”

역시 그렇게 생각하겠지…… 충분히 엘리트 코스니까.

“밑져야 본전이라는 생각으로 물어본 건데, 승낙을 받았습니다.”

“음…… 동급생이라고 했지? 뭐야? 여친이냐?”

“아니요, 그런 로맨스는 일절 없습니다. 친구라고는 했지만 그것도 좀 애매한 수준입니다. 다만 레오놀라와는 오랜 친구인 것 같았습니다.”

“뭐, 그 녀석도 귀족이니까. 그 아델레라는 녀석은 쓸 만한 녀석인가?”

전혀 모른다. 본부에서 같이 일한 적도 없고, 학교에서는 같은 실습조였지만 안중에도 없었다. 아델레의 명예를 위해 말해 두자면 아델레만 안중에 없었던 것이 아니라 학교 학생 전원이 안중에 없었다. 왜냐하면 다들 자격증 하나 따지 못한 바보들뿐이었으니까.

“죄송하지만 아델레의 실력은 잘 모르겠습니다. 하지만 9급이라면 일정 수준의 보장된 실력은 있을 거라고 생각합니다.”

“그런가…… 뭐, 이유는 모르겠지만 인력 부족에 시달리는 우리에게는 희소식이군. 지크, 당연한 말이지만 잘 지내줘.”

바로 그 부분이 문제다.

“지부장님, 이 지부를 재건축하거나 리모델링할 생각은 없으십니까?”

“음? 어째서? 완전히 새 건물은 아니지만 그렇다고 엄청 오래
된 건물도 아니잖아?”

확실히 인기척이 없어서 좀 황량해 보이긴 해도 그렇게 낡지
는 않았다.

“아니요. 역시 개인 아틀리에가 필요할 것 같습니다. 왕도 본부
에서는 각자 개인 아틀리에가 있었고 거기에서 일을 했습니다.”

“개인 공간을 빼줄 정도로 넓진 않아. 게다가 앞으로도 사람
은 늘어날 예정이고, 얼마나 늘어날지도 몰라. 재건축이나 리모
델링은 시기상조야.”

나도 그렇게 생각한다.

“지부장님, 저는 조만간 아마도 인간관계에서 문제를 일으킬
것 같습니다. 격리해야 한다고 생각합니다.”

“본인 입으로 말하는 건가? 그 부분에 대해서는 너희들끼리
상의해 봐. 칸막이라도 써서 개인 공간을 만들어 보든지.”

“참고로, 제가 그런 제안을 한다면 위의 두 사람은 어떻게 생
각할까요?”

위의 두 사람이라는 건 물론 2층에서 마나 포션을 만들고 있
는 에리카와 레오놀라를 말한다.

“내가 어떻게 알아. 하지만 나라면 ‘성가신 놈이네’ 아니면 ‘아
니꼬운 녀석이네’라고 생각할 것 같군.”

“그렇습니까……. 참고가 됐습니다. 그럼 일로 복귀하겠습니
다. 실례했습니다.”

인사를 하고 지부장실을 나왔다.

“역시 안 되려나?”

헬렌에게 물어보았다.

“안 되죠.”

“그렇군.”

역시 그렇겠지 생각하면서 2층에 올라간 나는 자리에 앉아 마
검 제작을 시작했다.

“아델레가 여기 오면 자리는 저기가 될까?”

레오놀라의 옆이자 내 기준으로는 정면에 해당하는 빈자리를
보며 에리카와 레오놀라에게 물었다.

“거기 아닐까요?”

“아델레의 희망도 있겠지만, 별 문제가 없다면 그렇게 되겠지.”

그렇겠지. 내 정면이라…….

“고개만 들면 정면에서 눈이 마주치겠네.”

“싫어?”

“나도 모르게 눈을 피할 것 같은데. 불쾌하지 않을까?”

“좋아하는 애를 똑바로 쳐다보지 못하는 느낌 같아서 귀여울
것 같은데?”

레오놀라가 그렇게 말하며 웃었다.

“그건 그거대로 싫군…….”

“지크 씨, 여성과 눈을 마주치는 게 어려우신가요? 평범하게
쳐다보셨던 것 같은데요?”

“보고 있지.”

너희들은 볼 수 있어.

“아니, 사춘기도 아니고 그런 건 상관없어. 그저 아델레에겐 죄책감 같은 게 있어서 어느 정도의 거리를 유지해야 할지 잘 모르겠는 것뿐이야.”

“평범하게 하면 될 것 같은데…….”

평범한 게 뭔데?

“평범과 거리가 먼 녀석에게 그런 소리 하지 마라.”

“가여운 스승이네…….”

“그럼 지금 자리를 바꿀까요?”

에리카가 제안했다. 에리카와 자리를 바꾸면 정면이 레오놀라가 되니 그나마 나을 것 같았다.

“헬렌, 어떻게 생각해?”

“그건 도망인 것 같아요. 그래봤자 4명밖에 없는 직장인 건 달라지지 않으니 빨리 적응해서 평범하게 대하는 게 제일이에요.”

확실히 오랜 시간 서먹하게 지내면 불편하겠지. 네 명밖에 없으니 서로 협력해야 될 테고, 다른 두 사람에게는 평범하게 대하면서 아델레에게만 다른 태도를 보이는 것은 좋지 않았다. 게다가 나는 이 협회 지부의 리더니까.

“평범하다는 게 뭐지?”

“에리카 씨나 레오놀라 씨에게는 잘하고 있어요. 똑같이 대하면 돼요.”

“알았어. 자리는 이대로 가자.”

앞으로 2주 남았으니까 좀 더 고민해 보자.

◆ ◇ ◆

오늘도 안내 데스크에서 찾아오는 손님을 응대했다. 하지만 시각은 벌써 18시가 넘었고 손님도 거의 없었다. 슬슬 돌아갈까 생각하고 있는데 동기인 마르타가 계단에서 내려왔다.

"수고했어."

"그래, 수고했어."

인사를 하자 마르타도 인사를 돌려주었다. 이게 보통이다…… 딱히 다른 뜻은 없다.

"이제 퇴근이야?"

"일단 오늘은 말이지. 진짜 힘들어."

마르타는 마도석 제작팀에 소속되어 있었다. 북쪽 땅 전쟁에서 늘 필요한 물자라 언제나 바쁜 팀이었다.

"고생이 많네."

"뭐, 바쁜 건 어디나 다 비슷하지. 그것보다 아델레, 이동한다는 소문을 들었는데 진짜야?"

음? 어떻게 아는 거지? 인사팀에 이동 신청서를 내긴 했지만 아직 아무에게도 말하지 않았다. 베스테 마법학교에서 온 친구이자 동기인 마르타에게도 말이다.

"그건…… 누구한테 들었어?"

"우리 팀 선배한테. 아델레가 지크 군을 뒤쫓아서 리트 지부에 간다나 뭐라나……."

쓸데없는 살이 잔뜩 붙었는데?

“확실히 리트 지부로 이동 신청서를 내긴 했지만…….”

“역시 맞았구나…… 대체 왜? 지크 군이 있는데? 내 안에서 함께 일하고 싶지 않은 선수권 부동의 1위인 지크 군.”

뭐, 그 마음을 이해하지 못하는 것도 아니다. 사교적이지 않은 사람이고, 인사도 무시하고, 무엇보다 그 사람과 함께 일했던 사람들은 하나같이 ‘난 여기 필요한가?’라고 생각했다는 모양이니까. 지크 씨는 뭐든 혼자 다 해치워 버리고 그에 대한 설명도 하지 않는다. 그래서 다들 자신감을 잃게 되는 것이다. 작년에 있었던 본부 전체의 송년회 때 들은 이야기였다. 참고로 지크 씨는 참석하지 않았다.

“너무 퍼지진 않았으면 좋겠는데, 지크 씨가 권유했어.”

“퍼지지 않길 마음도 이해하지만, 좀 힘들지 않을까? 본부의 얼굴인 안내 데스크에 앉아 있는 너도 그 지크 군도 모두가 아는 사람이고, 무엇보다 지크 군의 일문이 있으니까. 실제로 내가 그 이야기를 들은 사람도 우리쪽 선배인 지크 군의 여자 동문이었고.”

그 사람인가…….

본래 사제지간이라는 건 가족에 가깝다. 특히 본부장 쪽 일문은 그런 경향이 더 강했고, 그 일문에 속한 지크 씨의 일이니까 더 떠들썩한 거겠지.

“그런 이유로 살이 붙은 과장된 소문을 퍼뜨려도 곤란한데.”

“과장이라니…… 학창시절부터 몰래 사귀었던 남자친구를 쫓아가는 것뿐이잖아?”

살이 붙어도 너무 붙었잖아…… 잠깐, 히죽히죽 웃지 말아줄래.

"그런 게 아니라는 건 너도 알고 있잖아. 그 지크 씨라고."

"뭐, 그렇지. '초'라는 말이 붙을 정도로 천재이자 괴물 같은 사람이지만, 인간관계만큼은 완전 꽝이었으니까. 난 복도에서 지나갔을 때 '수고했어'라고 인사했다가 대놓고 무시당했잖아."

"나는 여기서 매일 무시당했어."

안내 직원이니 당연히 매일 인사를 했다. 개중에는 가벼운 목례만 하는 사람도 있지만, 지크 씨는 이쪽에 시선조차 주지 않았다.

"그게 바로 지크 군이지. 그래서? 그런 지크 군이 왜 널 부른 거래?"

"리트 지부에 연금술사가 적다는 모양이야. 그래서 권유받았어. 리트에는 친구도 있어서 가본 적이 있는데, 좋은 도시였던 기억이 있어서 나쁘지 않겠다고 생각한 것뿐이야."

"그렇구나……."

"너도 갈래?"

"나는 사양할게."

"그래…… 소문은 좀 진정시켜줄래?"

"못해, 못해. 점점 더 퍼지고 있고, 네가 리트로 이동하면 다들 더 신나서 퍼뜨리지 않을까?"

뭐, 그게 사람이긴 하지. 실제로 지크 씨가 리트로 이동한 뒤로는 내 귀에조차 지크 씨에 관한 유언비어가 들려왔다. 그 일문에 속한 사람들이 있으니 대놓고 말하지는 않았지만, 다들 크든 작든 생각하는 바가 있었을 것이다. 하물며 지크 씨는 아우구스토 씨에게 원한을 산 데다 오해받기 쉬운 성격이라 질투의 표적이 되기 쉬웠다. 그러니 그렇게 되는 것도 어쩔 수 없는 일이라고 생각한다. 그리고 굳이 화려한 왕도의 본부를 떠나 지크 씨가 있는 곳으로 가는 나도 곧 그렇게 되겠지.

“반대로 멀리 떨어져서 다행이라고 생각해야 하나.”

“괜찮지 않아? 아, 갈 때 되면 알려줘. 송별회 열어줄 테니까.”

“고마워.”

그러고 보니 지크 씨는 송별회도 없었구나……. 아, 그래도 일문 사람들이 있었겠지. 배웅 때도…… 어라? 나 한 명이었던…… 아니, 내 전이나 후에 왔었겠지. 분명, 그랬을 거다.

아델레에게 권유한 지 며칠이 지났고, 관공서의 긴급 의뢰인 마나 포션 만들기도 몇 개 남지 않았다. 곧 점심시간이 되어 셋이 함께 에리카가 만들어준 점심 도시락을 먹었다.

“하면 되는구나.”

“정말로요. 이것도 다 지크 씨 덕분이에요.”

두 사람이 나무 상자에 담긴 마흔 개 넘는 마나 포션을 보며 고개를 끄덕였다.

“그건 너희들이 노력한 결과다. 아니, 너희들 실력이라면 그 정도는 할 수 있어.”

이게 다시 태어난 내 대사.

"처음에 떠오른 대사는?"

레오놀라가 물었다.

"당연히 해야지. 그 정도도 못한다면 10급 자격을 반납하고 와라…… 어때? 최악이지?"

"음, 확실히 말이 좀 세긴 하네."

"그러게요~. 하지만 뭐, 사실이긴 하죠."

우리가 지금 뭘 하고 있느냐 하면, 두 제자가 내 인격 교정을 도와주겠다고 나서서 내 원래 언행을 어떻게 생각하는지에 대해 점검받고 있는 중이었다.

"애초에 동료나 동급생과는 거의 대화를 하지 않았으니 실제로 말로 뱉은 일은 거의 없었을 거다. 하지만 속으로는 그렇게 생각했고, 그게 태도로도 고스란히 드러났을 거라 생각해."

"뭐, 고치는 게 낫긴 하겠지."

"지크 씨가 변하려고 노력하시는 것도, 근본은 상냥하고 좋은 사람이라는 것도 알고 있으니 넘길 수 있지만, 초면에 그런 말을 들으면 상처받는 사람은 많을지도 모르겠네요."

아니…… 에리카는 괜찮은 거야?

"역시 아델레가 오기 전에 고쳐야겠어……."

점심을 다 먹은 뒤 어제 사온 책을 읽었다.

"경청하는 자세가 중요하다…… '그렇구나'…… '굉장하다'…… '그거 어디서 샀어?'…… '나도 관심이 있는데'…… '다음에 안내해 줘'."

이런 식으로 말하면 되는 건가?

"저기…… 그 책은 뭔가요?"

에리카가 내가 읽고 있는 책을 보면서 물었다.

"도움이 될까 싶어서 어제 서점에서 산 거야. 점원이 추천해 주던데."

나도 이제 제자를 들였고, 지뢰녀……가 아니라 지뢰를 내 손으로 파묻은 아델레가 올 예정이기도 하니 인간성 향상 공부를 위해 사온 것이다.

"흐음…… 근데 제목을 보니 뭔가 방향성이 좀 다른 것 같은데요……."

제목에는 '여성과 더 가까워지는 대화법'이라고 적혀 있었다.

"그래? 점원에게 동료와 잘 대화하고 싶다고 했더니 이걸 추천해 주던데."

"왜 여성으로 한정한 건가요?"

"너희들은 여자니까."

물론 아델레도 여자다.

"지크, 그건 여자에게 작업을 걸거나 유혹하는 방법에 대한 책 아냐?"

"그런가?"

"여성으로 한정한 시점에서 그렇지. 점원은 지크 군이 직장에 좋아하는 사람이 있다고 생각해서 추천해 준 거 아닐까?"

과연, 어디 보자…….

"그렇구나…… 레오놀라는 굉장하네."

“여기서 실천하지 마…….”

“음…….”

책을 훌훌 넘기며 읽어나갔다.

“갑작스러운 고백은 금물. 고백은 말하자면 최종 확인 단계에 불과하니 거기까지 가는 동안 관계를 얼마나 쌓았는지가 중요합니다. 그러니 먼저 육체적인 관계를 가져도 문제없…… 잘못 산 거 맞네.”

진짜로 작업에 관한 책이었다.

“지크 씨는 읽지 않는 편이 좋을 것 같아요.”

에리카가 난처한 얼굴로 고개를 저었다.

“나도 좀 보여줘.”

“자.”

일어나서 레오놀라에게 책을 건넸다.

“오호…….”

레오놀라가 책을 읽었다.

“역시 헬렌에게 맡길까.”

“그럼요. 저한테 맡겨두세요. 남성에게 중요한 건 자신감과 청결감, 그리고 불시에 보여주는 상냥함이에요. 자신감 넘치고 멋진 지크 님께 부족한 건 바로 그 상냥함이에요. 무뚝뚝해도 상관없어요. 사소한 일에서 상냥함을 보이면 거기서 넘어가는 거예요. 요점은 반전 매력이라는 거죠.”

음, 헬렌의 말도 좀 아닌 것 같은데…….

“그건 네 취향 아닌가?”

“여자들은 다 똑같아요!”

“그렇다는데?”

에리카를 바라보았다.

“음, 뭐, 일률적으로 다 그렇다고 할 수는 없지만, 부정도 못 하겠네요……. 전 이끌어 주는 사람이 좋거든요. 좀 둔해서요.”

확실히 둔하다.

“에리카는 걱정할 필요 없어. 내가 리더니까.”

이끌어주고 있다.

“지크 씨가 계셔서 든든해요~.”

좋아, 좋아.

“레오놀라는 어때?”

“지크 군, 저번에 집에 들이긴 했지만 그런 의미는 아니야.”

음?

“무슨 말이지?”

“아니, 이 책에는 집에 들이는 건 허락의 뜻이라고 적혀 있길 래…….”

정말 쓸모없는 책이다.

“그 자리에는 에리카도 있었잖아. 그보다 그 책은 이제 버려.”

산 건 나지만, 영 도움이 되지 않는 책이다.

“책을 사랑하는 사람은 책을 버릴 수 없어. 이왕 산 거니까 놔 두자. 언젠가 쓸모가 있을지도 모르잖아.”

레오놀라는 그렇게 말하고 일어나더니 연금술과 관련된 책이 나 재료책 등이 수납된 신성한 책장에 작업 책을 꽂아두었다.

"저 책이 쓸모 있을 날이 올 것 같지는 않은데."

"앞날은 모르는 거잖아. 그리고 좋은 말도 있던데? 일단 칭찬하라는 거. 이건 남녀 관계없이 좋은 말이야."

칭찬이라. 확실히 괜찮을지도 모른다. 칭찬은 고래도 춤추게 한다는 말도 있을 정도니까.

"맞는 말이야. 레오놀라는 정말 똑똑해. 그러니까 공부해. 시험까지 한 달 남았어."

"알아…… 진짜로 합격까지 아슬아슬하단 말이지. 저녁 먹고 나서 좀 알려줘."

"알았어."

아델레에게 호언장담까지 했으니 떨어지면 곤란하다.

"그, 저도 연금 반응 부분이……."

에리카는 충분히 붙을 것 같은데.

"좋아."

뭐, 의욕을 꺾을 수는 없고, 이렇게 식사까지 대접받고 있으니 거절한다는 선택지는 없었다. 게다가 공부하는 것은 에리카네 집일 테고. 허락, 허락의 뜻…… 이 말을 입 밖으로 내면 안 된다는 것 정도는 나라도 알 수 있었다.

점심을 다 먹고, 일을 시작한지 한 시간이 채 되지 않아 두 사람의 마나 포션 제작이 마무리되었다.

"다 했다~."

"힘들었어요~."

"수고했어."

제작 중인 도신을 바라보며 두 사람을 칭찬했다.

“그쪽은 어떤가요?”

“뭔가 좀 무섭네.”

빼 든 칼을 뚫어져라 보고 있는 동료가 있다면 무섭겠지. 그래서 개인실을 원한 거기도 한데…… 뭐, 두 사람에게 제안할 수는 없겠지만.

“이쪽도 순조로워. 마나 포션은 어때? 내가 틈틈이 봤을 때 전부 E랭크 이상이라 이미 납품은 가능할 것 같은데.”

“제대로 보고 계셨군요.”

“좋은 스승이구나~.”

맡겼지만 신경은 쓰였으니까.

“나쁘지 않았고, 마지막 부분은 특히 더 매끄러워서 좋았어. 이제 더는 10급 수준은 아니야.”

칭찬은 중요하다.

“그런가요?”

“이거 쑥스럽네.”

정말 효과적이다……. 작업 책, 정말 대단하군.

“그래서, 이제 어쩔 거지?”

“급하니까 납품하러 가야죠.”

“그래, 아직 이른 오후니까.”

시각은 이제 겨우 두 시가 조금 넘었다.

“그럼 갈까? 내가 들지.”

그렇게 말하고 제작 중인 마검을 놓고 일어나 마나 포션이 담긴 나무 상자를 공간 마법에 수납했다.

"지크 군, 넌 정말 대단하네. 연금술뿐만 아니라 마법도 우수하잖아."

"당연하지."

"음, 이 녀석은 칭찬하는 보람도 없고 효과도 별로 없네."

아, 레오놀라도 작업 책에 적힌 내용을 실천 중이었나.

"역시 가장 우수한 건 에리카지. 요리도 완벽하고."

"하긴 그렇지. 머리도 좋고 집안일도 잘하고. 그야말로 이상적인 여성상이야."

장난기가 동한 나와 레오놀라가 그렇게 칭찬하며 에리카를 바라보았다.

"두 분 다 그 책은 잊어버리세요. 누가 봐도 불순한 책이라고요……."

에리카가 볼을 물들이며 중얼거렸다. 아무래도 에리카에게는 효과가 있는 것 같았다.

"미안하군. 이제 갈까?"

"네~."

"아, 나도 갈래."

어쩌다보니 3명 전원이 지부를 나와 근처에 있는 관공서로 향하게 되었다. 그리고 관공서에 도착해 오른쪽 끝에 있는 안내 데스크로 향했다.

"루베르토 씨."

에리카가 무언가 적고 있는 루베르토에게 말을 걸었다.

“그래, 에리카와 지크 씨군. 게다가 레오놀라도 돌아왔구나.”

루베르토가 다정한 미소를 지으며 레오놀라를 바라보았다.

“다녀왔어. 의미있는 출장이었어.”

“그거 다행이네. 그래서, 세 사람이 다 같이 여긴 어쩐 일이야?”

“긴급 의뢰 마나 포션 50개를 가져왔어요.”

에리카의 대답에 나는 공간 마법에서 나무 상자를 꺼내 카운터에 내려두었다.

“음? 벌써 다 한 건가?”

“네. 지크 씨가 알려주셔서 셋이서 협력해서 열심히 만들었어요.”

“빠르네. 그보다 마력초는 어떻게 했어? 시장에 없었을 텐데.”

아직 없나? 시장에 안 가봐서 사정을 모르겠다.

“루베르토 씨, 우리는 연금술사라고? 예로부터 연금술사는 스스로 재료를 채집하는 존재야.”

레오놀라의 말대로 옛날에는 그런 연금술사가 많았다. 지금이야 완전히 분업화되었지만, 연금술사는 본래 마법사였기에 나처럼 마술을 사용할 수 있는 사람도 많았던 것이다.

“밖에 나간 건가? 위험했을 텐데?”

“문제없어. 우리 쪽에 있는 지크 군은 5급 마술사고, 우리도 일단은 마법사니까.”

문지기에게 붙잡혔지만.

“그래? 몸 조심해. 그럼 확인해 볼게.”

루베르토가 그렇게 말하며 나무 상자에 담긴 마나 포션을 확인하기 시작했다.

"모두 질이 좋네."

루베르토는 하나하나 확인하며 고개를 끄덕였다.

"제가 감정한 결과 C랭크가 3개, D랭크가 35개, E랭크가 12개입니다."

"그거 굉장하네. 기한보다 더 짧았고, 금액을 추가해야겠어."

운이 좋았다. 어디의 소령보다 훨씬 더 양심적이다. 정말 이런 의뢰자만 있다면 좋을 텐데.

"루베르토 씨, 이 지부에는 제가 들어왔고 조금 있으면 한 명 더 올 예정입니다. 게다가 에리카도 레오놀라도 이번 시험에서 9급에 합격할 거고요. 그러니 의뢰가 있으면 적극적으로 보내주셨으면 좋겠습니다. 물론 그래도 사람이 적은 건 변함없지만, 저희도 최선을 다할 테니까요."

영업, 영업.

"정말? 그럼 우리야 고맙지. 민간은 비싸니까 말이야."

"저희가 신용이 없는 게 원인이겠지만, 가능했다면 이번 의뢰도 처음부터 저희에게 줬으면 좋았을 겁니다. 저희 지부에서 했다면 시장에서 마력초가 동나는 바보 같은 실수는 없었을 테니까요."

겸사겸사 민간을 깎아내린다…… 이건 내 특기다.

"알았어. 솔직히 이번 긴급 의뢰는 급하다는 이유로 제대로 비싼 값을 치렀거든."

"민간이니까요. 저희는 공공기관이고 정해진 단가 범위가 있으니 그럴 걱정은 없습니다. 도움이 필요하다면 적극적으로 연락해 주세요."

좋아. 이런 양심적인 의뢰인에게는 정중한 태도를 보이는 게 중요하다. 나도 많이 컸구나.

"우리야 정말 좋지. 그럼 좀 확인해 볼게."

"네."

"음…… 좋아, 확실히 E랭크 이상이 50개네. 정식으로 의뢰비가 정해지면 다시 연락할게. 고마워."

"저희야말로 감사하죠. 지금 맡고 있는 의뢰도 계속 진행하겠습니다."

"감사합니다."

"고마워."

우리는 납품을 마치고 관공서를 나와 지부로 향했다.

"지크 씨, 영업을 잘하시네요!"

"뭐, 그렇지! 영업에 대한 책도 샀거든."

어제 읽었다. 이쪽의 유능함을 어필하면서 경합 상대를 은근슬쩍 깎아내리는 것이 좋다고 적혀 있었다.

"지크 씨는 학습 능력이 정말 뛰어나세요!"

"……이 녀석, 작업 책에 적힌 내용을 실천 중인 건가?"

레오놀라에게 확인했다.

"에리카는 원래 저런 애야. 타고난 거지."

타고난 작업녀…… 아니, 이건 아닌가.

"뭐, 됐어. 급한 일도 끝났으니 두 사람은 벽돌과 주괴 제작

일로 돌아가줘. 나도 얼른 마검을 만들고 그쪽에 가담할 테니.”

“알겠습니다!”

“하루하루가 충실하네.”

지금까지가 한가했던 것뿐이겠지.

지부로 돌아온 우리는 각자의 일을 진행했다. 에리카는 주괴를 만들고 레오놀라는 벽돌을 만들었다. 나는 철로 만든 도신을 바라보며 조정을 진행했다.

“어제부터 계속 빤히 쳐다보고 계신데 뭘 하시는 건가요?”

에리카가 물었다.

“휘어짐이나 미세한 요철이 없는지 확인하고 그걸 잡아주는 거다.”

“그런가요? 언뜻 보기에는 훌륭한 검처럼 보이는데요.”

“내 눈에도 그렇게 보여. 하지만 검을 선물로 주고받는 군인들은 그런 걸 신경 쓸 테니까. 다시 말해 마니아의 시점으로 보는 거지.”

아마 쓰지 않고 장식용 검으로 쓰일 것이다.

“와…… 저는 작년에도 마검을 납품한 적이 없어서 몰랐어요. 그런 거군요.”

“애초에 무기 제작 의뢰가 거의 없었지.”

전쟁과는 무관한 남부의 변방이니까.

“하지만 주괴 의뢰는 많았지?”

“확실히 제법 있었던 것 같아요. 선배들이 만들었거든요.”

“그것들을 북부로 보내서 검 같은 무기를 만드는 거야. 나는 창이나 화살촉 같은 것도 만들었어."

편하고 좋았는데.

"그렇군요. 그럼 이 주괴도 무기가 되는 걸까요?"

무기를 싫어하는 에리카라 신경이 쓰이는 것일까.

"글쎄. 철 같은 건 쓰이는 곳이 많으니까."

"그것도 그렇죠. 분명 비행정에 쓰일 거예요."

아니, D랭크 주괴는 쓰이지 않는다. 비행정에 사용되는 소재는 최소 B랭크 이상이니까. 그런 분위기 깨는 소리는 굳이 하지 않겠지만.

"그래…… 뭐, 이 정도면 충분하겠지."

조정을 마친 도신을 책상에 내려두었다.

"완성된 건가요?"

"그래. 여기에 인챈트를 하면 완성이야. 오늘 홍광석에서 엘리먼트를 추출하고, 내일 인챈트해서 납품."

"와…… 그렇게 금방 끝나는군요."

"내 전문 분야니까. 보통은 좀 더 걸려."

평범한 녀석이라면 일주일은 걸릴 것이다.

"역시 지크 씨는 대단하세요!"

"당연하지."

나는 여기저기 널린 한심한 놈들과는 다르니까.

"우쭐대는 남자와 우쭈쭈하는 여자……."

레오놀라가 불쑥 중얼거렸다.

"사실을 말한 것뿐이다."

"우쭈쭈하는……? 어? 제가 그렇게 보이나요?"

에리카가 멍한 표정을 지었다.

"그렇지 않아. 에리카는 나와는 달리 타인의 좋은 점을 잘 찾아내는 것뿐이야."

나는 반대로 타인의 흠을 찾아내는데 특화되어 있다. 아니, 애초에 단점밖에 보지 않는다.

"——어이. 지크, 전화 왔다."

우리가 대화를 나누면서 일을 하고 있는데, 2층으로 올라온 지부장이 말을 걸어왔다.

"전화? 누구죠?"

"본부의 아델레라는데. 저번에 말한 그 녀석 아니냐?"

아델레라는 이름의 지인은 딱 한 명밖에 없긴 하다.

레오놀라를 힐끔 바라보았다.

레오놀라가 전화를 받지 않을까?

"널 지명했다."

"그렇군……."

하는 수 없이 몸을 일으켜 지부장과 함께 1층으로 내려갔다.

"지부장님, 2층에도 전화를 설치해 주시면 안 될까요? 안내 직원이 없으니 지부장님도 일일이 오시려면 번거롭지 않습니까."

이 지부에는 아무도 없는 1층 안내 데스크에만 전화가 있었다.

"그것도 그렇군. 모레 쉬는 날에 업자를 불러두마."

"부탁드립니다."

1층으로 내려가 지부장은 자신의 방으로 돌아갔고, 나는 안내 데스크에 있는 전화를 받았다.

"여보세요, 아델레인가?"

『네, 안녕하세요, 지크 씨. 업무 중이셨나요?』

당연한 걸 묻는군.

"아니, 얼추 끝나서 잠깐 쉬고 있던 참이야. 아델레는 일 아닌가?"

『저도 쉬는 시간이에요. 그래서 이동 건에 대해서 말인데…….』

"허락을 못 받았나?"

그럴 가능성도 있겠지.

『아니요, 순식간에 허가가 떨어졌어요. 허가가 날 거라고는 생각했지만, 엄청난 속도였어요.』

허가가 났구나. 아니, 물론 감사한 일이지만.

"그럼 언제쯤 올 수 있을까?"

『죄송하지만 짐이 좀 많아서 포장하고 이사하는 데 시간이 걸릴 것 같아요. 유급 휴가를 받을 생각이긴 한데, 그렇다 해도 다음 주 정도가 될 것 같아요.』

나는 금방 끝났지만, 여자는 시간이 좀 더 걸리는 건가. 하물며 아델레는 귀족이니 짐도 더 많겠지. 뭐, 2주였던 예정이 일주일로 줄어든 것이니 문제될 것도 없고 오히려 감사한 일이었다.

"알았어. 이쪽에서는 어디서 지낼 거지? 저번에도 잠깐 말했지만 방 두 개짜리에서 살 수 있는 숙소용 아파트가 있어. 게다가 할인까지 적용돼서 2만 5천 에르."

『네. 거기서 지낼 생각이에요.』

귀족이라고는 해도 출퇴근 30초의 매력은 무시할 수 없는 것일까.

“그럼 첫날부터 살 수 있게 이쪽에서 미리 신청을 해 두지.”

『감사합니다. 도움을 받았네요.』

“아니, 나야말로 고맙지. 아델레가 오기를 기다리고 있을게.”

그 작업 책을 참고한다면 여기서 ‘너와 함께 일하게 돼서 기뻐’라고 해야겠지만, 진심이 조금도 느껴지지 않을 것 같아서 말하지 않았다.

『네. 그래서 말인데, 본부장님이 전화를 바꿔달라고 부탁하셨어요.』

음?

“본부장님이? 무슨 일로?”

『글쎄요? 지크 씨의 스승이었죠? 근황을 듣고 싶으신 게 아닐까요?』

그런 걸 신경 쓸 사람이 아니다. 애초에 날 좌천시킨 장본인인데.

“바꿔줄 수 있을까?”

『네, 잠시만요. 아, 여기서 출발하기 전에 한 번 더 연락드릴게요.』

“그래. 알았어.”

대답을 하자 수화기에서 보류음이 들렸다. 그리고 잠시 후 보류음이 멈췄다.

『지크냐?』

본부장의 목소리다.

“안녕하세요. 무슨 일이십니까?”

『여전히 성격 급한 녀석이라니까.』

“업무 중입니다.”

별로 바쁘진 않지만.

『뭐, 됐어. 그쪽 일은 어때?』

“나쁘지 않습니다. 헬렌이 있으면 어디든 똑같습니다.”

『헬렌? 아, 그 울보 고양이 말인가.』

헬렌은 본부장의 사역마인 매가 무서워서 금방 숨어버리곤 한다.

“울보 아닙니다. 그보다 이 지부의 인원 부족은 대체 뭡니까? 제가 오기 전에는 연금술사가 두 명밖에 없었습니다. 심지어 둘 다 10급이고요. 비정상입니다.”

『그렇지. 이쪽에서도 문제 삼고 있던 일이야. 그래서 널 보낸 거고.』

딱 어울리는 좌천 인력이었다는 건가.

“북부 지역에서 비행정을 만든다는 이유로 8명이나 빼갔다고 들었습니다. 그걸 허락하셨습니까?”

이동한다고 해도 본부장의 승인은 필요했다.

『진 말인가. 왕가에서 발주한 비행정이야. 우리도 거부할 수 없었어.』

진은 북부 서쪽에 있는 제법 큰 도시를 말했다.

“왜 왕가 의뢰가 왕도 본부가 아니라 진으로 온 겁니까? 아,

아니, 왕비 쪽인가."

왕비의 출신이 진이었다고 알고 있다.

『그런 거지. 입장상 별로 언급하고 싶지 않은 주제야.』

왕비님의 입김이었나. 그런 일도 있을 수 있겠지.

"그렇다면 어쩔 수 없죠. 비행정 제작이 끝나도 일은 많을 거고요."

어느 세계에나 그런 유착은 있었다.

『맞아. 그래서 리트 지부가 그런 상태가 된 거야. 그 대신 아델레의 이동 요청에는 바로 허락을 내렸어. 우리로서도 바라마지 않던 일이니까.』

그렇게 된 거였군.

"그건 감사합니다. 다른 녀석은 더 없습니까?"

『리트에 가고 싶은 녀석이 어디 있겠어. 오히려 아델레가 이동 신청서를 낸 게 더 신기해. 뭐야? 여친이었어?』

왜 다들 그렇게 말하는 건지…….

"제게 여자친구가 있을 리가 없지 않습니까. 단순히 동급생이었고, 이쪽에 아델레의 친구가 있어서 권유했던 것뿐입니다. 뭐, 승낙할 거라고는 생각하지 못했지만요."

『그런가…… 그쪽 동료들은 어때? 10급인데 쓸만 해?』

"경험이 없을 뿐 쓸모없진 않습니다. 저희 업무 범위를 생각하면 충분합니다. 무엇보다도 다들 성격이 정말 좋습니다."

그 부분에서 특히나 도움을 받고 있었다.

『오…… 그거 다행이네. 뭐, 열심히 해. 일단 그쪽 지부장의 요청도 있으니 지원자는 모집해 볼게. 기대하진 말고 기다려.』

절대 안 오겠군.

"알겠습니다. 아, 아델레에게 교통비 정도는 제공해 주세요.』

『알았네요. 그럼 끊는다.』

본부장이 전화를 끊었고 나도 수화기를 내려놓았다.

"헬렌, 아델레가 출발 전에 연락한다고 했지?"

본부장과의 대화보다 그쪽이 더 신경 쓰였다.

"네. 그렇게 말씀하셨어요."

"진의가 뭐지?"

"마중을 나와주신다면 기뻐하시겠죠."

역시나…….

"이 정도는 나라도 알 수 있었어."

어쨌든 에리카가 내게 해 준 일이기도 하니까.

"아델레 씨도 와본 적 있는 도시이긴 하지만, 그래도 마중은 나가는 게 맞아요. 저희가 부른 거니까요."

"그것도 그렇군…….."

나는 지부장에게 아델레의 숙소 배정에 관한 내용을 전한 뒤 2층으로 올라가 업무를 다시 시작했다. 그리고 홍광석에서 엘리먼트를 추출하는 작업을 마치고 이날 일은 마무리되었다.

다음 날 아침, 책상에 앉은 내 양옆에 에리카와 레오놀라가 서서 내 책상에 놓인 검을 보고 있었다.

"마검 제작에서 가장 어려운 게 이 단계야. 즉 검에 엘리먼트를 인챈트하는 거지."

두 사람이 보고 싶다기에 설명을 하면서 보여주고 있었다. 참고로 옛날의 나는 작업을 하면서 곁눈질로 스승의 기술을 훔쳤었다.

"상급 연성이죠. 최소한 6급 이상의 자격증이 있어야 가능하다고 들었어요."

"나는 처음인 걸 넘어서 아예 마검 자체를 본 적이 없어."

평민은 물론이고 귀족 아가씨조차 흔히 볼 수 있는 물건은 아니니까.

"구조 자체는 검과 엘리먼트를 합성하는 것뿐이니까 아주 간단해. 어려운 점은 고르게 인챈트하지 않으면 실패한다는 점. 최악의 경우 마력이 제대로 흐르지 않고 막혀서 그대로 폭발하지."

그렇게 말하자 두 사람이 거리를 살짝 벌렸다.

"내가 실패할 리가 없잖아."

"역시 대단하네요."

"지크 군을 믿어."

두 사람은 그렇게 말하면서도 여전히 다가오지 않은 채 책을 방패 대신 들고 있었다.

"괜찮다니까…… 시작한다."

검과 작은 병에 담긴 붉은 액체에 손을 대고 마력을 넣었다. 그러자 두 가지 재료가 빛나기 시작하더니 순식간에 검붉게 물든 검이 완성되었다.

"어? 끝났어요?"

"벌써 다 된 거야?"

“연성 속도는 자신 있으니까.”

그렇게 말하며 검을 들고 상태를 확인했다.

“멋진 검이네요~.”

“근데 왜 붉은색이야?”

“한눈에 마검이라는 걸 알아보기 쉽게 하기 위해서지. 군 규정으로 정해져 있다.”

일반 상위 랭크의 모험가 중에도 마검을 들고 다니는 경우는 있었다. 그들의 마검에는 따로 색을 입히지 않지만, 군은 무기가 가득하다는 특성 때문에 실수를 방지하기 위해 색을 입혀야 한다는 규칙이 있었다.

“호오…… 보여줘, 보여줘.”

“자, A랭크 마검이다.”

마검을 레오놀라에게 건네주었다.

“오…… 생각보다 가볍네.”

레오놀라가 검을 잡았다. 아마추어 눈으로 보기에도 자세가 엉성한 것이 한눈에 보였다. 애초에 몸집이 작은 레오놀라가 들으니 매우 위태로워 보였다.

“마력은 넣지 마. 화염이 나오니까.”

“알아. 음, 뭔가 흘리는 느낌이네. 이게 바로 A랭크인가.”

레오놀라가 도신을 빤히 바라보았다.

“굉장하지? 이거라면 대령도 불평하지 않을 거다.”

“그렇겠네. 납품하러 갈 거야?”

레오놀라가 마검을 돌려주며 물었다.

“그렇지. 이 의뢰도 빨리 끝내버리자. 루츠가 있으니까 에리카도 같이 가줘.”

“알겠습니다.”

에리카가 고개를 끄덕였다.

“레오놀라는…… 뭐, 셋이 같이 갈까?”

“그렇지. 루츠 군에게 돌아왔다는 인사도 해야 하니까.”

레오놀라도 루츠를 알고 있구나. 아니, 그것도 당연한가.

“잠깐만 기다려. 감정서와 청구서를 적어올게.”

“아, 청구서는 제가 쓸게요. 1500만 에르였죠.”

“그래. 부탁해.”

에리카가 자리에 앉아 청구서를 적기 시작했다.

“그럼 난 마검을 담을 나무 상자라도 만들게.”

레오놀라는 그렇게 말하며 3층으로 올라갔고, 나도 감정서를 적어나갔다. 감정서를 다 적고 나자 에리카도 마침 청구서를 다 적어서 3층에서 돌아온 레오놀라의 자리로 향했다. 레오놀라의 책상 위엔 마검이 딱 들어갈 만한 나무 상자가 놓여 있었다. 그녀가 그곳에 흰 천을 채워 넣었다.

“벌써 만든 건가?”

“이 정도의 가공은 금방 해.”

하긴, 가공은 간단하니까.

“역시 레오놀라는 재능이 있군.”

“맞아요~.”

내가 칭찬하자 에리카가 손을 모아 동의했다.

“내가 먼저 시작한 건 맞지만 그 칭찬, 좀 그만하면 안 될까? 어쩐지 좀 낯간지러워.”

하지만 실제로 효과가 있으니까.

실제로 레오놀라는 의욕적으로 공부 중이었다. 참고로 난 칭찬을 받아도 전혀 기쁘지 않았다. 모두 사실이니까.

“계속 할 거야. 칭찬을 의식하다 보면 적어도 비판은 하지 않게 될 테니까.”

에리카처럼 타인의 좋은 점을 찾아내는 사람이 될 수 있다.

“참 극단적이네…… 뭐, 됐어. 상자를 만들었으니까 마검 좀 줘봐.”

레오놀라에게 마검을 건네자 깔끔하게 담은 뒤 뚜껑을 덮어 주었다.

“그럼 갈까?”

마검이 든 나무 상자를 공간 마법에 수납한 뒤 우리 셋은 지부를 나와 군 주둔지로 향했다. 주둔지에 들어가자 루츠가 바로 보여 접수처로 향했다.

“루츠 군.”

“아, 에리카…… 어? 레오놀라 아냐? 돌아왔구나. 오랜만이네.”

루츠가 레오놀라를 알아보고 말을 걸었다.

“루베르토 씨도 루츠 군도 고작 2주 출장인데 과장이 심하네…….”

“아니. 레오놀라가 출장을 가서 지크 씨가 오기 전까진 에리카 혼자였으니까.”

사촌 오빠로서 걱정이 될 만도 하지.

"루츠, 마검을 납품하러 왔는데. 대령님은 계신가?"

"벌써? 정말 빠르네. 조금만 기다려."

그렇게 말하고는 안쪽으로 향한 루츠가 어떤 방 안으로 들어 갔다. 그리고 잠시 후, 루츠가 혼자 돌아왔다.

"지크 씨, 대령님이 뵙고 싶다는데 좀 와 줄래?"

"알았어. 너희들도 올 건가?"

에리카랑 레오놀라를 바라보았다. 그러자 똑같은 타이밍으로 고개를 젓는다.

"사양할게요."

"우리는 서방님이 돌아오길 기다리고 있을게."

대령은 만나고 싶지는 않은 건가……. 뭐, 군인은 좀 무서운 느낌도 있고, 하물며 그 군의 우두머리라면 더더욱 그렇겠지.

"루츠, 가자."

"응, 여기로 들어와줘."

루츠가 지시한 대로 카운터를 한바퀴 돌아 접수처 안으로 들 어가 안쪽 방으로 향했다.

"대령님, 연금술사 협회의 지크발트 공을 모셔왔습니다."

"그래, 들여보내."

방 안에서 대령의 목소리가 들려오자 루츠가 문을 열고 안으 로 들어가라고 손짓했다. 안으로 들어가자 방 한 면에는 책장이 설치되어 있었고, 집무용 책상에는 대령이 앉아 있었다.

"미안하군. 거기 앉아주게."

대령이 응접용 공간으로 보이는 대면식 소파를 펜으로 가리키는 것을 보고 그곳에 앉았다. 곧 대령이 일어나 그 맞은편에 앉았다. 힐끔 대각선 뒤쪽을 보니 루츠가 내 뒤편에 대기하고 있었다.

"바쁘십니까?"

"아니, 그 정도까지는 아니야. 소령 건으로 뒤처리를 좀 하느라."

뒤처리…… 그 외에도 부정 행위가 있었던 것일까. 뭐, 내가 알 바는 아니지만.

"그렇군요. 주문하신 마검을 가지고 왔으니 확인해 주시면 좋겠습니다."

정면에 있는 로우테이블에 레오놀라가 만들어준 나무 상자를 내려놓았다.

"꽤 빠르군."

"우선하는 편이 좋다고 판단했습니다……. 뭐, 솔직히 말하자면 다른 할 일이 없기도 했고요."

관공서 일은 두 사람에게 맡겼으니까.

"그렇군. 우리로서도 원래라면 협회에 의뢰하고 싶은 일이 제법 있어. 하지만 그쪽 지부의 상황을 보는 한 가능할 것 같다는 판단이 도저히 서질 않더군."

"죄송합니다. 알고 계시겠지만 지금까지는 10급 두 명이라는, 협회로서도 이례적인 상태에 놓여 있었습니다. 여러 사정이 있어서 말입니다."

"사정은 말하지 않아도 알아. 난 자네보다 더 오래 이 동네에 있었고, 다른 지역와도 접점이 있으니까.”

즉 사정은 알고 있다는 뜻이었다.

“그렇습니까? 뭐, 그런 사정 때문입니다. 일단 저도 부임해 왔고 조만간 또 한 명이 더 부임해 올 예정입니다. 에리카와 레오놀라도 경험이 좀 적을 뿐 실력이 뛰어나니 이전 같은 일은 없을 겁니다.”

이쪽에도 영업을 해 두자.

“흠, 알았다. 우리도 가격이 비싼 민간보다는 품질과 가격이 보장된 협회에 부탁하는 편이 낫지. 그럼 조금씩 일을 넘기도록 하겠다.”

“감사합니다.”

“자, 그럼 마검을 볼까…….”

대령이 나무 상자를 끌어당겨 뚜껑을 열었다.

“속성에 대해서는 별도의 지정이 없으셔서 화염 마검으로 했습니다. 칼집과 장식은 따로 준비하겠다고 하셔서 제외했고요. 또한 품질은 A랭크입니다. 이것이 감정서입니다.”

그렇게 말하며 감정서를 건넸다.

“흠…….”

감정서를 받아든 대령이 내용을 읽어나갔다.

“신용할 수 없으시다면 다른 감정사에게 확인받으셔도 좋습니다.”

누가 봐도 A랭크지만.

“아니, 문제없다. 좋은 검이군. 내가 갖고 싶을 정도야.”

대령이 감정서를 내려두고 마검을 꺼내 들었다. 그러자 전등 빛에 반사된 마검이 번쩍였다.

"감사합니다. 그럼 한 자루 더 의뢰하시겠습니까?"

"1500만 에르나 되는 마검을 그렇게 쉽게 발주할 수는 없지."

그렇긴 하다. 그렇다면 이 마검값은 어디서 나오는 것일까.

"이쪽은 청구서입니다."

에리카가 적어준 청구서를 테이블에 내려놓았다.

"알겠다. 당장이라도 입금해 두마."

"잘 부탁드립니다. 그럼 저는 이만 실례하겠습니다."

그렇게 말하고 몸을 일으켰다.

"음. 수고했다."

나는 인사를 하고 방을 나왔다.

나는 지크발트가 방을 나간 후에도 납품받은 마검을 들고 한 참을 바라보았다.

"감탄밖에 안 나오는군……."

요사스럽게 빛나는 붉은 검은 누가 봐도 예사로운 물건이 아 니라는 것을 한눈에 알 수 있었다. 감정서를 보지 않아도 A랭크 라는 것은 분명했다.

"보고에 의하면 대령님께서 의뢰하자마자 광물상에서 철광석 과 홍광석을 샀다고 합니다."

루츠가 보고했다.

특별한 재료는 들어가지 않았다는 건가……. 그 지부에 고급 촉매 재고가 있을 것 같지는 않은데.

"루츠, 너도 좀 봐라."

그렇게 말하며 테이블에 마검을 내려놓았다. 그러자 루츠가 가까이 다가와 마검을 집어들었다.

"이건……."

"네 눈으로 보기엔 어떻지?"

"저도 마검은 몇 번 본 적이 있습니다. 하지만 이렇게 멋진 마검은 처음입니다."

그야 그렇겠지.

"나는 오랫동안 이 일에 몸 담고 있었고, 그동안 여러 자루의 마검을 봐왔다. 하지만 이 마검은 다섯 손가락 안에 들 정도…… 아니, 이 말도 모욕이라고 생각하는 남자였지. 최고로 좋다."

그 정도로 훌륭한 마검이었다. 애초에 이 나라에 A랭크 마검은 몇 자루 있지도 않았다.

"그 정도입니까……. 지크 공은 정말 뛰어난 연금술사시군요."

"그래. 이 마검을 보면 분명하지."

그 마녀의 수제자라는 건 사실이겠지. 그렇게 큰소리치고 자신감에 차 있던 것도 납득이 갔다.

"이제 어떻게 할까요?"

루츠가 마검을 놓고 물어보았다.

"일단은 적당히 일을 넣어둬. 그쪽엔 머지않아 큰 규모의 의뢰를 맡길 생각이니까.”

“알겠습니다……. 하지만 지크 공이 여기에 계속 남아 있을까요? 곧 스카우트 될 것 같은데요.”

이 정도의 실력을 가진 3급 국가 연금술사다. 무엇보다 아직 앞날이 창창하다.

“어차피 곧 왕도에 갔다 올 예정이니 좀 떠보고 와야겠어. 송금과 의뢰 선정은 네게 맡기마.”

“예!”

그럼 이제 칼집과 장식을 갖추고 왕도에 계신 원수님에게 선물하도록 할까……. 사실은 실력을 확인하기 위한 의뢰였지만, 선물이라고 말해 버린 이상 건네줘야 했다. 아깝지만 어쩔 수 없지.

대령에게 마검을 납품한 나는 에리카와 레오놀라와 함께 지부로 돌아갔다. 그리고 두 사람의 일을 도우며 시간을 보냈다.

“지크, 오늘 저녁에 축하 파티 하자~.”

철광석을 철로 바꾸는 작업을 하고 있는데 레오놀라가 그런 제안을 했다.

“축하? 무슨 축하?”

두 사람 중 한 명이 생일인가? 선물도 준비하지 못했으니 거절하고 싶은데.

“아니, 긴급 의뢰도 끝냈고 마검도 납품했잖아? 그 축하를 하자고."

축하할 요소가 어디에도 없는데?

"좋은 생각이에요. 하지만 전 오늘 본가에 돌아가야 하니까 내일 해요. 내일은 휴일이라 시간도 넉넉하니 미리 준비도 할 수 있고요."

에리카는 본가가 여기니까 금방 갈 수 있었다. 참고로 왕도에 있던 나는 사실상 본가라 할 수 있는 본부장의 집에 돌아간 적은 한 번도 없었다.

"오, 그럼 나도 특별 주문해 둔 와인을 따볼까."

"저는 술 못 마시는데요?"

"도수가 낮은 거라 에리카도 마셔도 돼. 그리고 술에 취하면 내가 침대까지 상냥하게 에스코트 해 줄게."

음…… 완전히 개최하는 분위기로 흘러가는데.

"둘 다 잠깐만 기다려. 헬렌."

"가야 해요."

헬렌은 즉답하고 몸을 웅크렸다.

"잠깐, 대충 대답하지 말고."

"대충 대답한 적 없어요. 어차피 저녁을 대접받는 거니까 똑같잖아요."

……그건 그렇다.

"축하라는 건 뭘 하는 거지?"

"간단히 음식을 먹고, 와인을 마시고, 지금까지 수고했다, 내일도 힘내자, 하고 격려하는 모임이에요. 장기자랑도 필요 없고 갑질하는 사람도 없어요."

뭐, 에리카랑 레오놀라뿐이니까.

"가는 게 좋은 거겠지?"

"당연하죠. 지크 님도 열심히 하셨지만 긴급 의뢰 쪽은 에리카 씨와 레오놀라 씨가 애써주셨잖아요. 제자의 성장은 축하해 줘야 하는 일이에요."

으…… 심장에 박히는 말이군. 하지만 나는 내 스승에게 축하받아 본 적이 없다. 하긴 그런 성격이니까 어쩔 수 없나.

"알았어. 참가하지."

밥을 먹고 와인을 마시는 것뿐이다. 평소와 다를 것도 없다.

우리들은 그 후에도 일을 계속 이어갔고, 정시가 되어 퇴근했다.

"그럼 저는 본가에 가볼게요."

지부 앞에서 에리카가 가볍게 고개 숙여 인사했다.

"자고 와?"

"아니요, 밤에는 돌아올 거예요. 가족끼리 식사만 같이 하는 거거든요."

"늦게 올 거야? 혼자서 괜찮겠어?"

"괜찮아요. 큰길로만 다닐 거고 이 동네는 치안도 좋으니까요."

이 동네는 밤늦게 여자 혼자 걸어다닐 수 있을 정도로 치안이 좋은 모양이었다.

"그래? 그럼 내일 보자."

"네. 같이 장 보러 가요."

에리카는 그렇게 말하며 큰길을 걸어갔다.

“자, 우리도 돌아갈까? 지크 군은 저녁 어떻게 할 거야?”

에리카가 본가에 돌아갔다는 것은 다시 말해 저녁 식사를 직접 준비해야 한다는 뜻이었다.

“빵을 사먹을까…….”

“에이, 재미없게. 누나랑 저녁 데이트 하자. 사줄게.”

그럼 저번에 갔던 가게라도 갈까. 아, 아니, 잠깐.

“레오놀라, 쇼핑 좀 같이 가줄 수 있어?”

“응? 상관은 없는데 무슨 쇼핑?”

“내가 아는 레시피를 에리카에게 알려주려고 하는데, 이 동네에 어떤 식재료나 조미료가 있는지 미리 확인해 두고 싶어서.”

“아, 그런 거구나. 좋아. 어차피 집에 돌아가도 지크 군이랑 공부하거나 책 읽는 것 말고는 할 것도 없으니까.”

공부는 중요하니 해야 한다. 특히나 준비가 한발 늦었던 레오놀라는 시간을 더욱 소중히 써야 했다.

“내친김에 장도 봐서 저녁을 만들어주지.”

“오, 진짜? 크으, 요리 잘하는 남편은 점수가 높지~.”

“요리는 고사하고 청소조차 하지 않는 아내는 점수가 낮지만 말이지.”

“그만큼 많이 벌면 되잖아…….”

“그럼 9급부터 따.”

급수가 올라가면 월급도 올라간다.

“열심히 할게…….”

우리는 집에 가지 않고 시장 쪽으로 가서 식재료들을 둘러보았다.

"식재료가 정말 풍부한 지역이네."

"산과 숲, 심지어 바다까지 있으니까. 잡히는 것도 많고, 항구 도시에는 온갖 재료들이 모여들거든."

이거라면 쓸 수 있는 레시피도 많을 것 같았다.

"좋은 동네군."

"그렇지. 에리카는 연금술사로서 이 지역에 기여하고 싶다고 말했는데, 외지인인 나라도 그 마음은 충분히 알 것 같아. 이 지역은 살기도 좋고 좋은 곳도 많아. 무엇보다 사람들이 좋아. 다들 살가워서 대화하다 보면 기분이 좋아지거든. 에리카가 그 대표적인 예지."

소령 같은 녀석도 있지만. 아, 아니다, 그 녀석은 외지인이었지. 나랑 똑같다.

"지부의 재건을 위해 노력하자. 그게 이 동네를 위한 일로 이어질 테니까."

"그러게."

우리는 그 후에도 한동안 시장을 둘러보다가 저녁 메뉴에 필요한 재료를 사서 숙소인 아파트로 돌아왔다. 그리고 주방에 서서 준비를 시작했다.

"뭐 만들 거야?"

키가 작은 레오놀라가 어린아이처럼 빼꼼 들여다보았다.

"어린 여자애들이 좋아할 만한 오므라이스."

너한테 딱이지.

"그게 뭔데?"

"밥에 구운 달걀을 감싼 거야. 금방 되니까 기다려."

"좋아. 와인 가져와야겠다~."

레오놀라는 그렇게 말하고는 현관문을 열고 나갔다.

"밝은 분이시네요."

헬렌이 레오놀라가 나간 문을 바라보며 중얼거렸다.

"그렇지. 에리카도 레오놀라도 내가 가지지 못한 걸 갖고 있어. 설령 내가 인생을 몇 번을 다시 산다 해도 저 두 사람처럼 되지는 못할 거야."

"지크 님은 지크 님밖에 될 수 없죠. 하지만 두 분의 좋은 점을 배워나갈 수는 있어요."

제자를 들이긴 했지만, 솔직히 그 제자들에게서 배우는 점이 더 많았다. 그만큼 나에게는 뭔가가 부족하다는 거겠지.

"그래야지."

그 후 오므라이스를 만들고 있는 사이 레오놀라가 돌아왔다. 곧 요리가 완성되어 셋이 함께 먹었다.

"음, 맛있네. 확실히 어린애가 좋아할 맛이야."

어린애 같은 레오놀라가 고개를 끄덕이며 맛있게 먹었다.

"에리카 씨도 같이 드셨으면 좋았을 텐데요."

헬렌도 맛있게 먹고 있었다.

"이 레시피도 에리카에게 주고 만들어 달라고 하면 되겠지. 그 녀석이 분명 더 맛있게 만들 테니까."

오늘 요리는 사실 그렇게 만족스럽진 않았다. 옛날에 아르바이트할 때는 자주 만들었는데, 그 사이의 공백이 너무 길었다.

"나는 아내와 남편복이 넘치네~."

우리는 그 후에도 식사를 이어갔고, 저녁을 다 먹고 난 뒤에는 공부를 했다. 그리고 공부도 얼추 끝난 타이밍에 레오놀라가 가져온 와인을 함께 마셨다. 그때 초인종이 울렸다.

"에리카인가?"

"에리카 말고 우리 집에 찾아올 녀석은 없어."

일어서서 현관으로 가서 문을 열었다. 그러자 예상대로 에리카가 서 있었다.

"돌아왔나?"

"네. 식사하고 잠깐 대화를 나누다가 돌아왔어요. 왔더니 2층에 있는 레오놀라 씨 집에 불이 꺼져 있길래 이쪽에 계신가 싶어서요."

"저녁을 같이 먹었거든. 일단 들어와."

"실례합니다."

에리카와 함께 테이블로 돌아갔다.

"어서 와. 에리카도 마실래?"

레오놀라가 기분 좋은 얼굴로 잔을 들었다.

"와인이요? 와인은 내일 마시는 거 아니었나요?"

"내일은 특별 주문 와인. 오늘은 내 고향 와인."

"아, 그렇군요. 그럼 모처럼이니까 조금 마실까요."

"응응, 내일은 쉬는 날이니까 편하게 마시자."

에리카가 자리에 앉아 와인을 마셨다.

“저녁은 뭐 드셨어요?”

“지크 군이 오므라이스라는 달걀 요리를 해 줬어. 맛있더라.”

“와, 맛있겠네요.”

에리카가 고개를 끄덕이며 이쪽을 바라보았다.

“오늘 레오놀라랑 시장을 보고 왔으니까, 만들 수 있을 만한 레시피를 추려줄게.”

“감사합니다.”

에리카가 환한 얼굴로 웃었다.

내일은 쉬는 날이기도 해서 우리는 와인을 즐기며 여유로운 시간을 보냈다. 한동안 대화를 나누면서 와인을 마시고 있는데, 미세한 진동이 느껴졌다.

“음? 지진인가?”

“이 근방에서 지진은 거의 없어.”

그렇군.

“근데 방금 쿵하는 소리가 안 들렸어요?”

음? 들렸나?

“레오놀라, 들었어?”

“아니, 못 들었는데.”

“음? 제가 잘못 들은 걸까요?”

술에 약하다더니 취한 거 아니야?

“저도 들었어요.”

헬렌도 들은 모양이다.

“쿵 소리 날 만한 게 뭐 있지? 불꽃놀이라도 하나…… 음?”

밖에서 깡깡거리는 종소리가 들려왔다.

"이건 경보네요. 화재가 났나 봐요."

"에리카와 헬렌이 들었다고 하는 쿵 소리와 관련이 있을지도 모르겠네."

두 사람이 그렇게 말하며 일어섰다.

"구경할 건가?"

"지크 군, 이 동네에는 에리카의 본가도 있는데?"

아, 실언이었다.

"미안. 지부 3층이라면 잘 보일지도 몰라."

바로 옆이니까.

"가죠."

에리카가 그렇게 말했고, 우리는 집을 나와 지부로 향했다. 그리고 계단을 올라 3층 창고에 도착해 창문을 열고 밖을 바라보았다. 그러자 캄캄한 어둠 속에서 먼 곳이 환하게 밝아진 것이 보였다.

"이런, 불이 났네. 에리카, 너네 본가 쪽이야?"

"아니요……. 저쪽은 공장이 있는 방향이에요."

공장…… 무슨 문제라도 생긴 건가?

"헬렌, 그나마 다행이라고 해도 되나?"

"안 돼요."

역시 그렇군. 왠지 안 될 것 같다는 생각은 들었다. 이걸 눈치 챈 시점에서 나도 성장했다는 거겠지.

"이 동네도 소방대 같은 건 있겠지?"

에리카에게 확인했다.

"물론 있어요. 하지만 저희가 할 수 있는 일은 없지 않을까요?"

"수요석(水曜石)은 있나?"

수요석이란 물을 저장해 둘 수 있는 편리한 돌을 말했다.

"없어요……."

"그럼 우리가 도울 수 있는 일은 없겠군. 도움 안되는 인력이 가도 방해만 될 테니까."

양동이로 물을 퍼다 나르고 있는지는 모르겠지만, 어느 쪽이든 구경꾼 이상은 되지 않을 테니 폐만 될 것이었다.

"하지만……."

"마음은 알지만 무슨 일이든 적재적소라는 게 있어. 우리가 나서는 건 화재가 진압된 후다."

불탄 건물의 수복이나 건물의 복구 문제가 있을 테니까.

"──지크 씨~!"

"음?"

아래에서 목소리가 들려와 내려다 보니 루츠가 손을 흔들며 이쪽을 올려다보고 있었다.

"뭐지?"

"잠깐 괜찮을까?! 부탁할 게 있어!"

이럴 때?

"잠깐만 기다려. 그쪽으로 가지."

"부탁해!"

우리는 창문을 닫고 1층으로 내려갔다. 현관에서 밖으로 나오자 루츠가 기다리고 있었다.

"뭐지?"

"공장 쪽에 불이 난 건 알아?"

"위에서 봐서 알아."

"사실 공장에 인접한 창고에서 불이 났거든. 게다가 그 창고 안에 화요석 재고가 있었는데, 그것까지 폭발했어."

화요석(火曜石)은 불의 기세를 더욱 강하게 해 주는 돌로 석탄과 비슷했다.

"폭발 전부터 이미 화재가 난 건가…… 원인은?"

"불명. 조사는 나중에 할 거야. 근데 좀 위험한 게, 화재가 난 창고랑 인접한 창고에 지금 터진 거랑은 비교가 안 될 정도로 많은 화요석이 쌓여 있다는 것 같아."

화요석의 불은 쉽게 꺼지지 않으니 피해는 더욱 커질 것이다.

"그럼 서둘러 진화해야겠군. 그래서, 용건이라는 건 뭐지? 미리 말해 두겠는데 우리 지부에 수요석 재고는 없어."

"그건 알아. 부탁하고 싶은 건 연금술 쪽이 아니라, 당신이 가진 5급 국가 마술사로서의 힘이야."

아하, 내 마법으로 불을 꺼달라는 건가. 실제로 이런 비상시에는 마술사 협회 사람들이 긴급 의뢰로 출장을 가기도 한다.

"그건 내 일이——."

"지크 님!!"

갑자기 어깨에 있던 헬렌이 얼굴에 달라붙었다.

"뭐야? 놀고 싶으면 나중에 놀아줄게."

정말 어리광쟁이 사역마라니까.

"회의예요! 긴급 회의!"

"뭔데?"

헬렌을 떼어내면서 물었다.

"뭐라고 하려고 하셨어요?"

"내 일이 아니야. 나는 연금술사 협회에 소속된 연금술사다. 그런 일은 마술사 협회 인간에게 부탁해."

나와는 상관없다.

"역시…… 그럼 안 돼요."

"어디가?"

"사람의 도리에 어긋난다고요. 분명 지크 님 말씀은 맞아요. 하지만 그런 것들을 관두고 다시 태어나겠다고 말씀하셨잖아요."

사람의 도리…… 음? 어긋났다고?

"아무 상관없는 내가 불을 끄는 게 사람의 도리인가?"

"좋은 사람은 그렇게 해요. 분명 여기서 지크 님이 도와주지 않아도 아무도 뭐라 하진 않을 거예요. 하지만 그렇기 때문에 여기서 움직이는 인간이 칭찬을 받고 좋은 사람이라고 불리는 거예요."

난 좋은 사람이 아니다.

"음…… 득실을 따지면 안 된다는 건가."

칭찬받는 것은 딱히 득이 되는 일은 아니다.

"그럼 이렇게 생각하죠. 현재 지부의 평판은 좋지 않아요. 그러니 지역에 공헌하는 거예요. 지부에 소속된 지크 님의 평판이 곧 지부의 평판이 될 테니까요. 어때요, 이득이죠?”

“그렇군…… 역시 헬렌. 똑똑해.”

확실히 이득이다.

“자자, 5급 국가 마술사 시험을 비웃었던 지크 님의 실력을 보여주자고요.”

“좋아! 불 같은 건 당장 꺼주마. 루츠, 안내해.”

“어? 아, 응…… 무슨 회의였어?”

루츠가 사촌 여동생 에리카에게 물었다.

“중요한 회의. 따뜻한 눈으로 지켜봐줘.”

에리카는 딱 그 말만 했다.

“루츠, 시간이 없어. 차는?”

“아, 여기 타면 돼.”

루츠가 구석에 세워둔 차로 달려갔다.

“좋아, 가자.”

에리카와 레오놀라에게 말했다.

“네?”

“우리도 가는 거야? 방해만 되지 않을까?”

“신참인 나만 가면 연금술사 협회 사람이라는 걸 모를 수도 있잖아. 얼굴이 알려진 너희들도 따라와.”

지부의 평판을 올리기 위한 목적인데 ‘저 녀석은 누구야?’가 되면 아무 소용 없다. 그 점에서 이 지역 출신인 에리카와 인상적인 키와 옷차림을 하고 있는 레오놀라는 적임자였다.

“그, 그렇군요!”

“지크 군은 정말 똑똑하네…….”

“이해했지? 그럼 가자, 제자들아.”

“좋아.” “좋아요.”

우리는 서둘러 달려가 루츠가 타고 온 차에 올라탔고, 루츠의 운전으로 차가 출발했다. 그러자 길 앞쪽에 거세게 타오르는 불길이 보였다. 그와 동시에 수많은 구경꾼들과 그것을 통제하는 병사들의 모습도 보였다.

“불길이 제법 크네.”

에리카 옆에 나란히 앉아 있던 레오놀라가 뒷좌석에서 중얼거렸다.

“화요석이니까…… 제대로 관리했어야지.”

불에 타는 것을 막아주는 마도구도 있다.

“분명 관리 실수겠지. 그나저나 불은 왜 난 걸까…… 담배를 잘못 버렸나?”

“담배로 저런 불이 날 리 없어. 사고나 방화겠지. 뭐, 그 부분은 군에서 확인할 일이지만.”

나와 레오놀라가 그런 대화를 나누고 있는 사이 활활 타오르는 창고가 더욱 가까워졌다. 잠시 후 루츠가 조금 떨어진 곳에 차를 세웠다. 우리가 차에서 내리자 주위로 분주하게 움직이는 병사들과 소방대원이 보였고, 소화전에서 뻗어나온 호스와 양동이로 진화 작업을 하고 있었다.

“밑 빠진 독에 물붓기군. 마술사는 어디 간 거야?”

“아직 안 왔어. 긴급 의뢰를 넣어야 하는데, 이 시간에는 협회에 사람이 없어서 연락하는 데 시간이 좀 걸리거든.”

내일은 휴일이니 말이다.

“루츠!”

우리들이 주위를 살피고 있는데, 루츠와 같은 제복을 입은 30대쯤의 남자가 이쪽을 향해 달려왔다.

“대위님! 연금술사 협회 사람을 데려왔습니다!”

루츠가 상관으로 보이는 남자에게 경례를 했다.

“음! 하지만 정말 가능한 건가? 그 지부잖아?”

그 지부라니 무슨 지부.

“지크 공은 5급 국가 마술사입니다. 다른 마술사가 오려면 시간이 걸리고요, 지크 공께 부탁드리죠.”

“그렇군…… 지크 공, 연금술사 협회가 할 일은 아니지만 부탁하고 싶다.”

대위가 가볍게 고개를 숙였다.

“이 도시를 위한 일이니 소속은 상관없습니다. 이 동네에 사는 자로서 당연히 해야 할 일입니다.”

그렇게 말하며 헬렌 쪽을 힐끗 보자 헬렌이 만족스러운 얼굴로 고개를 끄덕였다.

“미안하군……. 보면 알겠지만 불길이 상당히 거세다. 화요석에 불이 붙은 탓이지.”

대위의 말처럼 평범한 불이 아니라 활활 타오르고 있었다.

“인접한 창고에도 화요석이 있다고 들었습니다만.”

옆 창고를 보니 아직 옮겨붙지는 않았지만 불길의 기세로 봤을 땐 시간문제였다.

"그래. 마음 같아서는 안에 있는 화요석을 옮겨두고 싶은데 이 상황에서는 그것도 위험해."

옮기고 있을 때 불티가 튀기라도 하면 바로 불이 붙을 테니까.

"알고 있습니다. 옆 창고로 옮겨붙기 전에 불길 먼저 해결하죠."

"할 수 있겠나? 저쪽으로 불이 옮겨붙지 않도록 시간을 좀 벌어줬으면 좋겠는데……."

한가한 소릴 하는군.

"바로 끄죠. 다만 한 가지 양해해 주셨으면 하는 것이 있습니다."

"뭐지?"

"창고 안에 있는 마도구 관련 물품은 모두 못 쓰게 될 텐데, 괜찮으시겠습니까?"

"무슨 소리지? 아니, 시간이 없으니 이런 대화는 의미가 없어. 이대로는 어차피 다 타버릴 테니까 상관없다. 그런 것보다는 불을 끄는 게 최우선이니까."

당연한 일이다. 하지만 미리 확답을 받아두지 않으면 나중에 창고 관리자에게 무슨 소리를 들을지 알 수 없었다. 이 세상에는 바보들이 많으니까.

"그럼 끄겠습니다."

그렇게 말하며 활활 타오르는 창고로 다가갔다. 열기도 뜨거웠고, 날아오는 불똥을 우려해 방어 마법을 걸고 창고 앞쪽까지 다가갔다.

"어쩔 건가요?"

“안 뜨거워?”

뒤를 보니 에리카와 레오놀라까지 따라오고 있었다. 순간 차가 있는 곳까지 가 있으라고 말하려 했지만, 지부의 평판을 높인다는 목적을 위해서는 가까이 있는 편이 낫겠다 싶어서 입을 다물었다.

“우선은 너희들에게도 방어 마법을 걸어두마.”

두 사람에게 화상 방지 마법을 걸었다.

“이제 하나도 안 뜨거워요!”

“굉장하네.”

5급이면 이 정도는 할 수 있다.

“소방대가 애쓰고는 있지만 불이 꺼지지 않는 이유는 화요석 때문이다. 저건 그렇게 쉽게 꺼지지 않아.”

“가스레인지나 욕실은 물론이고 야영 때도 쓰이는 돌이죠.”

화요석은 다양한 곳에서 쓰이고 있었다.

“어쩔 거야?”

레오놀라가 물었다.

“간단해. 화요석은 마석의 일종에 지나지 않아. 다시 말해 마력이 담긴 돌이지. 그러니 그 마력을 제거하면 돼.”

공간 마법에서 지팡이를 꺼냈다. 지팡이는 금색 장식에 끝부분에는 용의 조각이 새겨져 있었다. 굉장히 요란한 디자인이라 죽어도 쓰고 싶지 않았지만, 이는 국가 마술사 10급에 합격했을 때 스승인 본부장에게 받은 것이라 버릴 수도 없었다.

“잘 봐라…… 디스펠!”

창고를 향해 마법을 쏘자 무언가가 탁 하고 튀는 느낌이 들었다. 동시에 불기운이 눈에 띄게 줄어들었다.

"어? 화염이 약해졌는데요?"

"디스펠…… 마력을 지우는 상급 마법이네. 5급이 쓸 수 있는 마법은 아니야."

그건 의도적으로 5급에서 멈춘 것뿐이니까.

"이건 별로 대단한 마법도 아니야."

다만 공들여 만든 마도구가 다 망가지니 연금술사가 싫어하는 마법이긴 하지만 말이다. 그래서 대위에게 미리 확답을 받아둔 것이다.

"굉장하네요!"

"역시 우리 남편답네!"

가부장 남편이지만.

"자, 이제 남은 불을 꺼볼까."

그렇게 말하며 지팡이를 들었다. 그러자 타오르는 창고 위로 대기 중의 수증기가 모여들며 물 덩어리가 나타났다. 그 덩어리는 점점 더 커지더니 곧 창고보다 훨씬 큰 구체로 변했다.

"워터…… 이름은 뭘로 하지?"

"구체니까 워터볼이면 되지 않을까?"

그걸로 하자.

"워터볼!"

레오놀라의 제안을 채택해 주문을 외치자 물의 구체가 창고 위로 떨어지며 불길을 눌렀다. 하지만 불기운이 많이 사그라들

긴 했어도 아직 완전히 꺼지지는 않았다.

"한 번 더."

마찬가지로 대기 중의 수증기를 모아 거대한 물의 구체를 만들었다.

"워터볼!"

다시 한 번 같은 마법을 사용하자 물의 구체가 창고 위로 떨어지며 불을 완전히 꺼버렸다. 아직 연기가 자욱하지만 이 정도면 충분할 것이다.

"좋아, 끝. 돌아가자."

"대단해요!"

"지크 군은 못 하는 게 없네~."

두 사람이 박수를 쳤다.

"별거 아니야. 이 정도는 거뜬하지."

그렇게 두 사람과 함께 루츠와 대위의 곁으로 돌아오자 구경꾼들 사이에서 박수와 환호가 터져나왔다.

"굉장해! 순식간에 불이 꺼졌어!"

"마법인가?! 마술사 협회가 아니라 연금술사 협회 사람인 것 같은데…….."

"그게 무슨 상관이야. 저만한 불을 눈 깜짝할 사이에 끄다니 굉장한 마법사가 있었잖아!"

굉장한 마법은 아니다. 디스펠은 3급 이상의 마법이지만 물마법은 5급이면 누구나 쓸 수 있었다.

"자네, 정말 연금술사인가?"

대위가 믿을 수 없다는 얼굴로 물어왔다.

"그쪽이 본업이고 그쪽이 더 특기입니다. 그럼 뒤는 맡기겠습니다. 루츠, 지부까지 태워줘."

"아, 응……."

우리는 루츠와 함께 차로 돌아와 현장을 벗어났다. 그리고 지부로 복귀한 뒤 각자의 집으로 돌아가 목욕을 마치고 잠에 들었다.

"흠…… 훌륭하군."

소파에 걸터앉은 백발의 노인이 검붉은색의 마검을 들고 고개를 끄덕였다.

"확실한 A랭크 마검입니다. 원수님의 생신 축하 선물로 준비했습니다."

"아주 거창한 걸 가져왔군, 대령. 이런 건 못 받아."

보통은 생일에 이런 것을 주지는 않는다.

"그럼 다른 것으로 드리겠습니다."

"아니, 받겠다."

거부했다면 자신의 검으로 쓸 수 있었을 텐데…… 하긴 이 정도의 마검이니 군에 소속된 인간이라면 누구든 갖고 싶을 것이다.

"그러시죠……. 원수님, 그래서 지크발트 알렉산더는 누구입니까?"

이렇게 비싼 선물을 갖다 바친 데에는 다 이유가 있었다.

"지크발트…… 이 나라 최고의 베스테 마법학교를 수석으로 졸업한 남자지. 마법사의 명문과 명가, 그리고 실력자들의 제자들이 동시에 입학했던 최고 기수인 눈부신 50기 중에서도 가장 뛰어난 남자였다. 아예 차원이 다른 수준이라 모두가 2등 싸움만 하게 만들었다는 모양이야."

또 어마어마한 수식어가 등장했군.

"지크발트는 평민 출신이죠? 귀족들이 그걸 가만히 보고만 있었습니까?"

"그 정도로 뛰어났으니까. 재학 중에 국가 연금술사와 국가 마술사 자격증을 5급까지 땄다더군."

학생이 국가 자격증을 땄다고? 게다가 최고 난이도라고 불리는 연금술사와 마술사 5급을…….

"인기가 대단하겠군요."

어디든 갖고 싶겠지. 나도 그런 학생이 있다면 당연히 갖고 싶다.

"불가능해. 그 마녀가 끼고도는 애제자니까."

왕도의 마녀 클라우디아 체텔 말인가.

"그런 남자가 이쪽에 온 이유는요?"

"이유는 간단해. 다른 사람과 보조를 맞추지 못한 거다. 뭐, 천재는 고독하다고들 하니까 말이야."

트러블을 일으켜서 좌천당했다고 들었는데, 사실이었던 모양이다.

"그 정도입니까? 리트 지부에 친척을 둔 부하 직원 말로는 인간성도 나쁘지 않다고 하던데요?"

다만 루츠가 덧붙이길 그 친척은 걱정될 정도로 사람이 좋다고 하니 그 평가도 완전히 믿을 수는 없었다.

"전해 들은 이야기이니 나도 자세한 건 몰라. 하지만 드레베스가와 부딪혔다는 것만은 사실이다."

드레베스가…… 이 나라의 대귀족이다. 그리고 마술사의 최정점인 마술사 협회 본부장의 가문이기도 하다.

"드레베스 말입니까…… 그건 그 마녀라도 힘들었겠군요."

"그렇겠지. 그러니 그쪽으로 피신이라도 시킨 거 아니겠나?"

자신의 수제자를 보호했다는 건가. 하지만 그렇게 되면 그 열기가 가라앉은 뒤엔 왕도로 불러들일 가능성도 있다는 뜻이었다.

"가능하다면 지크발트는 리트에서 지내줬으면 좋겠는데 말입니다."

연금술 실력은 확실하고, 얼마 전 화재가 있었다고 했는데 그것도 훌륭하게 마법으로 진화했다고 들었다.

"글쎄다……. 네 말이 사실이라면 인격적으로 그렇게까지 문제가 있는 것도 아닌 셈이니까. 그렇게 되면 다른 도시 사람들은 드레베스와 부딪친 탓에 부당하게 그런 평가를 받았다고 생각할 수도 있겠지."

다른 지역의 연금술사 협회 지부도 지크발트를 원하겠지. 아니, 마술사 협회도 원할 것이다. 혹은 귀족이 데려가려 할 가능성도 있었다.

"어떻게든 손을 써야겠군요……."

"뭐, 애써봐. 이제부터 그 마녀를 보러가는 거지?"

약속은 잡아두었다.

"네. 시간이 거의 다 됐군요……. 전 이만 실례하겠습니다."

자리에서 일어나 인사를 하고 방을 나왔다.

리트의 대령이 방을 나간 것을 보고 원수는 다시 한번 칼집에서 검을 뽑아 바라보았다. 칼자루에도 칼집에도 아름다운 장식이 되어 있었지만, 이 빨려들어갈 정도의 붉은 마력이 깃든 도신 앞에서 장식은 아무 의미가 없었다.

"흠…… A랭크라."

이건 그 수준마저 넘어선 것 같았다. 선물용이라 그런 거겠지만 마력의 양 자체는 실전에서 쓰기에 그리 넉넉하다고는 할 수 없었다. 하지만 마력의 순도가 차원이 달랐다. 지금까지 여러 자루의 마검을 봐왔고, 자신 역시 마술사였기 때문에 알고 있었지만, 이토록 아름다운 마검은 본 적이 없었다.

"내 입장상 북쪽의 전장을 위해서라도 실전용 마검을 몇 자루 더 의뢰해야 하는데……."

과연 그것을 그 마녀가 허락할까? 마법사의 세계에서 사제지간은 절대적이다. 사실 일흔에 가까운 자신도 아흔이 넘은 여스승 앞에서는 여전히 고개를 들지 못한다. 하물며 고아인 지크발트에게는 스승을 넘어 부모 대신이나 다름없는 존재인 것이다.

"대령의 생각대로 나 역시 그 사내를 갖고 싶다……. 흠, 손녀에게 좀 의지해 볼까?"

일어나서 책상에 있는 전화기의 수화기를 집어들었다. 그리고 전화를 걸었다.

『네, 연금술사 협회 본부입니다.』

호출음이 멈추자 젊은 여성의 목소리가 들려왔다.

"아델레냐? 할애비다."

『할아버님? 무슨 일이신가요? 개인적인 전화라면 일이 끝난 뒤에 해 주시면 좋겠는데요.』

여전히 매정한 손녀로군.

"이제 곧 리트로 이동하는 거 아니냐? 그럼 그럴 시간도 없을 것 같아서 말이다."

『네? 그래서 무슨 일이신데요? 저도 일하는 중인데요.』

정말 박정한 아이라니까.

"오늘 밤에 시간 있느냐?"

『아까 전에 본인 입으로 '그럴 시간이 없을 것 같다'고 말씀하시지 않았나요? 짐도 싸야 하고 준비도 해야 해서 없습니다.』

귀여운 손녀딸이지만 이 쌀쌀맞은 태도가 유일한 옥에 티였다.

"중요하게 할 얘기가 있다. 게다가 나는 이제 살 날도 얼마 안 남았어. 네가 리트에 가면 다시는 못 볼 수도 있지 않겠느냐?"

『대체 무슨 말씀을 하시는 건지……. 하아, 알겠어요. 시간을 내볼게요.』

한숨…….

"부탁하마. 일이 끝나면 연락다오. 식사라도 하러 가자꾸나."

『알겠습니다. 그럼 이만.』

아델레가 전화를 끊었다.

"빨리도 끊는군……."

뭐, 상관없나. 자세한 사정은 모르겠지만 지크발트가 아델레를 불렀다고 하니 잘 풀리기만을 바랄 뿐이다.

그 후 아델레와 저녁 식사를 함께 했는데, 평소처럼 무뚝뚝하고 쌀쌀맞은 태도는 여전했다. 그래도 헤어질 때 생일 선물을 건네주는 것을 보고 역시 착한 아이라고 생각했다.

에필로그

불을 끈 다음 날은 휴일이었다. 집 안에서 여유로운 시간을 보내고 있는데 초인종 소리가 들렸다.

"음?"

『지크 군~, 나야~, 노올자~』

현관 쪽에서 쿵쿵 문을 두드리는 소리와 함께 경쾌한 레오놀라의 목소리가 들려왔다.

"부재중이다."

『안에 있네. 열어줘.』

일어나 현관 쪽으로 가서 문을 열었다. 그러자 평소와 같이 헤실헤실 웃는 얼굴의 레오놀라가 서 있었다.

"무슨 일이지?"

"휴일인데도 집에만 틀어박혀 있는 지크 군을 데이트에 초대하려고."

"데이트? 어디 가고 싶은 곳이라도 있는 건가?"

나는 없다.

"시장에 가자. 우리 아내가 밤에 할 축하 파티 장을 보러 가자고 해서. 디저트도 만들어 준대."

그런 거였군.

우리들은 집을 나와 에리카의 집으로 향했다. 그러자 주방에서 고민에 빠진 에리카가 보였다.

"안녕, 에리카."

"아, 지크 씨, 어서 오세요."

"무슨 일이야?"

"저녁 식사를 뭘로 할지 고민하고 있었어요. 모처럼 축하하는 자리니까 특별한 걸 만들고 싶은데…… 지크 씨는 뭔가 드시고 싶은 거 없으세요?"

"없어. 에리카가 만든 건 뭐든 다 맛있으니까."

사실 그동안 해 준 것들은 다 맛있었다.

"만들어주는 보람이 없는 남편이네."

레오놀라가 한심하다는 얼굴로 고개를 저었다.

"레오놀라도 안 만들잖아."

너한테만은 듣고 싶지 않다.

"만드는 입장에서는 기뻐하는 얼굴이 보고 싶은 법이라고. 그건 엔지니어인 우리도 아는 거잖아?"

모르겠는데?

"음…… 먹고 싶은 거라. 헬렌, 있나?"

"옛날에 지크 님이 만들어주신 햄버그가 맛있었어요."

그거다.

"확실히 햄버그 스테이크는 맛있지. 에리카, 그걸로 부탁해."

"햄버그가 뭔가요?"

음?

"헬렌, 이쪽 세계에는 햄버그가 없었던가?"

"글쎄요? 하지만 지크 님이 만들어주셨을 때 말고는 본 적이 없네요."

없었구나……. 그렇게 어려운 요리는 아니지만…….

"이쪽 세계라는 게 뭐야?"

"쉿, 따뜻한 눈으로 지켜보죠."

……뭔가 좀 아픈 사람처럼 여겨지는 것 같은데.

"음, 햄버그는 다진 고기와 다진 양파를 섞어 치댄 걸 굽기만 하면 되는 아주 간단한 요리다."

"눈물은 좀 나지만요."

뭐, 양파니까.

"흐음…… 지크 씨, 같이 만들어요."

같이…… 아, 그래도 한번 만들고 나면 다음부터는 만들어줄 수 있겠지.

"헬렌, 이렇게 된 김에 그냥 내가 아는 레시피를 에리카에게 전부 다 알려주는 게 어떨까?"

전생의 학창시절은 가난했기 때문에 아르바이트 경험이 꽤 많았다. 특히 직원 식사가 있거나 간식을 먹을 수 있는 식당은 식비를 아낄 수 있어 더 자주 했었다.

"좋은 생각이네요. 하지만 본가 요리를 알려준다고 하니 정말로 남편 같네요."

알게 뭔가.

"무슨 상관이야. 어차피 난 안 만들 거니까 활용할 수 있는 사람한테 알려주는 편이 낫지."

"뭐, 그렇죠. 저도 좋다고 생각해요."

"좋아, 에리카, 햄버그를 같이 만들자. 내친김에 기억하는 범위 내에서 레시피를 정리해서 나중에 전해 줄게."

에리카라면 대충 적어도 알아서 조절해서 맛있게 만들 수 있겠지.

"와…… 감사해요. 하지만 지크 씨는 왕도 출신이죠? 어떻게 그런 요리를 잘 알고 계세요?"

설명하기 곤란한데.

"나는 머리가 엄청 비상해서 신께 계시를 받았거든."

"엄청 성의없는 이유네요……."

"설명하기 귀찮았구나……."

"지크 님, 달리 할 말이 있지 않았을까요……."

그렇다고 전생의 일을 이야기할 수도 없잖아.

"놔둬."

"뭐, 상관은 없지만…… 디저트 계시는 없었어?"

아, 디저트도 만들어 준다고 했었나.

"음…… 헬렌, 어떤 게 좋을까?"

"파운드 케이크가 좋아요."

그건 간단하지.

"그럼 그걸로 하자. 에리카, 레오놀라, 쇼핑하러 갈까?"

"에스코트 하도록 해."

에스코트…… 그러고 보니 레오놀라는 귀족 영애였지. 늘 헤실거리면서 웃고 장난만 쳐서 잊고 있었다.

"나는 헬렌을 에스코트해야 해서 바빠."

"매정하네…… 역시 가부장 남편이야."

만능 아내와 반으로 나누면 균형이 맞으니 딱 좋지 않나.

"너는 뭘 할 수 있는데?"

"잔인한 질문을 하네……. 그럼 특별히 아껴둔 찻잎을 제공할게. 제국산 최고급품이다?"

몰라. 그리고 맛을 구분하지 못하는 나는 어차피 무슨 차이가 있는지도 모른다.

우리는 시장에서 장을 보고 와서 에리카네 집에서 티타임을 즐겼다. 그리고 한번 해산했다가 다시 에리카네 집에 와서 다 함께 주방에 모였다.

"음, 일단 고기는 다짐육으로 만드는 거야. 도구는 이걸 써."

공간 마법에서 내가 만든 미트민서를 꺼냈다.

"이게 뭐야?"

레오놀라가 물었다.

"이 구멍에 고깃덩어리를 넣고 이 핸들을 돌리면 고기가 다져서 나와."

"오…… 좀 엽기적이네."

맞다.

"마녀가 해."

"마녀? 아, 나 말인가."

그렇게 큰 모자를 쓰고 있는 건 너뿐이니까.

"음…… 이렇게 하는 건가?"

레오놀라가 고깃덩어리를 투입구에 놓았다. 그리고 볼을 받쳐

두고 핸들을 돌리기 시작했다.

"오! 다진 고기 나온다! 뭔가 재밌네!"

이쪽은 엽기 마녀에게 맡기자.

"다음은 양파 다지기…… 이건 에리카에게 맡길게."

"네~."

에리카는 양파의 껍질을 벗기고 반으로 자른 뒤 썰기 시작했다.

"칼질이 능숙하네."

"늘 하는 거니까요. 사실 연금술사가 되지 못한다면 요리사가 되고 싶었어요."

호오…… 그 정도로 요리를 좋아했구나. 그러니까 우리들 식사도 늘 즐겁게 만들고 있는 거겠지.

"내 전속 요리사야."

"마녀는 웃으면서 다진 고기나 만들어."

"우히히, 다진 고기로 만들어주마~."

마녀 놀이에 아주 신났군.

"양파는 썰면 눈물이 나잖아요. 그걸 막아주는 도구는 없나요?"

그런 질문을 하기에 어깨에 있던 헬렌을 집어들고 에리카의 얼굴에 붙여주었다.

"앞이 안 보여요~."

"음…….."

빨래집게라도 써야 하나?

"지크 님, 재료를 분쇄해 주는 기계가 있지 않았나요? 그 왜, 야채를 먹기 좋게 만들어줬던 거요."

아, 푸드 프로세서가 있었지.

“이거 말인가?”

공간 마법에서 푸드 프로세서를 꺼냈다.

“이건 뭔가요?”

“믹서 동료라고 생각해. 여기다 양파를 넣은 다음 스위치를 누르면…….”

세상에나 놀라워라. 안에 있는 칼날이 양파를 다져준다.

“오, 이거 굉장하네요! 지크 씨는 어쩐지 본인은 안 쓰는 편리한 물건을 잔뜩 가지고 계실 것 같아요.”

수행의 일환으로 전생에 존재했던 물건들을 만들고 있었으니까.

“그렇긴 하지……. 레오놀라, 고기는 다 다졌어?”

“우히히, 다 됐어.”

레오놀라가 들고 있는 볼에는 다진 고기가 담겨 있었다.

“에리카, 이 다진 고기에 볶아둔 다진 양파를 섞은 다음 동그랗게 성형하는 거야. 그걸 구우면 돼.”

빵가루는…… 굳이 없어도 되겠지.

“알겠습니다. 뒤는 제가 할 테니까 이제 괜찮아요. 두 분은 거실에서 기다리고 계세요.”

“부탁해.”

“고마워, 우리 아내~.”

나와 레오놀라는 거실로 돌아와 테이블에 앉았다.

“레오놀라. 다음 주에 아델레가 오는데 같이 공항까지 마중나

가지 않겠어?”

“거기서는 왕자님이 혼자 가야 하는 거 아니야?”

“왕자님은 입과 성격과 근성이 고약하니까.”

심지어 왕자님이 아니라 평민이라서 구원해 줄 수도 없었다.

“음…… 그래도 역시 혼자 가는 게 좋을 것 같아. 이참에 점수
좀 벌어놔.”

혼자…… 역시 의지할 건 헬렌뿐인가.

레오놀라와 대화하며 기다리고 있는 사이 에리카가 완성된 햄
버그를 가져왔다.

“오래 기다리셨죠~.”

햄버그는 전생 때 흔히 보던 둥글고 익숙한 모양을 하고 있었
고, 거기에 소스까지 제대로 뿌려져 있었다.

“오, 뭔가 맛있어 보이네.”

“그렇죠? 아, 와인을 따를게요.”

에리카가 자리에 앉아 세 사람의 잔에 각각 와인을 따라 주
었다.

“스승, 건배사 할 거 없어?”

레오놀라의 질문을 받고 헬렌을 바라보았다.

“둘 다 수고했다. 일도 잘 끝냈고, 앞으로도 열심히 하자……
정도면 좋지 않을까요?”

“그거다, 건배.”

“네~. 지크 씨도 소화 작업하시느라 수고 많으셨어요.”

“응. 그리고 일이랑 공부 봐준 것도 고마워.”

우리는 건배를 하고 와인을 마셨다. 확실히 이 와인은 알코올 도수가 낮아서 굳이 따지자면 포도 주스 느낌이라 마시기 편했다.

"앗뜨거! 그래도 맛이허요~."

와인을 마시지 않는 헬렌은 그렇게 말하며 한발 앞서 맛있게 먹고 있었다. 우리도 이어서 햄버그를 먹어보았다.

"맛있어요!"

"굉장하네. 정말 맛있어."

응, 맛있다. 에리카가 만들어준 소스도 잘 어울렸다.

"치즈나 빵이랑도 잘 어울려."

"치즈도 괜찮을 것 같네요. 다음에 해 볼게요."

"아내한테 맡기지."

뭐, 마음에 든다니 다행이다.

그대로 느긋하게 앉아 저녁을 대접받은 뒤 집으로 돌아왔다. 그리고 목욕을 마치고, 어둑한 침실에서 휴일의 마지막 즐거움인 위스키를 마셨다.

"지크 님, 이 동네는 어떠세요?"

헬렌이 물었다.

"아무 감상도 없어."

"그래도 뭔가 있겠죠."

"정말 아무것도 없어. 도시는 좋고, 시골은 싫다…… 전생부터 막연하게나마 계속 그렇게 생각했던 것 같아. 하지만 실제로 와보니 시골도 도시와 딱히 다를 게 없었어. 어딜 가든 내 마음은 달라지지 않아."

"그건 좋은 일일까요?"

모르겠다. 하지만 적어도 나쁜 건 아닌 것 같았다.

"글쎄?"

"그럼 새 직장은 어떠세요?"

"그건 나쁘지 않아."

단언할 수 있다.

"에리카 씨도 레오놀라 씨도 좋은 분들이니까요."

지부장도 그렇고.

"전생에 들은 '어디를 가느냐가 아니라 누구와 함께 가느냐가 중요하다'라는 말이 떠올랐어. 확실히 그 말이 맞는 것 같아."

에리카도 레오놀라도 밝고 착한 사람들이다. 성장에 대한 의욕도 있지만 남을 짓밟고 올라가는 부류는 아니다. 심지어 성격이 너그러워서 내 막말도 어느 정도 눈감아 준다. 그런 직장에서 일할 수 있다는 것은 행운이었다.

"제자들이기도 하고요."

"왕도에 있을 때의 나에게 곧 제자를 둘이나 들이게 된다고 말하면 코웃음을 쳤겠지."

그만큼 제자를 들이겠다는 생각 자체가 머릿속에 없었다.

"왜 제자로 들이셨어요?"

"어쩌다 보니."

"그런 것에 휩쓸리지 않는 게 지크 님이시잖아요."

그렇긴 하다.

"그래도 딱히 상관없겠다고 느끼게 만든 인간성이 그 두 사람에게 있었던 거겠지. 그게 구체적으로 뭔지는 모르겠지만.”

그걸 알았으면 이 고생도 안 했을 것이다.

“지크 님께 필요했던 건 그런 동료였을지도 모르겠네요.”

“어떤 동료?”

“분쟁을 일으키지 않는 동료요. 좋은 의미에서도 나쁜 의미에서도 적이 되지 않는 사람 말이에요.”

그렇군.

“좀 알 것 같아.”

에리카도 레오놀라도 재능은 있어 보였지만 내 경쟁자가 될 수준은 아니었다. 그리고 애초에 싸움을 걸 성격도 아니었다.

“앞으로도 열심히 해 보죠.”

“그러자.”

10급 자격증도 있으니 재능은 있겠지만, 아직 갈 길은 멀었다. 뭐, 변방 땅으로 좌천되긴 했지만, 헬렌만 있으면 그걸로 충분하니 마음 편히 해 볼까.

“즐거워 보이시는데요?”

“그런가?”

“네. 오늘도 휴일인데 동료분들과 티타임을 즐기셨죠. 지금까지의 지크 님이라면 상상도 못 할 일이에요.”

그것도 그렇다. 내 두 번의 인생에 친구 따윈 없었고, 동료와 어디에 가본 적도 없었으니까.

“옛날에 스승이 과자를 만들어 준 일이 떠올랐어. 그걸 다 같이 비판하면서 먹었었지.”

공부 모임을 할 때 본부장이 간식이라며 만들어 준 것이었다. 본부장은 요리를 못하는 사람은 아니었지만 과자를 만들 땐 유독 설탕을 과하게 넣는 버릇이 있어 충격적일 정도로 맛이 없었다.

"그런 적도 있었죠. 그 본부장님이 풀이 죽었었죠."

좋은 마음에 만들어준 것이겠지만, 아무리 그래도 너무 달았다.

"그때랑 똑같다고 하면 똑같군."

에리카는 실패하지 않겠지만.

"사제지간은 가족이나 다름없어요."

흔히 듣는 말이다. 사실 나는 본부장 집에서 살았고, 어머니가 누구냐 묻는다면 그 사람밖에 떠오르지 않았다.

"왜 본부장님은 제자를 들이셨을까."

그 사람은 엘리트 중의 엘리트였고, 지금은 연금술사 협회의 수장이다. 그러면서 동시에 자기중심적이기도 했다.

"정말 모르시겠어요?"

헬렌이 창문을 바라보았다.

간접조명뿐인 어둑어둑한 방에 있는 창문은 마치 거울처럼 변해 있었다.

"글쎄……."

창문에 비친 자신은, 더 이상 출세욕에 사로잡힌 악마로 보이지는 않았다.

번외편   고독했던 천재

졸업식이 끝나 곧바로 돌아가려고 했는데, 창문으로 들어오는 햇살이 포근했는지 헬렌이 책상 위에서 그대로 잠들어버린 탓에 잠시 앉아 일어나기를 기다렸다. 주위는 졸업을 두고 일희일비하는 동급생들로 인해 떠들썩했다.

시시하다는 생각을 하며 창밖을 바라보고 있는데, 잠에서 깬 헬렌이 하품을 하며 몸을 쭉 뻗었다.

"일어났나? 그럼 돌아가자."

헬렌을 안고 교실을 나왔다.

"지크 씨."

복도를 걷고 있는데, 이름을 부르는 소리가 들려와 뒤를 돌아보았다. 그러자 거기에는 붉은 머리의 여성이 서 있었다.

"뭐지?"

음, 같은 반인 아델레였나?

"이 뒤에 있을 파티는 어떻게 하실 건가요?"

파티? 아, 그러고 보니 그런 행사가 있다는 말을 들은 것도 같았다.

"안 가."

관심도 없다.

"안 가실 건가요?"

어깨로 옮겨 앉은 헬렌이 물었다.

“갈 의미도 없잖아. 시간 낭비다.”

“시간 낭비라는 말은 좀 아니지 않나요? 3년 동안 다닌 학교의 마지막이잖아요. 선생님들이나 학우분들께 마지막 인사도 안 하실 건가요?”

그 녀석들에게 무슨 인사를 하라는 말인가. 교사에게서 배운 것은 거의 없었고, 학우라고 해도 같은 장소에서 배웠을 뿐 생판 남이었다.

“이 학교에 별다른 애착도 없으니 인사는 필요 없어. 시간은 유한하니까. 내일이면 스승의 집을 떠나야 하니 청소나 정리도 해야 해.”

사실 시간이 없다는 말도 사실이었다. 물론 시간이 있었다고 해도 파티 같은 것에는 참석하지 않았겠지만.

“아, 그게 있었죠, 참.”

헬렌이 수긍한 것을 확인하고 그대로 복도를 걸어갔다.

“아까 그 여자는 왜 그런 걸 물어본 거지?”

좀 신경이 쓰여서 헬렌에게 다시 물어보았다.

“파티에 초대한 거예요. 같이 가자는 뜻인 거죠.”

그런 느낌은 안 들었는데…….

“뭐, 아무래도 상관없나. 이제 더는 얼굴 볼 일도 없고, 나와는 상관없는 인간들이니까.”

어차피 10급조차 붙지 못한 족속들이니 내 상대는 아니었다.

“아뇨, 보니까 귀여우시던데 어쩌면 로맨스가 시작됐을지도 모르잖아요.”

고양이가 무슨 소릴 하는 거냐. 그리고 네가 더 귀여워.

"없어. 내 인생에는 티끌만큼도 영향을 미치지 않을 사람이다."

우리들은 여전히 소란스러운 학교를 뒤로하고 본부장의 저택으로 돌아왔다. 그리고 집을 나가기 위해 짐을 싸고 청소를 시작했다. 공간 마법을 사용할 수 있어 짐 정리는 금방 끝났지만, 10년 넘게 살았던 방을 청소하는 데에는 시간이 걸렸다. 그래도 공짜로 살게 해 줬으니 최대한 깨끗하게 해 두고 나가고 싶어서 마법을 사용했다.

"지크."

환기를 위해 열어둔 문 너머로 스승이 얼굴을 내밀었다.

"스승, 조금만 더 기다려주세요. 먼지 하나 없이 깨끗하게 청소하겠습니다."

"아니, 그렇게까지 안 해도 돼. 어차피 안 쓰는 방이니까."

그런 문제가 아니다.

"제대로 깔끔하게 하고 나갈 겁니다."

떠난 자리는 깔끔해야 하는 법이니까.

"진짜로 나가려고? 본부라면 여기서도 다닐 수 있잖아?"

같은 왕도이니 거리는 그렇게 멀지 않았다.

"독립하고 싶습니다."

그리고 무엇보다 덩치 큰 독수리 사역마를 헬렌이 무서워한다고.

"그렇군…… 쓸쓸해지겠네."

"무슨 소립니까. 스승의 회사에 취직하는 거니 얼굴 보는 건 똑같지 않습니까."

"그런 의미가 아닌데 말이지⋯⋯. 뭐, 됐어. 지크, 졸업 축하해."

"감사합니다. 베스테 마법학교를 졸업했다는 간판을 갖고 싶었을 뿐이고, 공부에 별로 도움이 되진 않았지만요."

다만 도서관에 있는 책은 좋았다. 역시 이 나라 제일이라고 불리는 만큼 자료는 충실했다. 그런 지식에 걸맞은 교사는 없었지만.

"그러고 보니 오늘은 파티 있는 날 아닌가?"

"안 나갈 겁니다."

애초에 학교 행사에는 한 번도 참석한 적이 없었다.

"하아⋯⋯ 그래. 다음 달에는 우리 회사에 취직하는데 혹시 희망하는 곳이라도 있어?"

"없습니다."

어디든 좋다. 목표 지점은 똑같으니까.

"하아⋯⋯."

한숨이 많군.

"왜 그러시죠?"

"오랜 세월 돌봐온 아이가 둥지를 떠나는 슬픔을 네가 어떻게 알겠니."

"기뻐할 일 아닙니까. 스승에게 받은 은혜는 스승의 자리를 물려받는 것으로 갚겠습니다."

다음 본부장은 나다.

"아, 그래."

"스승…… 신세 많이 졌습니다. 지난 12년 동안 보살펴 주시고, 또 스승 같은 실력있는 분께 사사받을 수 있었던 건 제게 있어 행운이었습니다. 반드시 스승의 기대에 부응해 보이겠습니다."

그것을 해낼 수 있는 존재가 바로 나였다. 내 인생에 실패란 없다……. 아니, 이제 더는 실패해서는 안 된다.

"지크, 우선은 정밀기계 제작팀으로 가. 거기서 결과를 내면 비행정 제작팀으로 보내주마. 내 기대를 저버리지 마라."

비행정 제작팀은 연금술사들에게는 꿈의 부서였다. 그리고 그것이 출세의 최단 코스이기도 했다.

"맡겨주십시오. 그 누구도 제 적수는 될 수 없습니다."

"적수라…… 뭐, 힘내."

본부장은 어딘가 쓸쓸한 얼굴로 그렇게 말하고는 방에서 나갔고, 나는 청소를 다시 시작했다.

"지크 님, 괜찮으세요?"

"문제없어. 본부 놈들이 어느 정도의 실력인지는 몰라도 어차피 모두 출세 자리를 놓고 경쟁하는 라이벌이야. 실력차를 보여서 철저하게 짓밟아주겠어."

전생에는 정말이지 어이없는 분풀이로 칼에 찔려 죽었다. 하지만 이번에는 제대로 방어 마법을 배워뒀으니 문제없었다.

"저기, 그렇게 말하면 동문 선배나 후배도 포함되는데요……."

"그래…… 알고 있어. 그들이 최대의 적이지."

동문이자 어릴 때부터 함께 배워온 경쟁자들.

“네? 어?”

“나보다 위에 있는 건 크리스, 하이데마리, 테레제인가…… 확실히 실력도 있고 만만치 않은 녀석들이지만, 내 적수는 아니라는 걸 보여주겠어.”

더는 주저하지 않을 것이다. 최고 속도로 시험에 합격해서 3급이 되자. 그 후에 경력을 쌓고 2급을 따면 스승에게 은퇴를 권할 것이다. 스승은 아직 그 정도의 나이는 아니니 실제로 은퇴하지는 않겠지만, 서서히 의식은 하게 될 것이다. 거기서 더 경력을 쌓아 1급이 되면 스승도 인정하지 않을 수 없을 테니 내가 다음 본부장, 즉, 톱이 된다. 이는 결코 허황된 꿈이 아니다. 그것을 할 수 있는 것이 바로 나였다.

“지크 님~?”

“지켜봐, 헬렌. 정상의 경치를 보여주마.”

“아, 네. 근데 그것보다는 결혼해서 아이를…….”

뭐?

“내가 왜 내 자리를 위협할 가능성이 있는 인간을 만들어야 하지?”

“그건…….”

“게다가 여자도 아이도 필요 없어. 나에겐 네가 있어. 너만 있으면 돼.”

쓰담쓰담.

“에헤헤, 지크 님~.”

거 봐라, 우리 애가 제일 귀엽다.

“착하지…….”

헬렌과 함께 정상에 올라선다……. 음, 아무리 생각해도 실패할 예감은 들지 않았다. 전생의 실패를 기회로 삼아 앞으로 곧장 나아가자.

(제1장에 계속……)

후기

처음 뵙는 분은 처음 뵙겠습니다. 그렇지 않은 분은 다시 뵙게 되어 반갑습니다. 이즈모 다이키치입니다.

《좌천 연금술사의 변방 생활: 전 엘리트는 두 번째 인생도 실패했으니 변방에서 느긋하게 다시 시작하기로 했습니다》를 읽어 주셔서 진심으로 감사합니다.

본 작품은 제 자신이 처음 쓴 슬로우 라이프물이자 크래프트물입니다. 솔직히 제 자신이 시골에서 태어나 시골에서 자란 탓에 도시를 동경한 쪽이었기에 별로 익숙하지 않은 분야입니다. 그래도 계속 시골에서 살아온 인간이니 시골의 좋은 점은 쓸 수 있지 않을까 싶어서 도전했습니다.

하지만 결국 쓰고 보니 제가 생각했던 방향과는 다른 방향으로 나아가더군요. 그것이 소설을 쓰는 것의 즐거움 중 하나이긴 하지만, 역시 쓰는 동안은 불안했습니다. 그래도 많은 분들께 좋은 평가를 받고 이렇게 책으로 나올 수 있어 무척 감사한 마음입니다.

또한 서적화할 때 좋은 것이라면 역시 그림이 붙는다는 점입니다. 독자 여러분들은 캐릭터의 이미지를 상상하기 쉽고 저로서도 제 머릿속에만 있던 캐릭터가 형상화된다는 기쁨이 있습니다.

이 책의 일러스트는 미키사이(@mikisaidayo) 씨께서 담당해 주셨습니다. 수많은 작품의 일러스트레이터를 맡고 계신 실력 있는 분이시니 안심하고 맡길 수 있었습니다. 주인공인 지크를 시작으로 개성 넘치는 캐릭터들의 매력을 충분히 끌어내 주셨으니 소설뿐만 아니라 일러스트 쪽도 챙겨봐 주신다면 좋겠습니다.

그런 일러스트레이터 미키사이 씨를 비롯해 이 책의 간행에 관여해 주신 모든 분들께 감사합니다.

또한 이 작품은 코믹스화도 진행될 예정입니다. 그쪽에서 그려지는 작품도 함께 즐겨주신다면 좋겠습니다.

마지막으로 웹에서 응원해 주신 독자 여러분, 그리고 이 책을 손에 들어주신 여러분들께 감사의 말씀을 드립니다. 앞으로도 잘 부탁드립니다.

그럼 또 어디선가 뵙겠습니다.

좌천 연금술사의 변방 생활 1

2026년 1월 15일 1판 1쇄 발행

저   자 이즈모 다이키치
일 러 스 트 미키사이
옮 긴 이 이소정
발 행 인 유재옥
이   사 조병권
편 집 부 정영길 조찬희 박치우 이소의 정지원 최유정 김혜주
디자인랩팀 김보라 전세연
디지털사업팀 김지연 윤희진 장혜원
라이츠사업팀 김정미 유아현
영업마케팅팀 최연욱 김민
물 류 팀 백철기 이새롬
경영지원팀 최정연
인쇄제작처 ㈜코리아피엔피
발 행 처 ㈜소미미디어
등   록 제2015-000008호
주   소 서울시 마포구 토정로222, 502호 (신수동, 한국출판콘텐츠센터)
판매 및 마케팅 (070) 8822-2301

ISBN 979-11-384-8896-9
ISBN 979-11-384-8895-2 (세트)